KB052568

안전가옥
오리지널
5

이산화
장편
소설

미스트 컨선

"네 발밑을 보면……" 각다귀가 말했다(앨리스는
조금 놀라서 발을 뒤로 뺐다).

"버터빵나비 한 마리가 기어가고 있어. 날개는
버터를 바른 얇은 빵이고, 몸통은 빵 껍질이고,
머리는 설탕 덩어리로 되어 있단다."

"이 벌레는 뭘 먹고 사니?"

"크림을 넣은 옅은 홍차."

새로운 의문이 앨리스의 머리에 떠올랐다.

"그런 걸 못 찾으면?" 앨리스가 물었다.

"그러면 당연히 죽게 되지."

"하지만 그런 일은 정말 자주 일어날 텐데."
앨리스가 걱정스레 말했다.

"언제나 일어나지." 각다귀가 대답했다.

—루이스 캐럴,《거울 나라의 앨리스》

차례

Chapter 1
서식지

문제의 파충류는 자신이 있는 곳이 어디인지 전혀 알지
못했다.

　　코앞의 철망을 통해 따뜻한 바람이 불어오자, 60센티미
터 길이의 녹갈색 파충류는 짤막한 앞다리를 뻗어 고개를 서
서히 치켜들었다. 두꺼운 비늘로 덮인 꼬리가 바닥에 깔린 부
드러운 인조 잔디를 쓸며 가볍게 흔들렸다. 머리 양옆의 눈이
공기에 섞인 달콤하고 낯선 냄새의 근원을 찾아 느릿느릿 끔
뻑였지만 별 소득은 없었다. 저녁 무렵의 주황색 햇빛 몇 줄기
를 제외하면 바깥은 파충류가 결코 이해할 수 없는 자극으로
가득했으니까. 먼 곳에서, 가까운 곳에서, 바로 앞에서 커다
랗고 화려한 형체들이 쉴 새 없이 휙휙 움직였다. 어지러운 잡
음이 그 사이를 뿌옇게 채웠다. 인천 교외 어느 골목의 카페에

서, 테이블 위에 놓인 큼지막한 연두색 플라스틱 이동장 안에서 파충류는 이내 바깥 구경을 그만두고 편안하게 엎드린 자세로 되돌아갔다. 잡음보다는 또렷하나 여전히 이해할 수 없는 소리가 그런 파충류의 피부에 무의미하게 스쳤다. 밝고 억양이 강한 목소리였다.

"어디 보자, 입양 보내신다는 이구아나가 이 아이인가요?"

키가 큰 여자는 그렇게 말하며 몸을 낮춰 이동장 안을 들여다보았다. 반짝이는 눈이 철망 너머의 생명체를 오래도록 꼼꼼히 훑었다. 귀 옆으로 검고 긴 머리카락이 몇 가닥 주르륵 떨어지고, 테이블 한쪽에 놓인 커피가 점점 식어 갔지만 여자는 신경조차 쓰지 않았다. 섬세한 시선이 마침내 파충류의 꼬리 끝에 떨어졌을 때, 그 얼굴은 세기의 보물을 발견한 고고학자처럼 잔뜩 상기되어 있었다.

"멋진 이구아나네요! 아주 건강하고요. 잘 돌봐 주셨다는 걸 한눈에 알겠어요."

여자는 물론 파충류에게 말한 것이 아니었다. 테이블 건너편에는 더 젊고, 키가 작고, 머리가 짧은 여자가 앉아 있었다. 불안하게 두리번거리고 또 손가락을 꼼지락거리면서. 상대방이 벗어 둔 검고 흰 코트와 상대방의 얼굴을 번갈아 응시하면서. 하지만 정작 상대방의 말에는 고개를 살짝 끄덕거릴 뿐 아무런 대답도 없이.

"그럼 메일에서 말씀하신 대로, 오늘 바로 데려갈 수 있는 거죠?"

"혹시 제가 더 알아야 할 게 있나요? 선호하는 먹이라든가 베딩이라든가."

"저기, 괜찮으세요? 아까부터 말씀이 없으셔서……."

말이 채 끝나기도 전에 짧은 머리 여자는 자리에서 벌떡 일어났다. 그러더니 테이블 위의 이동장을 들어 품에 꼭 안고는, 그대로 카페 문을 향해 단호히 걸어가기 시작했다. 인사는 커녕 한마디 말도 없이. 그 움직임이 너무나 갑작스러웠기에 키 큰 여자는 상황을 즉시 파악하지 못했다. 다급한 목소리를 쥐어짜 외친 것은 문이 열린 직후였다.

"자, 잠깐만요! 어디 가세요!"

짧은 머리 여자는 잠깐 멈춰 서서 뒤를 돌아보았다. 고민 가득한 표정으로, 아랫입술을 깨물면서. 하지만 다음 순간 이미 발걸음은 카페를 나서고 있었다. 기다리라고 외치는 소리가 들렸다. 헐레벌떡 뒤따라오는 가쁜 숨도 느껴졌다. 그 모든 것으로부터 도망치듯이 여자는 더욱 속도를 높여 골목길을 빠져나갔다. 이동장을 붙든 팔에 힘을 꼭 주면서. 높낮이 없고 탁한 목소리로 쉴 새 없이 이렇게 중얼거리면서.

"미안해, 꿈틀아. 정말 미안해."

차가운 바깥공기에 실린 그 속삭임의 의미를, '꿈틀이'라고 불린 파충류는 물론 이해하지 못했다.

"아무래도 내가 또 망친 것 같아."

✝

조도화가 일을 망쳐 놓은 건 이번이 처음이 아니었다.

중학교 때 교실에서. 대입 면접 자리에서. 인턴으로 입사한 지 이틀 만에. 참지 못하고. 감정적으로. 충동적으로. 사람 대하는 일엔 서툴렀다. 솔직히 아무것도 이해가 되질 않았다. 생각은 자주 끊어졌다가 멋대로 내달리길 반복했다. 그러다가 정신을 차려 보면 이미 전부 엉망진창이었다. 지난 이십몇 년 동안 줄곧. 조도화는 자신이 사회에 도저히 적응하지 못하는 종류의 사람이라는 사실을 잘 알았다. 인적 드문 대로변에는 찬바람만 쌩쌩 불었고, 택시는 올 기미가 보이지 않았다. 품에 안은 이동장의 무게를 느끼며 도화는 작고 하얀 한숨을 뱉었다. 보내 줄 작정이었는데. 오늘은 꼭 보내 줬어야 했는데.

"이번엔 괜찮을 줄 알았어, 꿈틀아."

꿈틀이는 대답하지 않았다. 당연했다. 파충류니까. 도화가 다시 말했다.

"게시판에 입양 글 올렸고. 할 말은 메일로 끝냈고. 그러니까 그냥 인사하고 보내 준 다음에, 다시 집으로 가면 되는 일이었으니까. 그 정도는 할 수 있을 줄 알았어."

할 수 있어야만 했다. 3년 동안 소중히 돌봐 온 파충류를, 꿈틀이를 안전하게 입양 보내려면 상대방을 직접 만나는 방법밖엔 없었다. 물론 걱정했고, 걱정은 현실이 되었다. 막상 만나니 전혀 예상치 못한 데에 신경이 쓰였다. 싫었다. 거슬렸다.

14

그래서 자리를 박차고 나와 버렸다. 이런 식으로 일을 저질러 버린 뒤에는 항상 후회만이 남았다.

"물어보기라도 할 걸 그랬어. 좋은 사람일 수도 있었는데. 오해일 수도 있었는데. 전에도 이구아나 키워 봤댔고. 사진 보니까 집도 넓었고."

도화는 좁고 낡고 익숙한 원룸을 떠올렸다. 자신과 꿈틀이가 꼬박 3년을 같이 산 곳. 이제 택시를 타고 돌아가야 하는 곳. 원룸은 인간에게는 좁았고, 온종일 거의 움직이지 않는 파충류에게는 그럭저럭 넓었다. 냉난방 설비도 작동했다. 그것이 전부였다. 꿈틀이를 부족하지 않게 돌볼 수 있는 최소한의 공간. 지난 몇 달에 걸쳐 그 공간은 조금씩 텅 비어 갔다. 사육장과 사료 조금을 제외하면 아무것도 남지 않을 때까지. 도화와 꿈틀이를 그 황량한 빈칸으로 데려다줄 택시는 여전히 오지 않았다. 트럭이 지나갔고, 오토바이가 지나갔고, 검은 리무진이 속도를 줄이며 다가왔다. 입술이 멈추지 않고 달싹였다.

"그래도 그땐 어쩔 수 없었어. 그런 사람이 널 돌보게 된다고 생각하니까, 그럼 안 되겠다, 그런 느낌밖에 안 들었어. 왜냐하면 그 사람, 괜찮아 보이기는 했어도……"

그러던 찰나 갑작스레 입을 틀어막혔기에, 도화는 말을 멈추지 못했다.

리무진이 코앞에서 멈추는 소리, 문이 덜컹 열리는 소리가 연달아 귀를 때렸다. 등 뒤에서 나무뿌리처럼 억센 손아귀들이 나타나 목과 사지를 붙잡았다. 어느새 주위를 빈틈없이 둘러싼 괴한들은 도화의 호흡이 가빠지며 힘이 풀리는 틈을 놓치지 않았다. 이동장을 낚아채고 도화의 몸을 컴컴한 리무진 안으로 구겨 넣기까지 걸린 시간은 겨우 몇 초. 미처 어찌해 볼 새도 없이 차 문이 닫혔다. 팔다리가 묶여 검은 가죽 시트 위로 내던져진 도화의 눈에 어렴풋이 낯익은 형체가 비쳤다. 긴 머리를 늘어뜨린 채, 씩 웃으며 이쪽을 내려다보는, 10분 전쯤에 카페에서 마지막으로 본 얼굴이었다.

"왜, 왜 여기에……."

"당연히 이거 가지러 왔지. 그러게 누가 예의 없게 그냥 도망가래?"

들뜬 표정에 들뜬 목소리. 그렇게 말하면서 여자는 곁에 놓인 연두색 플라스틱 상자를 가만히 쓰다듬었다. 도화로부터 빼앗은 이동장이었다. 꿈틀이가, 3년 동안 돌봐 온 이구아나가 저 안에 있었다. 오늘 이별하려고 했는데. 더 좋은 집을 가진 사람에게 보내 주려고 했는데. 바로 그 사람에게 이렇게 빼앗기리라고는 생각하지 못했는데.

하지만 도대체 왜 이구아나를, 왜 꿈틀이를?

창밖으로 바깥 풍경이 멀어져 가는 동안, 혼란 속에서 의문만이 끊임없이 부풀어 올랐다.

✝

　납치범의 목적이 꿈틀이라는 사실을 깨달은 순간부터 도화는 가만히 있지 않았다. 쉴 새 없이 몸을 뒤틀며 저항하고 또 저항했다. 하지만 납치범들의 리더처럼 보이는 여자에겐 도화의 그런 필사적인 몸부림조차 그다지 신경 쓸 일이 아닌 듯했다. 그저 딱 한 번 납치범들에게 (아마도 중국어로) 뭐라고 지시한 것이 전부. 그 즉시 우악스러운 손이 도화의 머리를 힘껏 짓눌렀다. 입조차 열 수 없게 된 도화를 무시한 채, 여자는 이동장을 들고 가느다란 손가락으로 잠금장치를 딸깍 벗겨 냈다. 철망으로 된 문이 끼익 소리를 내며 열렸다. 반짝이는 눈으로 그 안쪽을 확인한 여자의 얼굴에 만족스러운 미소가 떠올랐다.

　"의심의 여지가 없네. 우리 물건 맞아."

　"뭐가 물건이야! 이구아나잖아! 꿈틀이 돌려줘!"

　짓누르는 힘에서 한순간 풀려난 도화가 다시 소리를 질러 댔다. 납치범들이 즉시 손을 뻗었지만, 이번에는 리더의 헛기침이 그 움직임을 멈추었다. 덕분에 여전히 붙잡힌 채이기는 했어도 도화는 계속 소리를 지르고, 이를 갈고, 다시 소리를 지를 수 있었다. 풀어 줘! 내놔! 입양 보낼 거야! 여자는 그런 도화를 한동안 빤히 바라보다가 문득 이렇게 물었다. 눈을 크게 뜨고서. 미간은 약간 찌푸린 채로.

　"시치미 떼는 거야, 아니면 진짜 모르는 거야?"

"무슨 소리야! 풀어 주기나 해! 꿈틀이한테 손대지 마!"

"모르는 척해도 소용없다니까. 카페에선 나 알아보고 도망쳤잖아."

"안 도망쳤어! 코트 때문에 나간 거야!"

도화의 절규나 다름없는 대답에 여자는 자신이 걸친 코트를 힐끗 곁눈질했다. 카페에서는 벗어서 의자에 걸쳐 두었던, 검은 털에 흰 무늬가 섞인 모피 코트였다. 하지만 그 코트가 도대체 뭐가 어쨌다는 것인지는 전혀 모르는 눈치였다. 숨을 몰아쉬며 한마디씩 내뱉는 도화의 말을 듣기 전까지는.

"그런, 그런 걸 입고, 있었잖아."

"이게 어디가 어때서?"

"콜로부스원숭이잖아."

카페 의자에 걸린 코트의 흰 무늬를 눈치챈 순간, 물그릇에 떨어진 잉크 방울처럼 꺼림칙함이 머릿속으로 확 퍼져 나갔다. 콜로부스원숭이 모피 밀매에 대해서 들은 적이 있었다. 싫었다. 불길했다. 도화는 그런 감정에 맞서는 방법을 알지 못했다. 그저 감정이 시키는 대로 움직였다. 자리를 박차고 일어났다. 단지 그뿐이었다. 워싱턴 협약에 의해 거래가 규제되는 모피 코트를 입는다고 해서 반드시 이구아나를 잘 기르지 못하리라는 법도 없었건만, 그런 이성적인 생각은 제때 도화에게 찾아와 주는 법이 없었다. 그 결과가 지금의 상황이었다.

"나름대로 안 튀게 입은 건데……. 그러면, 너 정말로 시

18

치미 떼는 게 아니야?"

"시치미 안 뗐어! 무슨 말인지 모르겠다니까!"

"무슨 말을 하는지 모르겠는 건 나도 마찬가지거든!"

여자가 버럭 소리를 질렀다. 화가 난 표정은 아니었다. 그보다는 어이가 없어서, 답답해서 그러는 듯 보였다. 그런 여자의 입에서 터져 나온 말을 듣고서야 도화는 비로소 상황을 조금이나마 이해할 수 있었다. 어째서 이 여자가 꿈틀이를 입양하려고 했는지. 어째서 납치범들이 하필 이구아나를 노렸는지. 그건 전부 도화가 전혀 예상하지 못한, 그리고 지난 3년 동안 꿈틀이를 키우면서도 상상조차 해 본 적 없는 이유였다.

"당연히 뭐, 거물 수집가쯤 되는 줄 알았다고! 그야 대놓고 분양 글 올려놓은 건 이상했지. 그런 식으로 거래하는 놈들도 있나 싶었어. 만나고 보니까 한마디도 안 하다가 냉큼 도망치길래 겨우 확신했단 말이야. 그런데 뭐? 원숭이? 말이 안 되잖아! 너 말이야, 도대체 우리 물건은 왜 가지고 있어? 어쩌다가 무지개꼬리 포카이카하를 지금껏 이구아나로 알고서 키웠던 거야?"

도화는 몸부림을 멈추고, 소리 지르던 것을 멈추고, 황당해하는 여자의 손에 들린 이동장을 멍하니 올려다보았다. 저 안에 엎드려 있을 꿈틀이를 생각했다. 지난 3년 동안 도화는 꿈틀이가 이구아나라는 사실을 단 한 번도 의심하지 않았다.

이구아나라고 들었다. 그 말을 의심할 이유가 없었다. 꿈틀이의 정체가 다른 동물, 그것도 세상에서 가장 희귀한 파충류이리라고는 상상해본 적조차 없었다. 적어도 지금까지는.

도화는 무지개꼬리 포카이카하에 대해 알았다.

학명은 포카이카하 콜로라투스. 서식지는 뉴질랜드 근해의 슈튐프케 섬. 토착 포유류라고는 한 종도 없이 곤충 정도만 겨우 아등바등 살아가는 별 볼 일 없는 무인도에서 수십 년 전에야 처음으로 발견된 도마뱀 비슷하게 생긴 동물. 엄밀히 말해 도마뱀은 아니다. 2억 년 전에 번성하다가 지금은 거의 멸종한 옛도마뱀목에 속하니까. 가장 가까운 친척은 "살아 있는 화석"이라고 불리는 뉴질랜드 본섬의 투아타라. 번듯한 천적조차 없이 걱정이라고는 가끔 추워지는 날씨와 먹이 부족 정도였기에, 그저 느리게 번식하고 적당히 아무 데나 알을 낳고 잠을 많이 자면서 지금껏 살아온 게으른 생명체.

덕분에 유럽인들이 데려온 쥐가 섬 바깥에서 침입해 왔을 때, 포카이카하들은 알이 갉아 먹히고 서식지가 망가지는 꼴을 멀뚱히 보고 있어야만 했다. 낚싯배를 타고 들어온 고양이 한 마리가 개체 수의 절반을 잡아먹었으리라고 추정한 학자도 있었다. 도망칠 줄도 몰랐다. 맞서 싸울 줄도 몰랐다. 멸종을 목전에 두고서야 특별법이 제정되고 연구소가 생겼지만, 그 연구소에서 보호할 수 있었던 건 마지막까지 살아남은 일곱 마리에 불과했다. 무지개꼬리 포카이카하라는 생명체에 대해 도화가 아는 것은 이 정도였다. 이야기를 들었으니까. 들려준 사람이 있었으니까. 하지만 설마, 설마 그럴 리가.

"그야 비슷하게 생기긴 했지. 하지만 머리도 더 넓적하고, 꼬리도 통통하고, 발가락도 이구아나보다 훨씬 짧잖아. 나무를 타는 동물이 아니니까. 뭐, 나도 구별법은 전문가한테 살짝 배운 정도긴 하지만."

"아냐. 그럴 리가 없어. 포카이카하가 어떻게 생겼는지 나도 알아. 꼬리가……"

"무지개색이었겠지. 수컷의 특징이야. 슈튐프케 섬에서 보호 중인 일곱 마리가 전부 수컷이니까, 당연히 인터넷에도 그 녀석들 사진밖에 안 나올 테고. 암컷은 2001년 이래 공식적으로는 목격된 적이 없거든. 무슨 뜻인지 알겠어?"

불안하게 흔들리는 도화의 눈동자를 멈춰 세우려는 듯, 여자가 손가락으로 이동장을 두 번 톡톡 쳤다. 지금까지보다 조금 더 낮고 진지한 목소리가 그 뒤를 이었다.

"네가 지금껏 키워 온 애완동물은 흔해 빠진 이구아나 따위가 아냐. 학계에서도 아직 존재조차 모르고, 전 세계에 단 하나뿐인 데다가, 몇 년 전에 우리 조직 유통망에서 아주 화려하게 도둑맞은 물건. 진짜 암컷 무지개꼬리 포카이카하라고."

그 선언을 듣는 순간 과연 도화의 눈동자가 멈췄다. 얼굴 곳곳에서 소용돌이치던 혼란이 조금이나마 잦아들었다. 의문이 해결되었기 때문은 아니었다. 더 중요한 사실을 눈치챘을 뿐. 눈앞의 여자는 계속해서 꿈틀이를 "우리 물건"이라고 불렀다. "우리 조직"으로부터 도둑맞았다고 말했다. 그렇다면, 정말로 꿈틀이가 세상에서 가장 희귀한 파충류의 마지막 남은 암컷이라면, 이 사람은 과연 누굴까? 도화의 낯빛이 바뀌는 것을 눈치챘는지 여자가 재빨리 몇 마디 덧붙였다.

"아, 미안. 설명 안 해도 알 줄 알았지. 정말 업계 관계자가 아니긴 한가 보네."

"업계라면, 그러니까 그……."

"자, 자, 정식으로 자기소개를 할게. 센티넬라 신디케이트의 리 펭란이라고 해. 야생동물 밀수업자야."

고개를 살짝 숙여 인사하면서, 밀수업자 리 펭란은 바닥에 엎어진 도화에게 씩 미소를 지어 보였다. 정말로 쾌활하게, 그리고 조금 멋쩍은 듯이.

✝

미소 띤 자기소개에 뒤이어서, 펭란은 차 안의 납치범들을 주목시킨 다음 중국어로 짧은 지시를 내렸다. 곧 도화를 짓누르던 손아귀가 풀렸다. 심지어 괴한 둘은 도화를 끌어 올려서 한쪽 의자에 앉혀 주기까지 했다. 여전히 팔과 다리는 단단히 묶인 채였지만, 그래도 이제는 바닥에서 바둥거리는 대신 숨을 고를 수 있었다. 그렇게 서서히 진정해 가는 도화에게 펭란이 다시 말을 건넸다. 이번에는 도화보다도 훨씬 유창한 한국어로.

"음, 아무튼 정말로 미안해. 관계없는 사람을 휘말리게 할 생각은 없었는데. 당장 내려 주는 건 힘들 것 같고, 어차피 도착하려면 시간도 좀 남았으니까 편하게 얘기나 하면서 가자. 이름이?"

"도화야. 조도화. 인도할 도. 빛날 화."

"그래, 이름 예쁘네! 이런 상황이지만 만나서 반가워, 조도화. 물어보고 싶은 거 있으면 얼마든지 물어봐도 좋아. 가능한 한 대답은 해 줄게."

'이건 기회야.'라고 속삭이는 목소리가 있었다. 본능적인 저항이 예상치 못한 흐름에 휩쓸려 잦아든 틈을 타 고개를 치켜든 이성의 목소리였다. 당장은 꿈틀이를 구해 낼 수 없어. 그러니까 일단 기회를 엿보자. 뭐라도 물어보자. 그래서 도화는 천천히, 가능한 한 진정하려고 애쓰면서, 입을 열었다.

"그러니까 꿈틀이를 내다 팔 거구나."

적개심을 감추는 데에 완전히 성공하지는 못했다. 어려운 일이었다. 다행스럽게도 펭란은 도화의 가시 돋친 말투에도 아랑곳없이 태연하게 대답했다.

"그게 우리가 하는 사업이니까. 무지개꼬리 포카이카하 정도로 희귀한 상품이라면, 얼마가 됐든 눈 하나 깜짝 안 하고 구입해 주실 고객들이 계시거든. 우리 센티넬라 신디케이트의 보스께선 그런 고객들을 각별히 아끼시지."

"겨우 돈 때문에. 빼앗아 가고. 납치까지 하고."

"아, 음, 납치는 좀 얘기가 달라. 우린 기본적으로 사람은 안 건드리거든. 지구상의 모든 동식물 중에서 유일하게 인간 만큼은 우리 비즈니스 범위 밖이란 말이야. 그러니까 이건, 그래, 말하자면 조직 문제야."

펭란의 표정에 약간이나마 심각한 분위기가 감돌았다.

"포카이카하가 도둑맞은 물건이라고 아까 말했지? 실은 그게 단순한 도둑질이 아니었어. 수집가랑 가격 흥정을 하려고 홍콩 시내까지 운반하던 도중이었는데, 한밤중에 어떤 놈들이 고속도로 중간에서 튀어나와선, 운전사며 동행한 조직원들이며 죄다 잔인하게 죽여 버리고 상품만 빼앗아간 거야. 무슨 뜻인지 알겠어? 이건 끝까지 추적해서 범인을 잡아야 하는 일이야."

왜냐하면 조직원들을 살해하고 상품을 강탈해 간 자들이 또 그런 일을 벌이지 않으리라는 보장은 없으니까. 조직의 신용이, 조직원들의 생명이 달려 있는 일이니까. 무엇보다 조직원이 일하던 중에 목숨을 잃었다면, 조직은 어떻게든 그 책임을 져야 하니까. 펭란은 마지막 이유에 특별히 힘을 주어 말했다.

"아무튼, 그렇게 빼앗긴 상품이 3년만에 웬 인터넷 카페에 올라온 거야. 동물 거래 이뤄지는 데는 웬만하면 다 모니터링을 하고 있으니까 알았지. 그때 우리가 어떻게 생각했겠어?

이제야 그놈들이 물건을 돈으로 바꿀 셈이구나, 아니면 놈들이랑 거래한 수집가한테 무슨 사정이 생겼구나, 뭐 그런 일인 줄 알았다고. 좀 거친 방법이긴 해도 잡아다가 추궁하면 나머지 놈들도 다 잡을 수 있겠거니 했단 말이야. 설마 이렇게까지 아무런 사정도 모르는 애가 나타날 줄은 몰랐지."

빠르게 말을 쏟아낸 뒤 펭란은 잠시 한숨을 돌렸다. 부하에게 생수를 받아 한 모금 마셨고, 이야기를 들은 도화의 눈치를 살폈다. 아주 살짝. 하지만 예리하게. 도화의 얼굴 위로 다시금 스멀스멀 올라오기 시작한 의혹의 기색을 펭란의 눈은 놓치지 않았다.

"아니면 뭔가 아는 게 있거나."

리무진 안의 분위기가 순식간에 일변했다. 펭란은 여전히 웃고 있었지만, 그 얼굴을 마주보며 도화는 전신의 털이 곤두서는 것을 느꼈다. 이번에는 승리의 미소였다. 오래도록 기다려 마침내 먹이를 잡은 포식자의 미소였다.

"내가 정말 호의로 이 얘기 저 얘기 늘어놓은 줄 알아? 난 사업가야, 조도화. 주는 게 있으면 받는 게 있어야 하는 사람이라고."

"무슨 소린지, 모르, 겠는데,"

"모르겠으면 알려 줘야지. 내 이름을 얘기해도 반응이 없고, 센티넬라 신디케이트라는 이름을 꺼냈을 때도 정말 모르는 눈치였는데, 왜 '홍콩'이랑 '3년만'이라는 말을 들었을 땐 눈에 띄게 깜짝 놀랐을까? 뭔가 숨기는 게 있지, 그렇지?"

날카로운 추궁 앞에서 도화의 피가 두려움으로 점점 차갑게 얼어붙었다. 두려운 것은 펭란이 아니었다. 의심이었다. 꿈틀이의 정체가 무지개꼬리 포카이카라는 사실을 들은 순간부터 스멀스멀 올라오던 의문이, 펭란의 이야기를 통해 부정할 수 없는 형체를 갖추어 이젠 머릿속을 쿡쿡 찔러 대기 시작했다. 기억이 쿨럭이는 핏물처럼 흘러넘쳤다.

지금으로부터 3년 전에, 오전 두 시에, 도화는 꿈틀이와 처음으로 만났다.

그날 원룸 현관에는 다른 한 사람이 있었다.

✝

도화는 그 사람이 누구인지 알았다.

가족과 연락이 완전히 끊긴 직후였지만, 그래도 '아는 사람'이 하나는 있을 때였다. 생활비가 필요해 교외의 사설 동물원에서 아르바이트를 시작한 지 몇 달쯤 지난 무렵이었으니까. 언제나 그랬듯 도저히 적응하기 힘든 일이었다. 여러 사람을 만나야 했다. 심지어 그중 한 명의 이름은 외울 수도 있었다. 동물원 직원. 비좁은 콘크리트 우리 안의 공작과 금계를 돌보는 사람. 소풍 온 아이들의 심드렁한 얼굴을 향해 애써 손을 흔드는 사람. 한누리. 누리 언니.

"웬일이야. 일단 들어와."

방 안으로 조심스레 발걸음을 옮기던 누리 언니의 머리는 온통 헝클어져 있었다. 옷도 엉망진창으로 구겨진 채였다. 팔 곳곳에 얼기설기 붙은 밴드를 도화는 지금까지도 기억했다. 그 팔로 단단히 감아 안은 플라스틱 이동장을 기억했다. 시선이 이동장을 지나 목을 타고 턱 위로 서서히 올라갔다. 지친 얼굴. 핏발이 선 눈. 평소와는 너무나도 다른 모습. 도화는 누리 언니의 '평소'를 기억했다. 웃는 얼굴과 왼팔의 문신과 나른한 목소리를 기억했다. 쉬는 시간에 지저분한 여우 우리를 보고 있을 때, 뒤쪽에서 슬며시 다가와 음료수 캔을 쥐여 주며 처음으로 건넨 말을 기억했다.

동물 좋아하는구나. 사람 볼 때랑은 눈이 다르네.

도화는 대답하지 않았다. 누리 언니는 아랑곳하지 않고 말을 걸었다. 다음 날도, 그다음 날도. 나무 그늘이 드리운 벤치에 앉아서 쉴 때도. 퇴근길에 버스를 함께 기다리면서도. 바로 이 원룸에 나란히 누워서도. 누리 언니는 혼잣말처럼 이야기하는 사람이었다. 도화가 이따금씩 입을 열 때도 별다른 반응을 하지 않는 사람이었다. 그 점이 좋았다. 대화할 필요가 없었다. 그저 듣고 있기만 하면 충분했다. 그래 주기만 하면 된다고 누리 언니는 말했다. 동물이 좋아서 외국 유학도 다녀오고, NGO 활동도 하고, 동물원에도 취직했는데 정작 이런 이야기를 할 사람이 없었다면서. 진화생물학과 희귀한 도마뱀과 원숭이 모피에 대해 그저 나른하게, 가만히, 이야기했다.

그날만큼은 달랐다. 누리 언니는 눈에 띄게 불안해하고 있었다.

갑자기 찾아와서 미안해. 꼭, 꼭 부탁하고 싶은 일이 있어.

누리 언니가 해외 출장 중이었다는 사실을 도화는 그때서야 기억해 냈다. 종종 있는 일이었다. 동물원은 컸지만 낡았고, 지저분하게 쇠락해 가는 중이었다. 항상 일손이 부족했다. 누리 언니는 외국어가 유창하고 동물에 대해 잘 알았기에 맡은 일도 많았다. 해외에서 동물을 들여올 때, 해외로 동물을 보낼 때 동행하는 경우가 잦았다. 이번에는 홍콩의 어느 커다란 수족관이라고 했다. 그리고 도화가 뒤늦게 떠올리기로는, 돌아오기까진 아직 이틀이나 남아 있었다. 아주 잠깐 동안, 도화는 어떻게 된 일인지 물어봐야겠다고 생각했다. 하지만 실제로 내뱉은 말은 전혀 달랐다.

"돌봐 달라고?"

도화는 이동장 안에서 꾸물거리는 형체를 보았다. 형광등 빛이 철망 안으로 파고들며 파충류의 윤곽을 드러냈다. 이렇게나 급히 찾아왔고 동물까지 데리고 있다면 사정은 하나뿐일 거라고 추측했다. 그래서 말했고, 그때서야 누리 언니는 둑이 무너진 호수처럼 이야기를 줄줄 쏟아냈다. 기르던 이구아나야. 해외 출장 중에 문제가 좀 생겨서, 한동안 나가 있게 됐는데 이 아이를 데려갈 수가 없어. 뭘 먹이면 되는지, 어떻게 돌보면 되는지 말해 줄게. 정말 미안해. 반드시 데리러 올게.

믿고 맡길게. 사과와 신신당부는 끝날 기미가 보이지 않았다. 도화는 말을 자르며 대답했다. 본능적으로. 반사적으로.

"알겠어."

그것이 3년 전 일이었다. 누리 언니는 그날 이후로 동물원에 나오지 않았다. 연락도 없었다. 도화는 아르바이트를 그만두었다. 이구아나를 집에 혼자 두기엔 불안했으니까. 대신 모아 둔 돈을 조금씩 썼다. 짜낼 수 있는 돈을 전부 짜냈다. 들은 대로 사료를 사고, 사육장을 사고, 이름을 지어 주었다. 끝까지 돌보기로, 더 이상 돌볼 수 없다면 최소한의 책임은 다하기로 결심했다. 왜냐하면 그러고 싶었으니까. 그런 마음이 들었으니까. 대체로 도화에게는 그 정도 생각이면 충분했다.

하지만 지금은 아니었다.

의문이 곰팡이처럼 끝없이 번졌다. 꿈틀이가 자신이 기르던 이구아나라는 누리 언니의 말은 거짓이었다. 그렇다면 언젠가 데리러 오겠다는 말도 사실이 아니었던 걸까? 출장 중에 우연히 밀수조직과 맞닥뜨렸을까, 아니면 펭란의 말처럼 애초부터 희귀하고 비싼 파충류를 훔쳐내기 위해 홍콩으로 향했을까? 그리고 무엇보다도, 그렇게나 희귀한 파충류를 손에 넣었다면, 어째서 그저 동물원 아르바이트생이었을 뿐인 자신에게 맡겨 버린 걸까? 알 수도 없고 이해할 수도 없고 정리되지도 않는 생각들이 마침내 바깥으로 끓어넘쳐, 도화는 그저 몸을 웅크리고, 거의 으르렁거리듯 흐느꼈다.

"야, 야, 진정해. 괜찮아? 물 마실래?"

펭란이 허둥지둥하며 도화를 다독였다. 변명을 늘어놓거나 말을 돌리는 정도를 예상했지, 이렇게까지 감정적인 반응을 보일 줄은 몰랐기에 펭란은 진심으로 당혹스러워했다. 흐느끼는 소리에 귀를 기울여 보아도 얻을 수 있는 정보는 별것 없었다. 포카이카하를 맡아 줬다고? 맡긴 사람이 어디에 있는지는 모른다고? 물건만 찾으면 3년 전의 범인도 자연스레 나타날 줄 알았는데, 하다못해 결정적인 단서라도 손에 들어올 줄 알았는데! 어디로 도망쳤는지도 모르는 놈을 우리가 무슨 수로 찾아! 계획대로 돌아가는 일이 하나도 없는 판에, 하필이면 계획대로 진행할지 묻는 부하의 목소리가 들렸다. 솔직한 심정으로는 같이 주저앉아서 울고 싶었다.

그러는 대신 펭란은 심호흡을 하고, 기지개를 쭈욱 켠 다음, 명쾌하게 대답했다.

"계획대로 가. 상황이 아주 나쁜 건 아니니까."

이럴 때일수록 긍정적인 사고가 필요했다. 아무튼 물건은 확보했고, 적대 조직의 끄나풀을 붙잡지는 못했지만 뭔가 관련이 있는 사람은 찾았으니, 사건 관련자 한 명의 이름과 얼굴 정도는 알아낸 셈. 이 정도면 75%는 성공이나 마찬가지잖아? 게다가 설령 본인은 더 아는 게 없다고 말하더라도, 실제로 도움이 되는 정보를 쥐고 있을지 어떨지는 모르는 일이다. 어쩌면 상대가 라이벌 조직원도 거물 수집가도 아닌 민간인이라는 게 오히려 다행스러운 일인지도 모른다. 이렇게 간단히 울먹이고 마는 녀석한테서 정보를 얻어내는 게 어려울 리 없으니까.

설마 여기서 일이 더 틀어지기야 하겠어?

펭란은 속으로 그렇게 되뇌었다.

✝

고속도로를 달리던 리무진이 한쪽으로 슬쩍 빠질 즈음, 납치범들은 도화에게 안대를 씌웠다. 차가 멈춘 것은 그로부터 몇 분이 더 지나서였다. 문이 열리는 소리와 함께 서늘한 공기가 머리카락을 쓸고 지나갔다. 발목을 묶고 있던 케이블 타이가 잘려 나갔다. 그 뒤를 이어 펭란의 목소리가 들렸다.

"몇 발짝 걸을 거야. 넘어지지 않게 조심해."

그런 경고에도 불구하고, 도화는 리무진 밖으로 발을 내딛자마자 자갈을 밟아 크게 휘청이고 말았다. 양옆에서 붙들고 있는 납치범들이 아니었더라면 꼼짝없이 넘어졌을 정도로. 힘이 완전히 빠져나간 도화의 허리가 종이 인형처럼 불안하게 흔들렸다. 흐느낌은 그쳤지만 생각은 여전히 끓고 있었다. 내면의 부글거림을 감당하지 못한 채 도화는 질질 끌려 네다섯 걸음을 더 걸었다. 거슬리는 끼리릭 소리를 들었고, 갑자기 폭신해진 바닥의 감촉을 느꼈다.

"손 풀어 줄게. 안대는 아직 벗지 마."

묶여 있던 두 팔이 힘없이 축 떨어졌다. 펭란이 계속 말했다.

"난 잠깐 나갔다 올 거야. 보스한테 연락도 해야 하고, 따로 관리할 일도 있거든. 그러니까 너도 여기서 좀 쉬고 있어. 냉장고에 샌드위치랑 마실 거 있고, 샤워실 써도 되고, 웬만하면 잠은 나중에 자고. 우리 애들이 경비 서면서 계속 확인할 거라 좀 거슬릴 테니까. 혹시라도 나한테 할 얘기 있으면 그쪽에 전달하면 돼. 또 뭐 있지? 아, 혹시라도 허튼 짓 하면 안 된다?"

"……꿈틀이는?"

"너무 걱정하지 마. 우리가 그렇게 귀한 상품을 아무한테나 팔겠어? 그런 거 사는 수집가들은 사육 설비에 돈 안 아끼는 사람들이야. 아랍 왕족도 있고, 실리콘 밸리 유명인도 있고, 특히나 보스는 VIP 고객을 아주 까다롭게 고르거든. 그러니까 네 애완동물도 좋은 주인 찾아갈 거야."

손이 어깨를 가볍게 토닥였다. 사무적인 성의를 담아서.

"볼일 끝나면 다시 와서 얘기하자. 너도 뭐, 애완동물 떠맡기고 도망친 사람한테 쌓인 게 없진 않을 거 아냐? 다 들어줄 테니까 편하게 말하고, 그다음에 보스가 허락만 하면 아마 금방 풀어줄 수 있을 거야. 그러니까 지금부터 마음속으로 느리게 열 세고, 안대 풀고, 할 얘기 생각하고 있으면 돼. 알았지?"

도화가 희미하게 고개를 끄덕이자 등 뒤의 기척이 멀어져 갔다.

하나 둘 셋, 다시 끼리릭 소리가 울렸다.

넷 다섯 여섯, 어느새 바깥바람이 멈추어 있었다.

일곱, 아니, 도화는 더 이상 수를 세지 않았다. 대신 천천히 안대를 풀고, 어둑어둑한 조명 아래서 조금 눈을 찌푸리며 주위를 둘러보았다. 베이지색 벽지. 붉은색 카펫. 나무 테이블. 매트리스가 깔린 침대. 소형 냉장고. 창문은 없었다. 출구라고는 단단히 잠긴 철문뿐이었다. 도화는 자그마한 호텔 방 비슷한 곳에 갇혀 있었다. 아늑하고, 깨끗하고, 도대체 어디인지 알 수 없는 곳에.

겨우 몇 발짝 걸었는데 어떻게 여기까지 온 거야? 고작해야 의문 하나가 더해졌을 뿐인데 그것만으로도 깨질 듯한 두통이 엄습했다. 텅 빈 구토감이 목구멍을 비집고 올라왔다. 묶여 있던 사지가 쑤셨다. 간신히 몸을 옮겨 침대에 앉으니 천장이 빙글빙글 돌았다. 곤죽이 된 머릿속에는 생각의 끄트머리들만 둥둥 떠다녔다. 할 얘기를 생각하라고 했는데. 뭐라도 해야 하는데. 여기서 이러고 있으면 안 되는데. 여긴 어디지. 왜 이렇게 됐지. 내가 뭘 하려고 했더라.

"뭘 하려고 했더라."

사고 과정에서 튕겨 나온 혼잣말 한 조각이 입 밖으로 떨어졌다. 제멋대로 춤추는 의식의 흐름을 움켜쥐려고 애쓰며,

도화는 그 말을 몽롱하게 몇 번 반복해 보았다. 뭘 하려고 했더라. 뭘 하려고 했더라. 오늘 원래 뭘 하려고 했더라…… 무너진 지 오래인 허망한 계획들이 이내 하나씩 떠올랐다. 꿈틀이 입양 보내고. 밖에서 저녁 먹고. 집에 들어가서. 책이랑 냉장고랑 가구는 지난주에 다 정리했으니까, 사육장이랑 사료만 마지막으로 처분하고. 그러면 정말 다 끝나는 거였는데. 더는 할 일도 없이. 남은 책임도 없이. 존재할 이유도 없이. 그래, 그럴 생각이었지. 도화의 몸이 침대에 풀썩 쓰러졌다.

일을 전부 마치고 나면, 그냥 이대로 사라져 버리려고 했어.

스스로 목숨을 끊을 생각은 없었다. 그런 수고를 들일 필요가 없었다. 가족들이 화를 내면서 떠나가고, 주변 사람들과 연락이 끊기고, 어디에도 머물지 못하고, 아무것도 하지 못하고, 그러다 보면 자연스레 이 세상에서 없어질 텐데. 도화는 자신이 언젠가는 사멸을 맞이하리라는 사실을 알았다. 환경에 적응하지 못하는 생명체는 멸종하는 법이니까. 그리고 도화는 결코 환경에 적응할 수 없을 테니까.

노력은 충분히 했다. 남들과 가까워지려 해 보았고, 사회의 한쪽 구석에나마 있을 곳을 마련하려 애를 써 보았다. 소용은 없었다. 경쟁에서 밀려났다. 물어뜯겨 상처를 입었다. 안식처에서 내쫓겼다. 어떤 사람들은 그냥 적응할 수 없는 운명을 타고난다는 사실을 도화는 결국 받아들일 수밖에 없었다.

도화가 생각하는 자신의 삶은 그저 느리디느린 사멸 과정, 유예된 최후를 향해 조금씩 빚을 갚아 나가는 길에 불과했다. 도화는 살아 있는 시체였다. 수컷 일곱 마리밖에 남지 않아서 가만히 멸종을 기다려야만 하는 파충류처럼, 살아간다기보다는 차라리 죽어 간다는 말이 알맞은 존재였다.

그러던 중에 누리 언니를 만났다. 비로소 완전히 혼자가 되었기에, 아무런 걱정도 없이 그저 사라지기 위한 돈을 모으던 도중이었다. 하지만 누리 언니는 도화가 그냥 사라지도록 내버려 두지 않았다. 다가왔고, 말을 걸었다. 이야기를 들려주었다. 예기치 못한 변수였다. 마음을 흔들어 놓을 정도로, 미련을 갖게 만들 정도로……. 그랬기에 도화는 마지막 누리 언니의 부탁을 거절할 수 없었다. 더 미련을 가져 보고 싶었다. 언니의 부탁을 위해서, 언니가 맡긴 생명체를 책임지기 위해서, 막을 수 없는 멸종을 아주 잠깐만 늦춰 보고 싶었다.

생각이 여기에 이르렀을 때, 도화는 자신이 무엇을 하려 했는지 깨달았다.

꿈틀이를 위해 살기로 했어. 책임을 다하고 나면, 그때 끝내기로 했어.

그렇다면 할 일은 정해져 있었다. 도화는 몸을 벌떡 일으켰다. 머리가 띵하게 아파 왔지만 팔과 다리는 개의치 않고 움직였다. 몇 번 제자리에서 뛰어 보고, 냉장고에서 햄 치즈 샌드위치를 꺼내 집어삼킨 다음 사과 주스 한 병을 이어서 벌컥 벌컥 마셨다. 사멸할 때가 아니었으니까. 죽지 않을 이유가 안타깝게도 아직 남아 있었으니까. 구체적으로 어떻게 행동하면 좋을지는 이제부터 생각해 봐야 했지만, 적어도 도화의 머릿속에는 이제 뚜렷한 목표 하나가 새겨진 채였다.

†

"상황 확인! 대답하쇼! 지금 뭘 하고 있습니까!"

굵고 거친 목소리, 철문을 세차게 두드리는 소리가 방 전체에 울려 퍼졌다. 쾅쾅! 쾅쾅! 하지만 대답은 돌아오지 않았다. 곧이어 문이 끼익 열렸다. 그곳에 선 사람은 작업복을 입은 거구의 남자였다. 바깥의 어둠을 등진 채, 남자는 굳은 얼굴로 천천히 두리번거리며 방 안으로 발을 들였다. 반쯤 흘러내린 침대보, 테이블 위를 굴러다니는 병뚜껑, 바닥에 떨어진 샌드위치 포장지가 그 눈에 차례차례 들어왔다. 하지만 그보다도 더욱 민감하게 반응한 것은 남자의 귀였다. 쏟아지는 물소리를 들은 남자가 머쓱했는지 괜히 목소리를 높였다.

"샤워 중이면 말을 했어야지. 그러면 안 들어왔을 거 아뇨."

이번에도 여전히 묵묵부답. 어깨를 으쓱하며 무전기에다 대고 '이상 없습니다!'를 외치려던 남자의 뇌리에 문득 꺼림칙한 기분이 스쳤다. 대답만 없는 게 아니었으니까. 벗어 놓은 옷도 없고, 물살 흔들리는 소리도 없고…… 인기척이 없어도 너무 없었다. 불길한 상상이 차례로 떠올랐다. 차에서부터 불안해 보였는데, 저 안에서 정말 허튼 짓이라도 한 것 아닌가? 남자는 잠시 고민했지만, 결국 '괜찮은지 어떤지 확실히 체크하라'는 펭란의 지시에 따라 김 서린 유리문 쪽으로 걸음을 옮겼다.

"어이! 진짜 괜찮은 거 맞아요? 말하기 싫으면 노크라도 하든가!"

계속해서 외쳐 보아도 반응이 없었기에, 남자는 어쩔 수 없이 문을 열어젖히려 했다. 그런데 스테인리스 손잡이를 잡는 순간 뚜렷한 인기척이 느껴졌다. 샤워실 안이 아니라, 등 뒤쪽에서. 황급히 몸을 돌린 남자의 눈에 펄럭이는 침대보가 보였다. 자신이 열어 둔 철문도. 침대 밑에서 튀어나와 전력으로 질주하는 여자의 실루엣도. 상황을 파악한 남자의 손가락이 파르르 떨며 무전기 버튼을 눌렀다.

"무, 문제 생겼습니다! 그놈이 도망쳤어요!"

밖을 둘러싼 칠흑 같은 어둠 속으로, 자갈을 밟는 소리가 빠르게 멀어져 갔다.

✝

호흡이 허락하는 데까지 달리고 또 달리며, 도화는 자신이 어디에 있는지부터 빠르게 파악했다. 짭짤한 공기를 들이마셨고, 벌레 우는 소리를 들었으며, 가장 어두운 골목 사이로 파고들며 양옆의 철벽을 손끝으로 느꼈다. 야외였다. 아마도 바다 근처였다. 그리고 사방에 줄지은 벽은 컨테이너 박스였다. 옥외 창고인가? 그럼 방금 전까지 있던 방은? 힐끗 뒤를 돌아보니 저 끝의 박스에서 불빛이 새어 나오고 있었다. 창고 한쪽의 박스 두어 개를 연결해 일종의 은신처로 꾸며 둔 모양이었다. 겉에서 보면 평범한 컨테이너로 보이도록—그렇다면 이곳도 아마 평범한 창고라기보단, 부두 근처에 밀수품을 잠시 쌓아 두는 거점쯤 되는 곳이겠지. 주변에는 울타리. 컨테이너 배치를 보면 출구는 아마 저쪽 끝. 이 정도면 충분했다. 도화는 달리기를 멈추고 그늘 속으로 몸을 숨겼다. 그러고는 조심스레, 사방의 발소리와 기척을 경계하며, 컨테이너 벽을 따라 걷기 시작했다.

늘어선 컨테이너가 시야 가장자리를 천천히 스쳐 지나갔다. 어떤 컨테이너에서는 조금 악취가 났다. 또 다른 컨테이너는 묘비처럼 고요했다. 아냐, 아냐, 다음. 아지트에다가 샤워실까지 만들어 놓았을 정도라면, 그 정도로 공을 들인 곳이 한 군데는 더 있을 터였다. 도화는 누리 언니가 언젠가 해 준 이야기를 기억했다. 나일악어 몇 마리를 미국의 동물원까지 운송한 적이 있댔어. 악어들이 여행 도중에 죽는 일이 없도록, 공기가 순환되고 온도와 습도를 계속 모니터링할 수 있는 특수 컨테이너에 담아 옮겼댔어…… 도화는 바로 그런 시설을 찾고 있었다. 세상에서 가장 희귀한 파충류를 밀수꾼들이 아무데나 두지는 않았을 테니까. 꿈틀이는 그런 곳에 갇혀 있을 테니까. 그러니까 다음, 다음, 다음.

여기 있었구나, 꿈틀아.

낮고 희미하게 웡웡거리는 소리가 나는 컨테이너 앞에서 도화의 발이 멈췄다. 보일러나 환풍기 소리일까? 도화는 길게 생각하지 않았다. 대신 꿈틀이를 구하기 위해 행동했다. 왼손으로는 컨테이너 문을 쾅쾅 두드리고, 오른손으로는 품에 감춰 둔 사과주스 병을 꺼내 치켜들고, 10여 초 만에 문이 열리자 주저 없이 힘껏······

"조심해!"

날카로운 목소리와 동시에 팔이 등 뒤에서 붙들렸다. 다음 순간 컨테이너 안에서 뛰쳐나온 남자가 도화를 힘껏 밀어 넘어뜨렸고, 거센 몸부림을 제압하기 위해 몇 사람이 더 달려왔다. 바닥에 떨어져 산산조각 난 유리병 조각을 향해 도화는 필사적으로 손을 뻗어 보았지만, 그 움직임마저 아슬아슬한 순간에 짓밟히고 말았다. 옴짝달싹할 수 없게 된 도화의 귓가에 누군가 급히 달려오는 소리가 들렸다. 그리고 숨 가쁘게 내뱉는 말소리도.

"아니, 진짜, 너 뭐 하는 애야?"

아직까지도 거칠게 저항하는 도화를 내려다보며, 펭란이 기가 찬 듯 중얼거렸다.

✝

이를 갈며 자신을 맹렬하게 노려보는 도화의 시선이 따가 웠지만, 펭란에게는 먼저 할 일이 있었다. 혹시라도 부상자가 있는지 파악하는 일이 급선무. 그다음에는 출구를 봉쇄하라고 보내 두었던 인원들에게 상황 종료를 알려야 했다. 물론 이 상황을 만든 원흉을 질책하는 것도 잊지 않았다.

"감시 담당들은 이따가 얘기 좀 하자. 얘가 이쪽으로 안 오고 곧장 출구로 달렸으면 어쩔 뻔했어? 울타리 넘어갔으면? 그랬다간 눈 뜨고 놓칠 수도 있었다고."

하지만 정말 신경이 쓰였던 것은 그런 사태가 일어나지 않 았다는 사실이었다. 감시를 뚫고 기껏 탈출했는데, 얼마든지 더 멀리 도망칠 수도 있었는데 도화는 굳이 이곳에 나타났다. 그것도 무기까지 들고서. 이건 펭란의 예상을 완벽하게 벗어 난 일이었다. 만일의 상황에 대비해 곁에 둔 경호인력이 아니 었다면 어떻게 되었을지를 생각하며 펭란은 고개를 절레절레 저었다. 힘없이 울먹이는 민간인이라고만 생각했는데, 이렇게 까지 화려하게 사고를 칠 줄이야. 이래서야 더 이상 일이 틀어 지지 않기를 바랄 수만은 없었다. 오히려 기껏 세워 둔 계획을 틀어야 할 때였다.

"일단 아지트로 데려가서 묶어 둬. 생각 정리하고 따라 갈게."

명령을 받은 부하들이 일제히 도화의 양팔과 다리를 붙잡았다. 그렇게 번쩍 들린 채로도 도화는 끝까지 팔을 비틀어 빼내려고 안간힘을 썼다. 그 모습을 보며 펭란은 확신했다. 저런 녀석을 지금까지처럼 적당히 겁주고 구슬려 봐야 결코 소용없으리라는 사실을. 도화의 입을 열기 위해 위험을 감수해야 한다면, 펭란은 기꺼이 그 위험을 감수할 준비가 되어 있었다.

†

"협상을 하자, 조도화."

경호원들과 함께 아지트로 성큼성큼 걸어 들어오며 펭란이 단호하게 운을 뗐다. 의자에 묶여 있던 도화는 그 말에 펭란을 빤히, 말도 안 되는 소리를 들었다는 듯 쳐다보았다.

"왜? 총이라도 들이댈 줄 알았어? 사람 잘못 보셨네요."

펭란이 어깨를 으쓱했다. 야만적인 수단을 쓸 생각은 처음부터 없었다. 게다가 상대는 애완동물 구하겠다고 적진 한복판에서 난리를 칠 만큼 목숨 아까운 줄 모르는 녀석인데, 어떤 협박인들 먹힐 리가 있나. 펭란은 사업가였다. 그리고 상대가 내놓기 싫어하는 무언가를 얻어내야 할 경우에 사업가에게는 사업가만의 방법이 있었다. 테이블을 끌어다 놓고 상대방 맞은편에 앉아, 대뜸 이렇게 운을 떼는 것.

"단도직입적으로 얘기할게. 우리한테 협조해. 그러면 우리도 네가 원하는 걸 알아내 줄게."

생각지도 못한 제안에 도화의 눈이 커졌다. 펭란이 또박

또박 말을 이었다.

"무슨 언니라는 사람이 포카이카하 맡기고 갔다면서. 궁금하지 않아? 도대체 뭐 하는 사람이었는지, 왜 너를 두고 사라졌는지, 그걸 우리가 대신 알아봐 줄 수 있단 소리야. 네가 정보만 좀 제공해 주면."

지인이 밀수업계와 관련되어 있었다는 이야기를 듣고 충격을 받던 모습을, 그럼에도 그 지인이 떠맡긴 애완동물을 구하려고 무모하게 달려들던 모습을 펭란은 기억하고 있었다. '누리 언니'라는 사람을 아직도 소중하게 생각하는 것이 분명했다. 그렇다면 더더욱 신경이 쓰일 수밖에. 누리 언니에게 배신당한 건 아닌지, 혹시라도 무슨 사정이 있었는지, 그리고 지금은 과연 무사한지. 도화는 예상대로 이 제안을 무시하지 못했다.

"……알아낼 수 있어?"

"알아낼 거야. 조직의 명예를 걸고 약속할게."

어차피 무슨 수를 써서라도 알아낼 생각이었다. 업계를 샅샅이 뒤져서라도, 조직의 내부 정보를 민간인에게 공유한다는 위험한 수까지 둬 가면서라도. 귀중한 상품을 빼앗는 거로 모자라 감히 조직원들을 잔인하게 죽이기까지 한 놈들을 찾아서 빚을 받아내기 위해서라면 그쯤이야 아무것도 아니었다. 아, 그래도 이 정도는 도의상 양보해야겠지만.

"그리고 네 지인 안전도 물론 보장해 줄게. 삼 년 전 사건에 연관돼 있다고 해도, 설마 그만한 짓을 혼자 벌이지는 않았을 거 아냐. 난 가담자들 이름만 충분히 얻어내면 돼. 어때, 나쁘지 않지?"

깊은 고민 속에서 침묵이 흘렀고, 펭란은 참을성 있게 기다렸다. 10초, 20초, 40초, 그리고 조금 더. 1분이 지나기 전에 도화의 입이 열렸다. 하지만 그 입술 사이에서 흘러나온 말은 펭란이 기대하던 깨끗한 승낙이 아니었다.

"조건이 있어. 두 개."

"말해 봐."

'제발 쉽게 쉽게 좀 가자.' 하고 펭란은 속으로 투덜거렸다. 하지만 혹 빨리 풀어 달라는 요구라면 들어주지 못할 것도 없었다. 포카이카하를 내놓으라고 요구한다면 그것만은 안 된다고 딱 잘라 거절하되, 필요하다면 위로금 명목으로 돈을 좀 챙겨 줄 생각이었다. 어차피 달리 내걸 조건이 뭐가 있겠느냐는 것이 펭란의 짐작이었건만,

"너희는 못 믿어. 제대로 알려 준단 보장이 없어. 그러니까, 네가 누리 언니에 대해 알아보러 가겠다면, 나도 같이 갈 거야."

"뭐라고? 야, 너 조금 생각이란 걸……"

"그리고 꿈틀이도 같이 갈 거야. 전부 알아낼 때까지, 내가 직접 돌봐."

어이가 없었다. 조직의 일에 아예 동행을 시켜 달라고? 게

다가 일이 끝날 때까지 무지개꼬리 포카이카하를 자기가 돌보겠다고? 절대로 안 된다는 말이 목구멍 끝까지 올라왔다. 하지만 펭란은 그 말을 입 밖으로 뱉지 못했다. 대신 테이블 건너편에 앉은 상대방의 눈을 들여다보았다. 3년 전 사건의 유일한 단서를 쥐고 있는, 그리고 방금 내건 조건을 절대로 포기하지 않을 게 분명한 골칫덩어리의 흔들림 없는 눈을. 어쩔 수 없었다. 이 정도까지 위험을 감수하고 싶지는 않았는데.

"뭐, 좋아. 네가 직접 따라다니면서 협조해 주겠다면야 우리도 환영이지. 대신 쓸데없는 짓 했다간 그때야말로 각오해. 안 봐줄 거야."

"꿈틀이는?"

"생각해 보면, 포카이카하를 너만큼 잘 관리할 수 있는 사람도 없겠네. 보스가 짜증 낼 텐데…… 이건 내가 어떻게든 할 수 있으니까. 믿고 맡길게."

어마어마한 책임감이 펭란의 어깨를 짓눌렀다. 도화가 일을 그르치거나 포카이카하에게 무슨 문제라도 생겼다간 그 여파를 홀로 감당해야 할 판이었으니까. 하지만 펭란은 모든 위험과 책임을 짊어지기로 했다. 3년 만에 간신히 손에 넣은 단서에는 그럴 만한 가치가 있었다. 그리고 단서를 손에 넣은 이상은 지체하고 싶지도 않았다. 기지개를 쭉 켜고 자리에서 일어나, 시계를 확인하고 부하들과 이야기를 나눈 다음, 펭란이 도화에게 마지막으로 하나 물었다.

"혹시 뱃멀미 심해? 아침 일찍 출발할 거니까, 약 필요하면 지금 말해 둬."

"출발? 어디로?"

"3년 전 일에 대해서 잘 아는 친구가 있거든. 여기저기 돌아다니는 게 직업이라 평소에는 통 얼굴 보기가 힘든데, 조만간 방콕에 있는 자기 가게에 잠깐 들른다더라고. 만나러 갈 거 아냐?"

그렇게 말하면서 펭란은 빙긋 웃었다. '잘 부탁해'라고 말하는 듯한 미소였다. 도화는 웃지 않았지만, 대신 작게 고개를 끄덕여 그 미소에 답했다. 두 사람의 시선이 잠시 맞닿았다가 떨어졌다. 서로의 생각도, 서로의 계획도 결코 온전히는 알지 못한 채로.

Chapter 2
사냥꾼과 사냥감

잔디밭 위로 길게 늘어진 핏자국이 달빛을 받아 반짝였다. 바람 한 점 없는 정원엔 새똥 냄새가 가득했고, 이곳 군데군데에 피비린내가 더러운 웅덩이처럼 고여 있었다. 가만히 귀를 기울이면 숨을 죽여 헐떡이는 소리가 언뜻 들리기도 했다. 모퉁이를 돌아 정원에 막 들어선 검은 형체의 눈과 귀와 코는 이 모든 실마리를 놓치지 않았다. 모든 감각이 나침반처럼 흔들거리다가 일제히 한 방향을 가리켰다. 무겁고 더운 공기를 가르며, 검은 형체는 핏빛 흔적을 따라 저벅저벅 걸었다.

그 흔적 끝에서 한 중년 남자가 기어가고 있었다. 검붉게 물든 잠옷 차림으로, 괴로워하며, 커다란 민달팽이처럼 피와 점액을 줄줄 흘리면서. 남자의 목적지는 정원 한가운데의 앵무 사육장이었다. 철창으로 둘러싸인 팔각형 사육장은 사람이 너끈히 들어갈 수 있는 크기였고, 안에서 문을 잠글 수도 있었다. 사육장 열쇠 꾸러미를 움켜쥔 남자의 손에 힘이 들어갔다. 앞으로 몇 미터만 더, 조금만 더…… 몸을 질질 끌며 간신히 문 앞까지 도착한 남자는 이제 자물쇠를 향해 힘껏 손을 뻗으려 했다. 검은 형체가 남자의 등 뒤까지 다가온 것은 그때였다.

오른쪽 발목이 와작 하는 소리와 함께 짓밟혔다. 뇌를 튀겨 버릴 듯한 격통이 찾아왔지만 남자는 비명조차 지르지 못했다. 등 뒤로부터 갈비뼈 사이를 파고들어 온 날카로운 흉기가 폐에 구멍을 냈기 때문이었다. 한 번, 두 번, 세 번. 입에서 검붉은 피를 쏟으면서도 남자는 필사적으로 자물쇠에 매달렸다. 그 바람에 철망이 세차게 흔들리자 사육장 안의 새들이 깨어났다. 퍼덕거리고 깍깍거리는 소리가 정원을 한차례 휩쓸고 지나갔다. 남자의 몸이 주르륵 미끄러지는 소리가 그 뒤를 이었다. 등에 꽂힌 검은색 나이프가 핏물로 번들거렸다.

흐려져 가는 의식 속에서, 남자는 검은 형체가 자신에게 속삭이는 말을 언뜻 들었다. 두 단어였다. 차갑고도 음산한 목소리였다. 얼핏 들은 적 있는 말이기도 했다.

하지만 그 의미를 미처 생각하기도 전에, 남자의 사고는 영영 멈췄다.

✝

감은 눈 안쪽으로 푸르스름한 빛이 새어 들어와 도화의 얕은 잠을 흔들었다. 숨을 토하며 몸을 뒤척이니 관절들이 일제히 비명을 질렀고, 소파의 꺼끌거리는 감촉도 새삼스레 뺨을 간질였다. 부드럽고 낯선 담요 비슷한 무언가가 다리 쪽으로 주르륵 떨어졌다. 그와 동시에 도화도 소파 아래쪽으로 손을 뻗었지만, 담요를 붙잡기 위한 움직임은 아니었다. 다급히 휘적이던 손끝이 플라스틱 표면에 닿아 멈추자 손가락들이 능숙하게 철망 위로 기어갔다. 잠금장치를 풀고, 이동장 안의 공기를 느끼고, 거친 비늘을 어루만졌다. 그러고 나서야 도화는 비로소 안도의 한숨을 내쉬었다. 꿈틀이는 제자리에 있었다. 없어지지도 않고. 빼앗기지도 않고.

"깼어? 미안, 너무 밝았나 보다."

목소리가 들린 쪽으로 고개를 돌려 보니 펭란이 침대에 앉아 있었다. 헐렁한 나이트가운 차림에, 일이라도 하는지 무릎에는 노트북을 얹어 놓은 채로. 화면에서 뿜어져 나오는 푸른빛이 도화의 눈을 찔러 댔다.

"금방 끝내고 끌게, 다시 자. 나흘 만에 겨우 제대로 자는 것 같더만."

"잠들 생각 없었어."

"또 밤새 그거 감시하고 있게? 손 안 댄다고 했잖아. 난 약속 지키는 사람이야."

펭란이 한숨을 쉬며 말했다. 도화는 대답하는 대신 이동장을 소파 쪽으로 조금 더 끌어당겼다. 자신을 납치하고 꿈틀이를 빼앗으려 했던 사람과 같은 방에 있는 마당에 긴장을 늦출 수는 없었다. 지난 나흘 동안 줄곧 그랬다. 어딘지도 모를 망망대해 한가운데서, 태국행 화물선의 객실 안에서 도화의 두 눈은 저 수상쩍은 밀수업자의 일거수일투족을 쉼 없이 살피고 있었다.

그랬기에 도화는 그 누구보다 잘 알았다.

펭란이 정말 약속을 지키고 있단 사실을.

몸을 웅크려 소파 구석으로 파고들며, 도화는 이 화물선에 처음으로 발을 들인 순간을 떠올렸다. 고요한 새벽의 항구. 예매해 둔 기차에 타듯 태연히 배에 오르던 펭란의 걸음걸이. 그런 펭란에게 예의를 갖춰 인사하던 경비들. 호텔 방만 한 객실에 미리 차곡차곡 쌓여 있던 캐리어들. 그중 하나에 가득 든 동결건조 밀웜 통. 잘 먹을지 모르겠다며 멋쩍게 웃던 얼굴. 꿈틀이는 새 사료를 좋아했다. 그리고 꿈틀이에게 밥을 먹이는 동안, 펭란은 일부러 멀찍이 물러나서 보고 있었다. 협상을 깰 생각이 없다고 강조하려는 듯이.

"네가 돌보기로 했으니까, 난 일절 관여 안 할 거야. 상품에 문제만 안 생기게 해."

이후로도 펭란의 태도는 마찬가지였다. 꿈틀이의 상태에 대해 묻기는 했지만 단 한 번도 손을 대지는 않았다. 객실 밖으로는 나가지 못하게 했지만 대신 식사는 부하들을 시켜 꼬박꼬박 가져다주었다. 하노이에 정박했을 때에는 갈아입을 옷을 잔뜩 사다 주기도 했다. 그리고 설명도 아주, 아주 많이 해주었다. 그것도 약속의 일부라면서.

"네 지인이 정확히 어떤 일에 얽혔는지, 도착하기 전에 상황 파악은 해 둬야 할 거 아냐. 그래야 뭘 찾아내서 나한테도 알려 주든 말든 하지. 센티넬라 신디케이트에 대해서 혹시 들은 거 있어? 진짜 하나도 없어?"

이어진 말에 따르면, 센티넬라 신디케이트는 현재 전 세계 야생 동식물 밀수업계의 대부분을 지배하고 있는 조직이었다. 개인 밀수업자와 몇몇 단체들이 한정된 상품과 유통망을 놓고 치열하게 경쟁하던 시장에 혜성처럼 등장해, 업계의 질서를 근본적으로 뒤집어엎는 데에 성공한 거물 스타트업이기도 했다.

"원래 우리 집안은 대대로 홍콩에서 약재상을 했어. 엄마 때부턴 상아나 모피 쪽으로 사업을 확장했는데, 그러려다 보니까 경쟁이 장난 아니었단 말이야. 짐바브웨에서 중국까지 세관 뚫고 안전하게 상아 운반할 루트 같은 건 누구나 갖고 싶어 하거든. 그러니까 뱃푼도 팔고, 웃돈도 얹어 주고, 가끔은 치사한 수도 써 가면서 겨우 하나 확보하는 게 옛날 방식이었어. 하지만 지금은 상황이 완전히 달라졌지. 보스 덕분에."

"보스는 누군데?"

"보스가 보스지 누구야. 본업은 투자자였다고 그랬나? 중요한 건 누구인지가 아니라 어떤 일을 했느냐지. 십몇 년 전에 주요 밀수조직들을 규합해서, 제각기 독점하고 있던 온 세계의 밀거래 루트를 한꺼번에 관리하는 시스템을 만든 게 보스야. 덕분에 애완 침팬지를 팔든 코뿔소 뿔을 팔든 몰래 벌채한 나무를 취급하든, 이젠 누구나 신디케이트에 가입해서 가장 안전한 유통망을 이용해 거래할 수가 있게 됐다고. 조직에 건당 수수료만 내면 말이야."

"불법 아마존 같은 거네."

"약 파는 깡패들이나 다크넷 소아성애자들이랑 엮일 일 없는 불법 아마존이지. 무기도 안 팔고, 개인정보도 안 팔고, 인신매매도 안 하고. 우린 사람은 안 해치거든. 아직도 내 주요 비즈니스는 아픈 사람들한테 약 구해다 주는 거라니까?"

그렇게 말하며 펭란은 자랑스레 미소를 지었다. 하지만 그 표정은 도화를 힐끗 쳐다보자마자 즉시 진지하게 바뀌었다. 지금은 사업 철학을 자랑할 때가 아니라는 것처럼. 다시 입을 연 펭란의 목소리에도 더 이상 들뜬 기색은 없었다. 낮고, 조용하고, 조심스러웠다.

"하지만 다들 새로운 질서를 반긴 건 아냐. 야생동물을 전문으로 취급하는 조직 위주로 시장이 재편되면서, 이쪽을 부수입으로 여기던 놈들은 죄다 변방으로 밀려났거든. 그중에 목재 거래하던 러시아 마피아가 있을지, 아니면 동물원 운영하던 콜롬비아 마약 카르텔이 있을지 누가 알겠어. 3년 전 사건에 그런 식으로 우리한테 앙심 품은 작자들이 얽혀 있을 가능성도 배제할 수는 없단 뜻이지. 단순히 세상에서 가장 비싼 파충류를 노린 게 아니라, 애초부터 우릴 엿 먹일 목적이었을지도 모른다고. 어때, 상황 파악이 돼?"

도화는 펭란의 말뜻을 이해했다. 이건 센티넬라 신디케이트라는 조직의 현황 얘기이기도 했지만, 동시에 누리 언니에 관한 얘기이기도 했다. 누리 언니는 어째서 꿈틀이를 데리고 있었을까? 희귀 파충류를 훔쳐 내서 큰돈을 벌려고? 아니면 범죄조직 사이의 무시무시한 경쟁과 연루된 사람이라서? 펭란은 도화가 그런 가능성마저 염두에 두길 바랐다. 과거의 친분 때문에 중요한 단서를 못 보고 지나치는 일이 없도록. 조직의 유통망에서 꿈틀이를 탈취한 범인에 대해, 누리 언니의 정체와 행방에 대해 확실히 알아낼 수 있도록.

고마운 배려였다. 하지만 도화는 그 배려를 받아들이지 못했다.

소파 위에 웅크린 채 도화는 누리 언니를 생각해 보았다. 반쯤 감은 눈과 나른한 말씨와 두서없는 이야기들을 되새겼다. 의심해 보려고도 했다. 동물을 좋아해서 동물에 대해 많이 알게 되었을 뿐이라는 말이 얄팍한 겉포장에 지나지 않았던 것인지. 동물원에서 일하던 것도, 해외 출장을 다니던 것도 전부 거대한 조직범죄의 단서였던 것인지……. 하지만 그럴

수록 강해지는 것은 의혹이 아닌 확신이었다. 아무리 생각해도 누리 언니는 그럴 사람이 아니다. 뭔가 오해가, 다른 사정이, 지금으로서는 알 길이 없는 모종의 이유가 있었던 것이 분명하다. 말로는 설명할 수 없는 이 본능적인 믿음을 도화는 힘껏 붙들었다. 고집스럽게. 필사적으로.

푸른 불빛이 서서히 꺼져 갔다. 펭란의 졸음기 가득한 목소리가 들려왔다.

"계속 소파에서 잘 거지? 그럼 바닥에 그거라도 좀 덮어라. 기껏 덮어 줬더니 떨어뜨렸네."

그 말에 힐끗 내려다보았더니, 검고 흰 모피 비슷한 것이 다리 쪽에 떨어져 있었다. 담요는 아니었다. 원숭이 모피도 아니었다. 희미한 수면 등 조명 아래에 시체처럼 구겨진 물건은 아마도 자이언트 판다 가죽 깔개 같았다. 도화는 잠시 그 깔개를 쳐다보다가, 손을 뻗어 집어 든 다음, 그대로 뭉쳐서 방 반대편으로 집어 던졌다. 펭란의 탄식이 뒤를 이었다.

"됐다. 잠이나 자 둬. 내일 방콕 도착하자마자 친구 만나러 갈 거니까."

불만 가득한 목소리는 곧 규칙적인 숨소리로 바뀌었다. 그 소리를 확인한 뒤에야 비로소 도화는 눈을 감았다. 온몸의 힘이 조금씩 빠져나갔다. 하지만 긴장의 끈을 완전히 놓은 것은 아니었다. 침대 위의 숨소리가 조금이라도 바뀐다면 바로 깨어날 수 있는 정도였다.

한 사람을 믿기로 막 결심한 참이었으니까. 다음 사람까지 믿는 건 아직 이르니까.

달콤하고 얕은 잠에 가라앉는 동안에도, 도화의 한 손은 여전히 이동장 위에 놓인 채였다.

✝

다음 날 이른 아침, 도화와 펭란 두 사람을 실은 화물선은 짜오프라야 강을 거슬러 올라 방콕항에 도착했다. 펭란은 가지고 내릴 짐과 부하들에게 맡길 짐을 구분하느라 한동안 부산을 떨었고, 도화는 배에 탈 때와 마찬가지로 펭란의 부하들에게 둘러싸인 채 태국 땅에 발을 디뎠다. 이곳에서도 어김없이 펭란은 깍듯한 대접을 받았다. 항구에는 리무진까지 미리 대기하고 있었다.

"오랜만입니다, 사장님. 호텔로 모실까요?"

"아니, 일단 시장으로 가. 짐은 따로 호텔에 가져다주면 고맙고. 야, 조도화. 날씨 더운데 물건 들고 다녀도 문제 안 생길까? 우리한테 안 맡길 거 아니까 물어보는 거야."

"그늘이기만 하면 괜찮아. 내 방엔 에어컨도 없었는데, 나보다 잘 버텼어."

새삼 신기한 일이라고 도화는 생각했다. 원래 서식지가 뉴질랜드 근해의 섬이었다면 20도 이상 올라가는 경우가 드물었을 텐데 더위에 이렇게나 강하다니. 어쩌면 꿈틀이의 조상

들은 더운 땅에 살았는지도 몰라. 그러다가 섬에 떠밀려 와서, 어쩔 수 없이 그곳에 머물러야 했을지도 몰라……. 20분 정도 제멋대로 흐르던 생각이 지리멸렬하게 흩어질 무렵, 리무진은 음식 노점이 빼곡히 늘어선 길가에 멈춰 섰다. 노점 뒤쪽으로는 사람이 바글거리는 시장 입구가 보였다.

"도착했어?"

"그래, 여기가 짜뚜짝 주말시장이야. 세계 최대의 노천 시장 중 하나고, 책부터 선인장까지 안 파는 게 없지. 저 멀리 하얀 시계탑 보여? 그 너머가 친구네 숍 있는 데야."

펭란은 간단하게 말했지만, 실제로 시장을 가로질러 가는 길은 복잡하기 그지없었다. 수많은 옷가게와 공예품 상점 사이에서 길을 잃지 않으려 도화는 펭란 뒤에 딱 붙어 걸어야만 했다. 드넓은 짜뚜짝 주말시장은 어딜 가나 관광객들이 떠드는 목소리, 흥정하는 소리, 호객꾼들의 외침으로 가득 차 있었다. 시계탑을 지나 애완동물 상점이 즐비한 15번 구역으로 들어서니 거기에 새 울음소리와 짐승 냄새까지 섞였다. 노점마다 내놓은 플라스틱 우리와 바구니 안에는 강아지며 새끼 토끼가 바글거렸고, 우리에 갇힌 원숭이 사진을 찍는 관광객들을 피해 두 사람은 한참을 더 걸었다. 마침내 펭란의 발이 멈춘 곳은 시장 외곽 골목의 비좁은 사거리였다.

"대충 이쯤에서 보자고 했는데."

"시장바닥이잖아. 친구네 가게로 간다면서."

"여기가 바로 걔네 가게야. 이 블록 전체가 사실상 그 친구 소유니까, 우리는 숍 로비에 있는 거나 마찬가지지. 저기 모퉁이에 있는 집에서 방사거북 파는 거 보여? 마다가스카르 쪽 단속이 아무리 심해져 봐야, 여기선 코코넛 아이스크림만큼이나 흔한 물건이라고."

방사거북뿐이 아니었다. 자세히 보니 희귀한 앵무새며 뱀이며 도마뱀들이 사방의 우리와 사육장마다 빼곡했다. 펭란을 알아보고 인사하는 상점 주인도 있었다. 이 모든 거래 현장을 한 사람이 관리하고 있다면, 펭란의 말대로 골목 전체가 하나의 밀거래 상점인 셈. 그 공공연한 범죄의 중심으로 한 사람이 손을 휘휘 흔들며 다가왔다. 노란 하와이안 셔츠와 청바지 차림에 선글라스를 쓴, 30대 후반쯤 되어 보이는 노란 머리 남자였다. 먼저 달려가 하이파이브를 한 펭란에게 남자가 친근한 목소리로 인사했다.

"미안, 미안! 기다리게 했지? 거래 세팅하다 보니까 벌써 이 시간이지 뭐야!"

"오랜만이야, 제러미! 말레이시아는 어땠어? 돌아오자마자 거래부터 잡아 놓은 거 보니까, 드디어 좀 괜찮은 물건을 입수한 모양인데!"

제러미라 불린 남자는 한동안 펭란과 요란하게 안부를 주고받았다. 도화는 한 발짝 떨어져서 그 모습을 가만히 지켜보았다. 저 경박한 인상의 남자가 누구인지는 배 안에서 들어 알고 있었다. 제러미 웡. 신디케이트 소속의 애완 조류·파충류 밀매상. 펭란의 표현을 빌리자면 "장사를 할 때는 발품을 팔아야 한다는 사실을 누구보다 잘 아는 사람." 발리 흰뿔쇠찌르레기나 보르네오 바다왕도마뱀처럼 한정된 지역에서만 잡히는 희귀종을 세계의 수집가에게 공급하기 위해 자카르타의 프라무카, 반둥의 수카하지, 하노이의 이동식 노점까지 동남아시아 곳곳의 야생동물 시장을 순회하길 마다하지 않는 인물. 그런 제러미가 본거지인 짜뚜짝으로 돌아왔다는 말은, VIP 고객에게 직접 전달해야 할 매우 귀중한 상품이 그의 손에 들어왔다는 의미였다.

"검은패러키트라고 알아? 19세기 항해사가 '말레이 반도의 까만 앵무새'라는 기록을 남긴 이래, 백 년 동안 다시 찾을 수가 없었던 걸로 유명한 환상의 새지. 요즘도 10년에 한 번 목격될까 말까 하는데, 설마 살아 있는 채로 시장에 나올 줄은 몰랐지 뭐야!"

"와, 운 좋았네! 계속 이런 큰 건수 찾아다녔던 거 아냐? 이쪽 용건 끝나고 나면, 그 검은패러키트란 물건 잠깐만 구경해도 돼?"

"당장이라도 보여 줄게! 앞으로 두 시간 뒤엔 팔릴 물건이니까 서둘러야지. 빨리 들어와서 커피도 한 잔씩 하고, 내가 고생한 얘기도 듣고……"

"용건 끝나고 나서 말이야, 제러미. 분명히 그러기로 약속했을 텐데."

잔뜩 들떠 있던 제러미의 목소리가 끊겼다. 분위기가 일순간에 차갑게 내려앉았다. 펭란은 여전히 부드러운 미소를 띤 채였지만, 두 눈은 전혀 웃고 있지 않았다.

"매번 이랬지. 화제만 나오면 나중에 얘기하자, 같이 저녁 먹으면서 얘기하자, 그러다가 결국엔 취해서 제정신 아닌 척 흐지부지 넘어가고. 이번엔 그렇게 안 맞춰 줄 거야. 각오하고 왔거든."

"아니, 오해가 있는 모양인데, 내가 말을 안 해 주려고 그런 게 아니라……"

"기껏 여기까지 손님을 데려왔는데, 넌 쟤한테 인사도 안 하더라. 아까부터 아예 모른 척하던데. 그게 무슨 뜻인지 내가 모를까?"

뒤쪽에 선 도화를 손가락으로 까딱까딱 가리키며 펭란이 말을 이었다.

"당연히 껄끄럽겠지. 3년 전 사건의 단서를 쥔 증인 따윈 만나고 싶지도 않겠지. 그때 야심차게 상품 운송 맡았다가 망친 일 만회하려고 지금껏 고생한 거 알아. 보스는 수익 자체보다도 수집가랑 거래 트는 걸 더 중요하게 생각하니까, 기어이 말레이시아까지 가서 수집가들이 껌뻑 넘어갈 상품 갖고 돌아왔는데, 이제 와서 옛날 일 꺼내면 기분이 좋을 리가 없지. 하지만 잊지는 마. 3년 전에 내가 너한테 믿고 맡긴 부하가 몇

명이었는지. 개네들이 죄다 시체가 됐단 소식을 듣고 내가 얼
마나 괴로워했는지."

"펭란, 그 일은 정말로……."

"사과 받으러 온 거 아냐. 화풀이하러 온 것도 아니고. 물
론 솔직히 말해서 아직도 화가 나 있고, 완전히 용서하지도
못했어. 하지만 오늘은 부탁하러 온 거야. 내가 데려온 증인이
뭔가 찾아낼 수 있을지도 모르니까, 얼굴 맞대고서 각자 아는
내용 짜 맞추다 보면 안 보이던 게 보일지도 모르니까, 그러니
까 이번에야말로 아는 걸 최대한 자세히 말해 달라는 부탁이
야. 오랜 업계 친구한테 그 정도는 기대할 수 있다고 생각해,
제러미 웡."

폭풍이 휩쓸고 간 듯 시장이 고요해졌다. 온 상인들의 시
선 한가운데서 펭란은 차갑게 굳은 표정으로 제러미의 대답
을 기다렸다. 째깍, 째깍, 째깍.

"알겠어, 알겠다고! 네가 이렇게까지 말하는데 입 닫고
있으면 내가 나쁜 놈이지. 당장 사무실 가서 그때 자료들부
터 다 끄집어내고, 거래 끝나자마자 바로 정리해서 말해 줄
게, 응?"

"아니, 변명 생각할 시간 안 줄 거야. 사무실로 안내해. 두
시간 동안 들어 줄게."

끝까지 뭐라고 항의하려는 듯한 표정의 제러미였지만, 결
국 펭란의 흔들림 없는 시선을 이겨 내지는 못했다. 소음이 사

거리로 조금씩 다시 밀려들었다. 제러미를 따라 한쪽 모퉁이의 상점으로 향하던 펭란이 고개를 홱 돌리며 말했다.

"빨리 따라와, 조도화. 너도 같이 들어야 할 거 아냐."

짜증 섞인 그 목소리가 채 마무리되기도 전에, 도화는 이미 움직이고 있었다.

✝

제러미 웡의 사무실은 상점 안쪽의 작은 방이었다. 새와 도마뱀 우리가 높이 쌓여 어수선한 상점 입구와는 달리 사무실은 잘 정돈된 모양새였고, 에어컨 덕분에 공기 또한 쾌적했다. 하지만 그런 쾌적함도 방 안의 무거운 기류를 상쇄하지는 못했다. 잠깐 동안 세 사람은 어색한 긴장 속에서 서로를 곁눈질했다. 도화의 품에 안긴 이동장을 손끝으로 살짝 가리키며, 먼저 침묵을 깬 사람은 책상 앞에 앉은 제러미였다.

"그러니까, 뭐냐, 저 안에 있는 게 그 물건인 거지?"

"맞아. 네가 잃어버린 바로 그 무지개꼬리 포카이카하야."

"생각도 하고 싶지 않았는데. 저 망할 파충류는 다시 보기도 싫었어. 하지만 이젠 더는 못 도망칠 것 같네. 그쪽 증인은 영어 괜찮아?"

도화는 무뚝뚝하게 고개를 끄덕였고, 제러미는 어쩔 수 없다는 듯 어깨를 으쓱하더니 뒤쪽의 캐비닛으로 손을 뻗었다. 부스럭 소리가 날 때마다 책상 위에 서류철이 하나씩 쌓였다. 그러는 내내 힘없이 웅얼거리는 말이 이어졌다.

"3년 전이었고, 시간이 아마 오전 4시 반쯤이었는데, 중간 기점에서 물건 전달받기로 돼 있던 팀한테 연락이 왔어. 운반 팀이 나타나지도 않고 전화도 안 받는다고. 그래서 일단 몇 명이 운반 경로 따라가 보게 했고, 나도 바로 떠났는데, 그러고 도착해서 보니까 이 꼴이더라고."

부스럭, 부스럭, 마지막으로 꺼낸 서류철을 펼치자 사진이 우르르 쏟아졌다. 무엇을 찍은 것인지 한눈에 알아보기는 어려운 사진들이었다. 아마도 승합차 안을 촬영한 것 같기는 했지만 어두컴컴하고 초점이 나간 데다가, 도대체 무엇인지 알 수 없는 붉고 얼룩덜룩한 물체들까지 한가득 널브러져 있었으니까. 하지만 그 물체들 아래에 조각조각 흩뿌려진 막대기들이 사람의 손가락이라는 걸 깨닫기까지는 그리 오랜 시간이 걸리지 않았다.

"엉망진창이지? 여섯 명 전부 이렇게 됐어. 차 세우고, 바퀴에 펑크 내서 못 움직이게 하고, 문 따고 들어와서 손발 묶고 눈 가리고, 그다음에 하나하나 처리한 거야. 그냥 죽이는 거로도 모자라서, 죄다 가르고 끄집어내고 난도질을 해 놓은 거라고. 무슨 미친 곰이라도 나타나서 난동을 부린 것처럼! 젠장, 이래서 이 얘긴 꺼내기 싫었던 거야. 일을 망쳐서가 아니라, 이런 걸 봐 버렸으니까, 계속 떠오르니까……."

펭란이 아랫입술을 꼭 깨물었다. 잔인한 사건이었다는 걸 모르는 바는 아니었다. 부하들의 시신조차 회수하지 못했을 정도라니 그럴 수밖에. 하지만 이야기를 듣는 것과 실제 사진을 보는 것 사이에는 상상 이상의 틈이 있었다. 충격과 분노가 휘몰아쳐 머릿속이 새하얘졌다. 하지만 그 와중에도 무언가 말을 해야 한다는 사실을 펭란은 잘 알았다.

"뭔가, 뭔가 더 알아낸 건 없어? 이런 짓 할 만한 놈들 말이야. 제러미 너 갱단이나 카르텔 쪽은 빠삭하잖아. 어떤 놈들 수법인지 혹시 몰라?"

"내가 엮이는 갱단은 보통 시장 이권을 탐내는 조직들이야. 그래, 요즘은 모든 게 국제적이니까 일본 야쿠자든 아프리카 군벌이든 다 여기까지 손 뻗고 그러지. 그놈들이 어떻게 노는지도 대강은 알고. 하지만 있지, 내 생각엔 이건 무슨 조직 수법이 아니야."

"웬 헛소리야? 비밀리에 운송하던 차량 덮쳐서, 상대방 싹 제압하고 물건 가져가고, 이건 조직이 아니면 안 되는 일이잖아! 괜히 내가 카르텔 얘기 꺼낸 줄 알아?"

"펭란, 일단 들어 봐."

잔뜩 흥분해서 뭔가 말을 쏟아내려는 펭란이었지만, 이번에는 제러미가 그 말을 끊었다.

"네 얘기가 맞아. 포카이카하를 훔쳐간 건, 분명히 지시에 따라서 일사불란하게 움직일 줄 아는 놈들이었겠지. 하지만 그런 조직이 네 부하들은 왜 시간 들여 가면서 잔인하게 죽였을까? 묶어서 눈 가려 놨으면 머리에 총이나 한 발씩 쏘면 되는데, 안 죽어져도 될 위험을 굳이 부담한 셈이잖아. 이상하다고 생각하지 않아?"

"잠깐, 잠깐만. 무슨 말 하려는지 알겠어. 도둑질은 계획대로 했는데, 학살은 계획에 없었을 거란 얘기지? 뭔가 일이 틀어져서 그랬을 거라고?"

"바로 그거야. 그리고 피칠갑 해 놓은 꼬락서니를 보건대, 아마 원인은 누군가가 충동을 못 참았기 때문이겠지. 조직 전체가 미치광이 모임이라면 애초에 제대로 된 습격을 못 했겠지만, 잘 조직된 집단 안에 미치광이가 하나 있는 정도라면 어떻게든 작전 성공은 시킬 수 있잖아. 그런데 결정적인 순간에 그놈이 사고를 친 거야."

포카이카하를 훔쳐서 도망치기만 할 작정이었는데 일이 틀어지고 만다. 조직 안의 한 사람이 갑작스레 유혈사태를 벌이고, 다른 조직원들은 이를 제지하지 못한다. 어쩌면 문제의 인물이 조직 내에서 주도적인 위치에 있었기 때문일지도 모른다. 아니면 동료에게 대항하는 상황을 전혀 대비하지 못했든지, 그것도 아니라면 피를 보고 다들 정신이라도 잃어버렸든지. 어떤 이유로든 학살은 멈추지 않았다. 한번 불이 붙은 충동이 해소될 때까지 피에 굶주린 폭주는 계속됐다. 제러미의 말에 따르면 이것이 3년 전 홍콩의 고속도로에서 일어난 일의 전모였다.

"규율이 엄격한 큰 조직에서는 잘 일어나지 않는 일이지. 하지만 작은 갱단에선 이런 식으로 피 보는 경우가 종종 있거든. 알겠어, 펭란? 작은 조직이야. 이름 알려진 거물이 아니라, 수십 명도 안 되는 동아리라고. 사막에서 바늘 찾기나 마찬가지……"

"고마워, 제러미. 아주 큰 도움이 됐어."

변명까지 들어 줄 생각은 없었다. 말을 꺼내기가 힘들었다는 이유로 이렇게나 중요한 정보를 여태껏 감춰 왔다니 생각만 해도 부아가 치밀었지만, 어차피 지금 와서 제러미를 추궁해 봐야 더 나올 건 없었으니까. 얻어 낼 만큼은 얻어 냈다. 이제부터는 다른 한 사람이 나설 때였다. 문제의 "작은 조직"에 대해 뭔가 들은 바가 있을지도 모르는, 그리고 아까 전부터 미동도 없이 책상 위의 사진을 응시할 뿐인 증인이. 잠깐, 쟤 지금 괜찮은 거 맞아?

"야, 야, 조도화. 너 왜 그래? 혹시 잔인한 거 못 봐?"

도화는 작게 고개를 저은 뒤, 다시 사진으로 눈을 돌렸다. 펭란이 다시 걱정스레 말을 건넸다.

"우리 애긴 들었지? 뭐든 생각나는 거 있으면 말해 줘. 천천히 해도 되니까."

이번에는 고개 끄덕. 그리고 다시 사진으로. 피투성이 광경에 충격을 받은 것 같지는 않았다. 그보다는 뭔가 예상치 못한 걸 알아낸 눈치였다. 도화의 입술이 연신 소리 없이 달싹였고, 펭란은 참을성 있게 기다렸다. 마침내 띄엄띄엄 목소리가 흘러나올 때까지.

"이거, 본 적 있어."

이동장을 붙들고 있던 손이 별안간 홱 움직이더니 사진 속의 벽 한쪽 구석에 가서 멈췄다. 핏자국으로 유난히 뒤범벅되어 있는 곳이었다. 얼핏 보기에는 그게 전부였지만, 펭란은 곧 핏자국 사이에서 반복되는 무늬를 눈치챘다. 꺾어진 선과 구부러진 선. 누군가 벽에다가 되풀이해 그려 둔 것처럼 번갈아 이어지는 두 가지 패턴이었다.

"내 눈엔 아무것도 안 보이는데. 펭란, 이 증인 믿을 수 있는 애야?"

"잠깐 가만히 있어 봐. 조도화 너는 좀 더 자세히 설명 부탁해."

"L이랑 C잖아. 여기도 있어. 여기도, 여기도."

손가락이 불안하게 움직이며 다른 사진 곳곳을 재빨리 짚었다. 어떤 곳은 핏자국이었다. 다른 곳은 차 시트에 난 칼자국이었다. 시신의 얼굴에 난 상처일 때도 있었다. 꺾어진 선. 구부러진 선. L과 C. 혼란스러운 현장 곳곳에 남은 흔적을 전부 찾아내고 나서 도화는 잠시 움직임을 멈췄다가, 이내 한마디를 더 쥐어짰다. 힘겹게, 스스로도 믿지 못하겠다는 듯이.

"이런 문신이 있었어. 누리 언니한테."

†

길쭉한 검은색 단검 왼쪽에는 L, 오른쪽에는 C. 그 외에
는 어떤 장식도 없는 단순한 디자인. 누리 언니의 왼팔 위쪽
에 새겨진 문신을 도화는 기억했다. 가만히 쓰다듬어 본 적도
있었다. 의미를 물어본 적도 있었다. 어떤 대답이 돌아왔더라?
조금 머뭇거렸던 것까지는 생각이 나는데. 아, 그랬지. 분명 이
렇게 말했어.

이거 말이야? 음, 이건 나야.

아니 아니, 별명 같은 거 말고. 내 소속.

가족이라고 하면 가족이기도 하고.

도화는 더 묻지 않았다. 자신이 모르는 모임이 있겠거니
했다. 이 이상 알아야 할 이유는 없었다. 누리 언니는 조도화
가 아니니까. 손님 없는 동물원과 비좁은 원룸 안에서만 존재
하는 사람이 아니니까. 내가 갈 수도 닿을 수도 없는 저 바깥
어딘가에서 누리 언니는 분명 자신의 인생을 문제없이 이어
가고 있을 테니까. 사자가 용기의 상징이고 개미가 근면함의
상징이듯이 도화에게 누리 언니라는 사람은 도화에게 허락되
지 않은 모든 것들의 상징이었다. 그렇기에 믿어 왔다. 믿으려
고 노력해 왔다. 하지만 아무래도 더 이상은 무리였다.

부서져 가는 믿음의 조각들이 목구멍에 걸리는 기분이
들었다.

거세게 기침을 하듯, 도화는 아는 것을 전부 토해 냈다.

✝

"그러니까 자기 조직 표시란 말이지. 이 LC라는 게."

겨우 말을 마치고 숨을 몰아쉬는 도화를 다독이면서, 펭란은 새로 얻어 낸 단서를 다시 한 번 정리했다. 드넓은 뒷세계에서 자그마한 아마추어 조직 하나를 찾는 건 제러미가 말한 대로 사막에서 바늘 찾기나 다름없는 일이었다. 하지만 그 조직의 이름을 안다면 얘기가 달라진다. 혹여나 가는 곳마다 서명이라도 남기고 다닌다면? 빵 부스러기 끝에는 반드시 그걸 흘린 사람이 나오는 법. 어떤 형태의 흔적을 찾아야 할지 알아냈다면 그것만으로도 이미 충분한 성과였다. 물론 정보가 조금만 더 있으면 바랄 게 없겠지만.

"LC면 무슨 이니셜이겠지? 제러미 넌 들은 거 없어?"

"그, 글쎄. 떠오르는 게 있기도 하고. 이따가 정리해서 말해 줘도 될까? 시간이 얼추 돼서, 마지막으로 거래 장소 체크하러 가 보려고 하는데."

"거의 한 시간은 더 남았는데? 뭐, 중요한 거래니까. 잘 마치고 와. 저녁은 내가 살게."

여기서 괜히 닦달하지는 않기로 했다. 시간이 필요한 건 펭란도 마찬가지였으니까. 사고뭉치가 끼어 있는 집단이 사고를 한 번만 치지는 않았을 테니, 필시 다른 곳에도 빵 부스러기를 흘려 놓았을 터. LC에 대해 아는 게 있는지 주변 사람들에게도 연락을 돌려 봐야 했다. 린디, 살바토레, 하비에르……

그리고 보스한테도. 보스의 관심사는 언제나 옛날 사건의 단서보다는 새로운 상품 확보 쪽이지만, 그래도 조직의 위협과 관련된 일이니 관심 정도는 가져 주겠지.

그리고 연락 돌리기 전에 할 일도 하나 있었다.

"수고했어, 조도화. 사탕수수 주스 마실래?"

한바탕 이야기를 쏟아낸 뒤로 도화는 사무실 의자 위에 계속 축 늘어진 채였다. 넋이 빠진 사람처럼. 끊임없이 포카이카하한테 중얼거리기나 하면서. 주스를 거의 눈앞까지 가져다 대고 나서야 비로소 도화는 손을 뻗었고, 불안하게 뚜껑을 따서 한 모금 마시더니, 무례하게도 대놓고 얼굴을 찌푸렸다.

"맛 이상해."

예, 예, 그러시겠죠. 까다롭기도 하셔라. 이 까다로운 녀석을 계속 내버려 둘 수도 있었지만, 펭란은 그러지 않기로 했다. 이유는 두 가지였다. 첫째, 핵심적인 정보를 제공해 준 증인에겐 그에 상응하는 대우를 받을 권리가 있으니까. 둘째, 뭘 더 알고 있을지 모르는 정보원이 여기까지 와서 의욕을 잃어버리길 원하지는 않으니까. 정신적인 지원을 아낄 이유가 전혀 없었다.

"지인 일 때문에 그래? 진짜 범죄조직 소속이라는 증거가 나와서? 그래, 충격받을 만하지. 나라도 너 같은 상황이었으면 힘들었을 거야."

"대대로 범죄자 집안이었다면서."

"그래서 '너 같은 상황이었으면'이라고 단서조항 달았잖아. 아무튼 내가 하고 싶은 말은, 그 사람을 지금부터 너무 미워하지는 말란 거야."

예상치 못한 말에 도화가 눈을 동그랗게 떴다. 펭란이 살짝 웃었다.

"절대로 범죄 저지를 사람 같지는 않았는데, 그럼 내가 아는 모습은 전부 가짜였던 걸까, 내 앞에선 거짓말만 했던 걸까, 뭐 그런 생각 하고 있지? 근데 말이야, 사람이 밥 먹듯이 법을 어기면서 사는 데에 그런 거창한 수작까지 필요한 건 아냐. 본성이 착하든 나쁘든, 그냥 자기가 떨어진 환경에 맞게 살 뿐이지."

"자기변명 같아."

"내가 왜 변명을 해? 잘못 짚었어. 난 전혀 거리낄 거 없거든. 물론 법이야 어기지. 국내법 국제법 다 어기면서 살지. 하지만 남들한테 나쁜 짓을 하지는 않아. 마약상이나 무기상이나 인신매매꾼처럼 사업한답시고 사람 피 빨아먹지도 않고, 개인정보 도둑들처럼 남의 거 훔치지도 않는다고. 왜냐면 이렇게 사는 게 맞는 거니까. 네 지인도 좋은 사람이었지? 틀림없이 그렇게 생각하지? 그럼 걔는 이쪽 세계에서도 좋은 사람일 거야."

짐짓 단호하게 말을 끝맺고서 펭란은 도화의 눈치를 살짝 봤다. 다행히도 이번에는 가시 돋친 말대꾸가 날아오지 않았다. 대신 도화는 생각에 잠겨 있었다. 입만 한참 오물거리면서, 아마도 다시 파충류에게 말을 걸면서. 그러다가 조금씩, 한마디씩, 목소리가 아랫입술을 타고 뚝뚝 떨어졌다.

"제대로 사는 사람이라고 생각했어. 아는 것도 많고. 유학도 다녀왔고. 중요한 출장도 나가고. 남들하고 말도 잘하고. 안 싸우고. 욕도 안 먹고. 죄다 망치지도 않고. 내가 못하는 게 그런 거니까. 믿을 수 있는 사람 되는 거. 근데 이젠 모르겠어. 못 믿겠어. 하나도 못 믿겠어. 정말로 좋은 사람일까? 그렇게 생각해도 될까?"

"네가 못 믿겠으면 못 믿는 거지. 하지만 지금 판단 내리기는 이르지 않아? 어차피 그 LC인지 뭔지 찾으면 네 지인이 어딨는지도 나올 테니까, 직접 만나서 얼굴 보고 따져 봐. 왜 훔친 파충류 맡기고 도망갔냐고. 왜 속였냐고. 변명 정도는 들어 주고 화내도 안 늦어."

그 말을 듣고서야 비로소 도화의 얼굴에도 기력이 돌아왔다. 펭란으로서도 대단히 다행스러운 일이었다. 도화가 펭란의 일을 도울 동기가 더 확실해진 셈이었으니까. 핵심 증인의 적극적인 협조를 얻어 내기 위해서라면 이깟 말동무쯤이야 친구들 상담해 주는 것과 다를 것도 없었다.

"질문 하나 있어."

"언제든지."

"남들한테 나쁜 짓은 안 했다고 그랬잖아. 나 납치한 건 나쁜 짓 아니야?"

뜬금없게도 아픈 지적에 펭란의 목소리가 반사적으로 높아졌다.

"어쩔 수 없었어! 내 부하들이 어떻게 됐는지 봤잖아. 이쪽 시장에는 법도 없고 경찰도 없으니까, 누가 직접 나서서 범인 잡고 정의 구현해 주지 않으면 그냥 개죽음 되는 거란 말이야."

여기까지 말하고 잠깐 숨을 고른 다음……

"그래도 미안해. 필요악도 악이지. 다시 한 번 정식으로 사과할게."

갑작스레 사무실 문이 벌컥 열리지만 않았더라면, 펭란은 진짜로 도화에게 허리라도 숙일 작정이었다. 그런데 문 앞에 선 가게 직원의 표정이 아무래도 심상치가 않았다. 얼굴은 파랗게 질리고 발은 동동 구르는 게, 아무래도 사과를 계속할 만한 상황은 아닌 모양이었다.

"무슨 일이야? 단속 떴어?"

"아뇨! 훨씬 큰일! 여기 여기 뉴스 좀 보세요!"

그러면서 직원이 건넨 휴대폰 화면에는 인터넷 뉴스 속보가 떠 있었다. 익숙하지 않은 태국어 기사를 펭란은 더듬더듬 읽어 나갔다. 부동산업자, 대부호 일가, 자택에서 살해. 출근한 가정부가 신고, 시신 발견. 범인 불명. 경찰 수사 중. 끔찍한 기사였다. 하지만 이게 왜 큰일이란 거지?

"이 사람이에요! 오늘 사장님 거래! 앵무새 수집가!"

"뭐? 와, 재수도 없네. 거래 상대가 죽어 버렸으니 제러미는 어떡하나."

"그런 문제가 아니라! 아까 전에 손님 와서 창고로 안내했다고요! 사장님 계신 데로!"

상황 파악이 바로 되지는 않았다. 죽은 고객이 왔다고? 그래서 제러미가 기다리고 있는 창고로 안내했다고? 말이 안 되는 일이었다. 이 초현실적인 얘기가 성립하려면, 환상의 앵무새를 너무 갖고 싶었던 고객이 유령이 돼서까지 거래 장소로 온 게 아니라면, 그리고 이 소식을 제러미가 아닌 펭란한테 전달했다는 건 어쩌면……

"제러미랑 연락은 해 봤어?"

"안 되니까 왔지요! 손님 나갔는데, 창고에 혼자인데 전화를 안 받아!"

피가 싸늘하게 식었다. 최악의 가능성이 그려지기 시작했다. 펭란은 지체 없이 사무실을 뛰쳐나가, 사거리를 건너 골목 안쪽으로 향해 힘껏 달렸다. 거래 장소인 '창고'는 제러미가 가장 귀중한 상품만 골라 보관해 두는 곳. 위치는 이 구역 가장 변두리에 있는 작은 가게 뒤쪽이었다. 창고 앞문 주변에는 이미 다른 직원들이 모여 있었지만, 문은 아직 닫힌 채였다.

"도어록 비밀번호! 아무도 몰라? 적어 놨는데!"

"내가 알아. 걔 여자 친구 아직 그대로지? 처음 만난 날,

처음 만난 날, 9월 30일."

0, 9, 3, 0, 철컥. 무거운 철문 너머의 어둠 속으로 빛이 스며들자, 희미한 등불이 달린 창고 안쪽이 어렴풋하게 들여다보였다. 비좁은 복도 양옆에 새장과 파충류 사육장이 빼곡한 작은 공간. 그 끝에 누군가가 있었다. 반응 없이. 미동조차 없이. 에어컨 가동음과 까악대는 울음소리 속으로 급히 걸어 들어가며 펭란은 조심스레 친구의 이름을 불렀다.

"제러미? 제러미 웡? 거기 있어?"

대답은 돌아오지 않았다. 대신에 펭란에게 닿은 건 전혀 다른 신호였다. 사료와 배설물과 짐승 냄새 속에서 점점 짙어지는 붉은 자취. 신발 밑창에서 질퍽거리는 액체의 소름 끼치는 점성. 창고 벽에 기대어 널브러진 채 식어 가는 실루엣. 고개는 푹 떨구고, 양팔과 다리는 바닥에 힘없이 늘어뜨린 채, 제러미 웡은 나이프가 박힌 목으로부터 피를 줄줄 토하며 그렇게 앉아 있었다. 덜덜 떨리는 손가락에 피를 묻혀 가며 펭란은 제러미의 눈동자와 호흡과 맥박을 확인했다. 그런 뒤에야 비로소, 바깥에 들리지 않도록 가능한 한 소리를 죽여 절규했다.

"이러면 안 되잖아. 오랜만에 만나자마자 싸우기부터 했잖아. 그럼 화해할 틈은 줘야지……."

길지 않은 절규였다. 슬퍼할 여유가 없었으니까. 시신 주변에 남은 음산한 징조를 이미 눈치챈 뒤였으니까. 친구의 목을 파고든 검은색 나이프에 머물렀던 시선이 천천히 벽을 타고 올라갔다. 펭란의 눈높이보다 조금 더 위쯤까지. 그곳에 부자연스럽게 남은 핏자국까지. 누군가 손바닥 한가득 피를 찍어 칠해 놓은 듯한 자국이었다. 두 획으로. 꺾어진 선과 휘어진 선으로.

L, C.

피눈물처럼 바닥으로 흘러내리는 표식을 마주 보고 서서, 펭란은 그 두 글자를 또박또박 따라 읽었다. 가장 차갑고 뜨거운 분노를 음절마다 꾹꾹 눌러 담아서. 눈앞의 알파벳 두 개를 혀에 지져 새겨 놓으려는 것처럼.

✝

리 펭란은 일의 우선순위란 것을 아는 사람이었다.

이를테면 오랜 친구가 비참하게 살해당했을 때도 그러했다. 눈물은 장례식 때 얼마든지 흘릴 수 있었다. 혹시 부족하면 집에 돌아가서 따로 조금 더 울어도 되고. 반면에 어느새 창고 안까지 따라온 도화를 제치고 나가, 문 앞에 구름처럼 모여들어 수군거리기 시작한 직원들을 통제하는 일은 당장 처리해야 할 사안이었다. 지체할 때가 아니었고 펭란은 지체하지 않았다.

"다들 주목! 그쪽 조용히 해! 알다시피 긴급 상황이야. 그러니까 지금부터는 내가 임시로 지시를 내리겠어. 혹시 이의 있는 사람은 지금 말해."

이렇게 해서 일단 소란은 멎었다. 다음으로는 도대체 어떻게 된 일인지 파악할 차례. 정황상 범인은 고객으로 위장해서 창고로 들어온 것 같았지만, 정확히 어떻게 들어왔다가 나간 걸까? 펭란의 질문에 문제의 '고객'을 직접 본 직원들이 하나씩 나서서 설명을 해 주었다.

"제가 아마 최초로 봤을 겁니다. 접선 장소에서 기다리고 있다가, 누가 와서 신분증 보여 주길래 안내 붙여서 창고로 보냈지요. 무슨 비옷 같은 걸 입고 선글라스랑 마스크로 얼굴을 가리고 있었는데, 그, 사장님 고객들은 깨끗한 상품 사는 거 아니니까 변장하고도 잘 오거든요. 이번에도 그런 줄 알았죠."

"안내는 제가 했고요. 뒷문으로 들어갔어요! 뒷길이 트럭 길이라 보는 눈이 적어서, 손님은 그쪽으로 안내하게 돼 있어 갖고!"

"잠깐만, 아까 뒷길에서 본 사람이 범인이었나? 담배 피우고 있었는데 누가 앵무새 든 새장 가지고, 비옷은 제가 봤을 땐 안 입고 후다닥 저쪽으로 가던데요. 아마 창고 뒷문으로 나와서 도망치는 중이었지 싶은데. 몇 분 안 됐어요."

지금은 마지막 증언이 특히 중요했다. 범인의 도주 방향을 알아냈을 뿐만 아니라, 아직 그리 멀리까진 도망치지 못했으리라는 정황까지 알아냈으니까. 그렇다 하더라도 이렇게 어지러운 시장 안에서 과연 놈을 찾아낼 수 있을까? 어렴풋한 인상착의 하나만 가지고? 가능성이야 어찌 됐든, 시도해 보지 않을 수는 없었다.

"잘 들어. 일단 간격을 두고 멀리까지 쭉 퍼진 다음에, 사람으로 그물을 만들어서 구역 전체를 샅샅이 훑는다는 느낌으로 움직이는 거야. 남들 주의 끌면 곤란해지니까 낌새가 보여도 당장 행동하지 말고 나한테 우선 연락하도록 해. 위험하니까 꼭 둘씩 짝지어서 행동하고. 내 부하들도 도착하는 대로 합류시킬게. 뭐 해? 빨리 움직여!"

큰소리를 치고 나니 비로소 직원들의 발이 떨어졌다. 그제야 펭란도 겨우 몸에서 힘을 조금이나마 뺄 수가 있었다. 하지만 긴장이 놓이면서 가장 먼저 찾아온 감각은 편안함이 아니었다. 억눌려 있던 감정의 홍수, 슬픔과 분노와 의문의 소용돌이였다. 손쓸 새도 없이 격정에 휩쓸리면서도 펭란은 다시 한 번 우선순위를 매겼다. 그리고 외쳤다. 분명히 흩어지라고 말을 했는데도, 둘씩 같이 다니라고 말했는데도 아직까지 창고 주변에서 혼자 어슬렁거리는 멍청한 자식을 향해서.

"야! 그래, 거기 너! 이쪽으로 뛰어 와!"

물론 화가 머리끝까지 났다. 하지만 분노는 우선이 아니었다. 장례식 날까지 감추지는 못할지언정 몇 분 정도는 참아 볼 만했다. 진짜로 참을 수 없는 감정은 따로 있었다. 그 감정이 펭란으로 하여금 직원을 창고 안쪽으로 불러내도록 만들었다. 벽에다가 밀어붙이고서 이렇게 위협하도록 만들었다.

"물어볼 거 하나 있는데, 감추지 말고 솔직히 털어놔. 전에
도 비슷한 일 있었지?"

다른 무엇보다도 펭란은 일단 이 불길한 의문부터 먼저
해결하고 싶었다.

†

이번에야말로 이야기를 듣기 위해 펭란이 제러미를 찾아
간 바로 그날, 문제의 이야기를 마친 직후에 제러미가 살해당
했다. 도화가 준 단서를 통해 펭란이 LC라는 조직의 존재를
처음으로 깨달은 당일에, 문제의 조직을 나타내는 표식이 눈
앞에 나타났다. 우연일까? 어느 정도는 우연이 작용했을지언
정, 장사꾼이 운 따위에 전적으로 기대서야 장사를 할 수 있
겠느냐는 것이 펭란의 지론이었다. 펭란은 대신 인과의 존재
를 믿었다. 짐바브웨의 정치와 스위스의 경제가 맞물려서 홍
콩에 있는 약재상의 거래 실적에까지 영향을 끼치는 종류의
인과. 3년 동안 코빼기도 안 보였던 미치광이 조직이 하필 오
늘 갑작스레 모습을 드러낸 데에도 필시 이와 같은 인과 작용
이 있었으리라고 펭란은 확신했다. 예컨대 이런 식이라든가.

"돌이켜 보면 아까 사무실에서부터 뭔가 수상했어. 거래
까지 한 시간은 더 남았는데, 제러미가 갑자기 자리를 뜨더라
고. LC 얘기가 나오자마자 말이야. 그리고 너네들도, 사장이
죽었는데 놀라진 않고 이상하게 수군거리더라. 꼭 이런 일이

일어날 줄 알았다는 것처럼. 은근슬쩍 벗어날 생각 하지 마. 나도 살벌한 방법은 안 쓰고 싶어."

"그, 그게요, 저는 당연히 보고를 해야 된다고 생각했는데 요…… 사장님이 절대로 얘기하지 말라셨거든요. 계속 사람이 죽어 나가는데도."

"더 말해 봐. 몇 명이나 죽었어? 자주 일어났어? 장소는?"

계속되는 추궁에 직원은 자신이 아는 바를 더듬더듬 전부 털어놓았다. 그 내용은 과연 펭란의 예상대로였다. 대략 이 년 전부터 베트남의 니케, 필리핀의 다바오, 미얀마의 명라 등 제러미가 이용하는 밀수 루트 곳곳에서 조직원들이 하나씩 목숨을 잃어 왔다. 처음 몇 번은 적잖은 간격을 두고, 하지만 최근에는 점점 더 잦게. 무기는 항상 검은색으로 칠한 나이프였고 현장에는 언제나 LC라는 표식이 남아 있었다. 그리고 제러미는 이 모든 사건에 대해 철저한 함구령을 내렸다. 포카이카하 건으로 이미 보스의 신임을 잃은 뒤였으니, 이 이상의 문제에 연루되었다는 사실만큼은 들키고 싶지 않았으리라. 바로 그 점이 펭란의 이성을 반쯤 날려 버렸다. 제러미의 시신에다 대고 소리를 치게 만들 정도로.

"제러미, 제러미, 제러미! 내가 범인 찾는 걸 알고 있었 잖아! 그런데 보스한테 잘 보이겠다고 그걸 입 싹 닫고 모른 척을 해? 3년 내내? 적어도 나한테는 얘길 했어야지! 그럼 도와줬을 거 아냐! 진짜, 너, 그따위로 인생을 살았으니까 지금……"

아냐, 안 돼. 선을 넘지는 않을 거야. 조금 진정하고,

"자기가 얼마나 위험한 상황인지는 알았어야지. 어떤 놈이 네 조직 말단들을 하나하나 죽이고 있으면, 마지막 목표가 너일 수도 있다는 것 정도는 예상해야 했잖아. 넌 사냥당하는 중이었던 거라고, 바보야."

그야말로 사냥이었다. 장애물을 베어 넘기며 목표물의 자취를 뒤쫓아 나아가는 기나긴 사냥. 3년 전에 범인의 목표가 포카이카하를 훔치는 것만이 아니었듯이, 펭란의 부하들을 도륙하는 것도 최종 목표는 아니었다. 그건 시작에 불과했다. 범인 또한 줄곧 빵 부스러기를 따라가고 있었다. 포카이카하 운송을 맡았던 조직에게로 접근해 가며 조직원들을 살해하고, 세계를 떠돌아다니는 리더가 중요한 거래를 위해 본거지로 돌아오리라는 사실을 알아내고, 거래 대상을 살해하고 신분을 위장해, 결국에는 목표였던 리더의 숨통을 끊고 도주하는 데까지 성공했다. 펭란이 오랜만에 제러미를 만날 수 있었던 것과 정확히 같은 이유로 범인 또한 제러미를 살해할 수 있었다. 잔인한 인과였다.

하지만 아직 모든 의문이 풀리지는 않았다. 아니, 오히려 풀린 의문 하나가 새로운 의문 여럿을 낳았다. 왜 하필 제러미였지? 3년 전 일의 책임자를 지금 와서 죽이는 데에 무슨 의미가 있지? 굳이 검은패러키트를 훔쳐 갔다는 건 금전 문제

가 있다는 뜻일까? 꼬박꼬박 조직 이름을 서명으로 남기는 이유는? 포카이카하랑 관련해서 우리한테 그 정도로 원한을 품을 만한 조직이 있기는 한가? 검은색 나이프에도 의미가 있는 거야? 대답할 수 없는 질문들이 하늘 높이 쌓여만 갔다. 펭란은 이럴 때일수록 생각에만 골몰해서는 안 된다는 사실을 알았다. 모르겠으면 힌트를 찾아봐야지. 뒤처리하기 전에 현장 한번 둘러봐야겠다. 사진 찍고, 증거물 모아 놓고, 머리가 아니라 몸을 움직이자. 직원놈은 문 앞에서 망이나 보라고 세워둔 다음에…….

"조도화, 미안한데 좀 도와줄래? 뭐 수상한 흔적 없나 보기만 하면 되는데."

아까부터 계속 창고 구석에서 중얼거리기만 하는 녀석도 슬슬 신경을 써 줘야겠지. 어쩌면 미처 보지 못하고 지나친 단서를 도화의 눈이 포착할지도 모르는 일이니까. 갑작스러운 유혈사태에 충격을 받은 건 아닌가 걱정했지만, 다행히 도화는 아무렇지도 않은 모양이었다. 고개를 끄덕이고서 발을 옮기는 모습은 평소와 다를 바가 없어 보였다.

도화의 눈에 어른거리는 희미한 결의를, 펭란은 전혀 눈치채지 못했다.

✝

전부 펭란이 상담해 준 덕택이었다.

관계없는 사람의 죽음과 그 여파가 사방을 집어삼키는 동안, 도화는 폭풍의 중심으로부터 살짝 비켜선 채 상담 내용을 속으로 되뇌고 또 되뇌어 보았다. 지금 판단을 내리기는 이르지 않아? 직접 만나서 얼굴 보고 따져 봐. 변명 정도는 들어주고 화내도 안 늦어. 펭란은 쉽게 말했지만 도화에게는 낯선 사고방식이었다. 더는 온전히 믿을 수가 없는데, 의심이 차오르고 화가 나는데, 여기서 한 번 더 기회를 줘 보라니. 이야기를 듣고 정황을 살펴 이성적으로 판단하라니. 평소 같았으면 귀담아듣지도 않았을 이야기였다. 왜냐하면 결코 성공해 본 적이 없었으니까.

하지만 이번에는 달랐다. 누리 언니에게만큼은 기회를 주고 싶었다.

적어도 다른 모든 인간관계처럼 끝내 버리고 싶지는 않았다.

그러니까 더 알아보기로 했다. 언니의 사정을 더 이해해 보기로 했다. 마음 깊이 그렇게 느낄 수는 없을지라도, 최소한 흉내만큼은 내 보기로 했다. 정말로 사소한 결의였지만 도화에게는 이조차도 거대한 도약이었다. 생각의 도움닫기가 필요했다. 어떻게 해야 할까? 누리 언니가 지난 3년 동안 똑바로 산 것 같지는 않아. 내 생각이랑은 전혀 다른 사람이었을지도 몰라. 하지만 정말로 어떤 사람이었는지 알려면, 그 '이해'라는 데에 조금이라도 가까이 가 보려면, 지금으로서는 길이 하나밖에 없어. LC에 대해서 뭐라도 알아내는 수밖에 없어.

"운이 좋았어, 꿈틀아. 마침 이렇게 기회가 생겼잖아."

"뭐라고? 아, 나한테 한 말 아니구나. 아무튼 입구 쪽부터 봐 줘. 이쪽엔 시체 있으니까 괜히 오지 말고."

입구에는 별다른 흔적이 없었다. 그야 그렇겠지. 범인은 뒷문으로 들어왔다가 나갔을 테니까. 하지만 조금 더 안쪽으로 들어가니 검붉은 자국 몇 개가 바닥에서 모습을 드러냈다. 점점이 떨어진 핏자국은 멀리서 튄 모양새가 아니었다. 위쪽에서 떨어진 모양새였다. 범인이 여기까지 걸어왔던 걸까? 왜 그랬지? 아, 사람만 죽이고 간 게 아니어서 그렇구나. 핏자국 주변의 선반에는 철제 새장이 줄지어 놓여 있었고, 도화는 그 중에서 새가 들어 있지 않은 우리를 하나 찾았다. '검은패러키트'라는 이름표가 달린 우리였다.

"여기서 가져갔나 봐. 그리고…… 안에 뭘 넣어 놨어."

자물쇠가 풀린 문을 열어젖히자 끼리릭 하는 소리가 공기를 찢으면서 울렸다. 옆 새장의 스픽스유리금강앵무가 맞받아 우는 소리를 무시하고서, 도화는 조심스레 우리 안에 든 물건을 끄집어냈다. 축축하고 버스럭거리는 피투성이 비닐 뭉치. 플라스틱 단추가 달린 걸 보니 아마도 일회용 비옷. 범인이 일을 끝마치고서 놓고 간 걸까? 만져 보니 뭔가 딱딱한 물건이 감싸여 있기도 했다. 화려한 문양이 그려져 있고 흔들면 달그락달그락 소리가 나는, 손바닥보다 작은 종이 상자였다. 도화는 그 상자가 무엇인지 바로 알아보았다.

"플레잉 카드야. 오랜만에 본다, 그치?"

"뭐야? 뭐 찾았어? 그럼 말을 해야 할 거 아냐."

낌새를 눈치채고 달려온 펭란에게 도화는 카드 상자를 들어 보여 주었다. 상자 자체에 딱히 특별한 건 없었다. 세계 어디서나 볼 수 있는 물건이었다.

"서명에, 흉기에, 이젠 카드까지. 별걸 다 남기고 다니네. 야, 거기 망보는 담당! 혹시 다른 현장에도 카드 있었대?"

"어, 있었단 얘기 한두 번 들은 것 같기도 하고요. 솔직히 우리가 경찰은 아니잖아요. 매번 현장이 어땠는지 다 적어 놓는 건 아니니까."

펭란으로서는 대단히 불만족스러운 대답이었다. 경찰이 안 하면 너네들이 해야 할 거 아냐! 한편 도화는 펭란이 짜증을 내든 말든 아랑곳하지 않고, 한 손으로는 이동장을 든 채 나머지 한 손을 놀려 상자를 열어 보았다. 맨 위의 카드 몇 장이 이동장 위로 주르륵 쏟아졌다. 스페이드 K, 하트 Q, 다이아몬드 J, 하트 10.

"뭐야, 그 순서로 들어 있었어? 보통은 문양별로 정리돼 있지 않나."

펭란이 고개를 갸웃했다. 도화는 이어서 몇 장을 더 꺼냈다. 클로버 9, 하트 8,

"알겠다. 이거 클론다이크 솔리테어네."

"솔리테어?"

"혼자 하는 카드게임인데, 딱 이런 순서로만 카드를 놓아야 하거든. 숫자는 K부터 내림차순으로, 문양 색깔은 빨강이랑 검정 번갈아 가면서."

스페이드 7, 다이아몬드 6, 클로버 5. 펭란은 '내 말이 맞지?'라는 듯 어깨를 으쓱하고서 다시 창고 안쪽으로 발길을 돌렸다. 흥미로운 단서였지만, 펭란에게는 그저 산더미 같은 의문 더미에 추가된 사소한 의문일 뿐이었다. 질문에도 우선순위가 있는 법이고, 특정한 순서로 정렬된 카드 따위의 수수께끼는 그 순위 맨 밑바닥에 불과했다. 한편 도화는 상자를 다시 살짝 기울여, 카드가 팔랑팔랑 떨어져 쌓이는 모습을 가만히 내려다보았다. 하트 4, 벽에는 LC라는 서명을 남겼고, 스페이드 3, 흉기는 검은색 나이프, 다이아몬드 2, 카드는 클론다이크 솔리테어 순서, 스페이드 A, 나는 누리 언니를 이해하고 싶어.

"이해할 수 있을 것도 같아."

"또 무슨 말 했어?"

"아냐, 그냥. 고맙다고."

도화에게서 듣게 되리라고는 예상치 못한 말에 펭란이 문득 뒤를 돌아보았다. 그 눈에 보인 광경은 창고 문 앞에 선 자그마한 뒷모습이었다. 천천히, 천천히, 그러다가 다음 순간에는 땅을 박차며 순식간에 뛰쳐나가는 발걸음이었다.

"야, 야, 잠깐만! 어디 가!"

대답은 없었다. 펭란이 미처 어떻게 하기도 전에 도화의 뒷모습은 창고 바깥으로, 사람들이 우글거리는 복잡한 골목 안으로 멀어져 갔다. 그 모습이 펭란의 시야에서 완전히 사라지기까지는 채 몇 초도 걸리지 않았다.

✝

도화는 그저 확인하고 싶었다. 과연 자신이 제대로 이해했는지. 카드 뭉치와 피로 적은 서명과 검은 나이프 사이에서 드디어 답을 알아낸 것인지. 그리고 도화가 생각하기에 정답 여부를 확인할 방법은 지금으로선 하나뿐이었다. 만일 내가 옳다면 찾아낼 수도 있을 거야. 펭란의 부하들과 제러미의 가게 직원들이 드넓은 시장을 샅샅이 뒤져 가며 찾고 있는 바로 그 사람을, 살인사건의 범인을, 다른 모두보다도 먼저. 왜냐하면 나는 범인의 이름을 알고 있으니까.

"생각해 봐, 꿈틀아. LC랑 나이프가 현장에 있었잖아. 누리 언니 문신에도 그려져 있었으니 아마 조직의 상징이겠지. 하지만 카드는? 조직의 상징이 이미 둘이나 있는데 다른 서명을 남겼다는 건 무슨 뜻일까? 내 생각엔, 그건 조직원 개인의 서명일 거야."

꿈틀이는 대답하지 않았다. 사람과 사람 사이를 억지로 비집어 열면서 도화는 말을 이었다.

"그리고 나, '솔리테어'라는 이름 들어 본 적 있어. 게임 이름 말고. 카드게임 이름이란 건 오늘 처음 들었는걸. 내가 아는 솔리테어는 다른 거야. 새 이름이야. 누리 언니가 말해 준 적 있는, 옛날 옛적에 멸종한 새."

로드리게스섬의 솔리테어. 날지 못하는 커다란 비둘기. 17세기에 유럽 항해사들이 기록한 바 있는 고독한 새. 현대 과학자들의 분석에 따르면 가장 가까운 친척은 인접한 모리셔스섬의 도도새였다. 그리고 솔리테어의 운명 또한 도도새와, 당시 유럽인들이 드넓은 바다 곳곳에서 발견한 수많은 새와 크게 다르지 않았다. 18세기 중반에 들어섰을 때 이미 솔리테어는 한 마리도 남아 있지 않았다. '너무나도 흔한 얘기야.'라고 누리 언니는 덧붙였다. 도도새는 멸종한 동물의 상징이 되어 유명해졌지만, 도도새가 살던 섬 바로 옆에서도 똑같은 일은 얼마든지 벌어져 왔다고.

"멸종한 동물 얘기는 좋았어. 사람들이 갑자기 나타났는데, 그 사람들을 어떻게 대해야 할지 몰라서, 그냥 속수무책으로 죽어 나간 거잖아. 익숙했어. 내가 갈 길 같았어. 그래서 좀 더 찾아봤어. 도서관에서. 인터넷에서. 무작정."

체계적으로 배우지는 못했지만, 그래도 몇 가지는 기억이 났다. 이를테면 분류학에서 절멸한 종의 이름 옆에는 무덤가에 꽂힌 십자가 모양의, 혹은 목숨을 끊는 단검 모양의 † 표시를 붙인다는 걸. 이를테면 국제자연보전연맹에서는 각 생물

종이 얼마나 큰 위기에 처해 있는지를 나타내기 위해 알파벳 두 글자로 된 등급을 매긴다는 걸. 솔리테어처럼 멸종한 종은 EX(Extinct). 무지개꼬리 포카이카하처럼 언제라도 멸종할 수 있는 위기종은 CR(Critically Endangered). 반대로 집쥐, 참새, 인간처럼 크게 신경 쓰지 않아도 당분간 멸종할 위기는 없을 흔하고 안전한 생명체들은 LC(Least Concern).

조직원의 이름은 멸종한 새, 조직의 이름은 LC, 조직의 로고는 검은 단검.

그리고 누리 언니는 동물이 너무 좋아서, 예전에 NGO 활동을 한 적이 있다고 말했어.

"전부 이어져. 그런 조직이었어. 돈 때문에, 무슨 원한 때문에 너를 훔친 게 아녔다고. 누리 언니는 널 구출하고 싶었던 거야. 그런 거라면, 그런 거였다면……"

아냐, 아직은 때가 아냐. 이 뒤의 이야기는 답을 확인받은 다음에 해도 좋았다. 어느새 장소는 시장 외곽의 인적 드문 골목길. 트럭과 재고 상자가 널브러져 있는 곳. 빛이 제대로 들지 않는 곳. 숨어 있다가 출입구를 통하지 않고 시장을 빠져나가기에 가장 적절한 곳. 범인은 벌써 도망쳤을까? 아니면 아직 이 주변에 있을까? 두 번 생각하는 대신, 도화는 숨을 끌어모아 전력으로 외쳤다.

"솔리테어!"

목소리가 물결처럼 어둠 속으로 퍼졌다. 도화는 계속 외쳤다. 달리면서, 사방을 둘러보면서.

"솔리테어! 대답해! 솔리테어!"

가능성이 크지 않다는 사실은 잘 알았다. 그래도 할 수밖에 없었다. 확신을 얻기 위해서는. 지금까지처럼 아무것도 모르는 채로 의심과 혼란의 바다에서 그저 남에게 이끌려 다니는 대신, 스스로의 의지로 꿈틀이를 책임지고 누리 언니를 찾아 나서기 위해서는. 그렇기에 도화는 다시 한 번 마음을 다잡아, 숨을 더욱 크게 들이쉬고……

들이쉰 숨을 천천히 도로 뱉어 냈다.

등 뒤의 기척을 자극하지 않으려 애쓰면서. 목을 짓누르는 칼날의 날카로움을 느끼면서.

자신의 추리가 들어맞았다는 사실에 기뻐하면서.

✝

저벅, 저벅, 슬리퍼를 신은 발이 푹신한 카펫 위에 발자국을 남겼다. 한 번 짓눌린 자국 위로 곧 반대쪽 발이 지나갔다. 다시, 다시, 다시. 주기적으로 밟힌 카펫 위에는 뚜렷한 흔적이 둥근 오솔길처럼 남았고, 펭란의 발은 그 오솔길을 따라 계속해서 걸었다. 빙글빙글, 빙글빙글, 초조하게. 펭란은 시계를 쳐다보았다. 저녁이었다. 슬슬 연락이 올 때가 됐는데. 결과 나오는 즉시 연락하라고 했는데. 저벅, 저벅, 아무리 걸어도 초조함은 가실 생각이 없었다. 방콕 시내의 고급 호텔 스위트룸에서 펭란은 한동안 그렇게 하염없이 서성이고만 있었다.

마침내 기다리던 휴대폰 진동이 울렸다. 전화를 받아든 펭란이 날카롭게 외쳤다.

"왜 이렇게 오래 걸려! 무슨 일 있었어?"

그다음으로 나온 목소리는 훨씬 더 누그러진 채였다.

"아, 그래. 진료받는 동안 상품 안 놓겠다고 고집을 부렸단 말이지. 너네한테 못 맡기겠다면서. 미안해. 내가 따라가야 했는데, 제러미 일 뒤처리하느라……. 정말로 큰 상처 아니었던 거 확실하지?"

세상에 이렇게 다행스러울 때가. 시장 외곽의 공터에서 피를 철철 흘리는 도화를 발견했을 땐 꼼짝없이 하루에 두 명 보내게 생겼구나 싶었는데. 윗옷이 온통 붉게 물든 채였으니 그렇게 생각한 것도 무리는 아니었다. 하지만 응급실에 따라간 부하의 말에 따르면 실제 상처는 목의 피부가 찢어진 정도였던 모양. 중요한 혈관을 다치지도 않았고 생명에도 전혀 지장이 없었다. 이 마음이 놓이는 소식을 듣고 나서야 비로소 펭란은 걸음을 멈추고 의자에 털썩 주저앉았다. 차라도 마실까 싶었지만 몸을 움직이기가 싫었다. 잠깐이라도 아무 생각 없이 이대로 앉아 있으면 싶었다.

부하들이 도화를 데려온 것은 20분쯤 뒤였다. 목에는 붕대를 칭칭 감고 있었지만, 그걸 제외하면 도화는 과연 건강한 모습이었다. 표정조차도 태연하기 그지없었기에 펭란은 조금

부아가 치밀었지만, 입 밖으로 내지는 않았다. 지금은 안도감을 즐길 때니까. 음, 정확히 말하자면 잠깐 안도하고 나서 짜증을 낼 때니까.

"수고했어. 다들 나가 봐. 조도화 너는 거기 앉아서 꼼짝도 하지 말고."

도화는 아무렇지도 않게 침대에 걸터앉았다. 미안하단 기색이라곤 조금도 없이.

"미안해하든 말든 사실 아무래도 좋은데, 너 죽을 뻔했거든?"

"안 죽었는데."

"우리가 제때 널 찾았으니까 그렇지. 덕분에 그놈이 도망쳤으니까."

펭란은 도화를 발견했던 순간을 떠올렸다. 그때 분명 도화 뒤쪽에는 다른 누군가가 있었다. 모여드는 기척을 눈치채자마자 순식간에 사라져 버린, 도화보다 조금 크고 회색 후드티를 뒤집어쓴 정체불명의 인물이. 잡을 수 있었다면 좋았겠지만 펭란으로서는 도화를 내버려 둘 수가 없었다. 지금 생각해 보면 그냥 내버려 두는 거였는데!

"아무튼 두 번 다시 이러지 마. 협조하기로 했잖아. 아니면 '협조'라는 말이 한국에선 혹시 의미가 좀 달라?"

"협조하고 있는데. 아까 차에서부터 계속 말했고. 네가 안 들었지."

그 말에 펭란이 입을 다물었다. 냉정하게 생각하면 여전히 짜증이 치미는 발언이었다. 도화가 말한 '아까'는 병원에 가는 도중이었고, 당시의 펭란은 도화가 무슨 말을 하든 집중할 수 있는 상태가 아니었으니까. 비싼 시트를 죄다 피범벅으로 만들면서 아무리 말을 늘어놓아 봐야 '애가 과다출혈로 횡설수설하는구나.'라는 생각밖에 들지 않았으니까. 하지만 도화는 무사했다. 즉 병원으로 가는 길에 도화가 한 말은 횡설수설이 아니었다.

"이번엔 제대로 들을 테니까, 좀 더 자세히 얘기해 봐. 우리 상대가 동물 애호가 집단이라는 게 도대체 무슨 소리야?"

✝

펭란이 기억하기로, 센티넬라 신디케이트가 동물 보호 운동가들과 마찰을 빚은 일은 과거에도 여러 번 있었다. 주로 법적/사회적/경제적인 마찰이었다. 놈들은 거래를 막는 새 법률을 만들기도 하고, 경찰들과 함께 창고를 급습하기도 했다. 그게 다였다. 놈들의 수법은 뻔했고 대비책은 항상 준비되어 있었다.

한편으로는 조금 더 폭력적인 집단도 있다는 말을 어렴풋이 듣기는 했다. 대체로는 포경 반대 운동가들과 싸운 얘기를 무용담처럼 늘어놓는 뱃사람 친구로부터. 펭란은 살바토레가 언제쯤 그때 얘기를 그만둘지 궁금해하고 있었다. 바꿔 말하면 폭력적인 집단이라고 해 봐야 고작 그 정도의 위협일 뿐. 친구가 동물 애호가한테 살해당했다니, 상하이 한복판에서 푸른고리문어에게 물려 죽었다는 것만큼이나 말도 안 되는 소리처럼 들렸다.

하지만 도화의 말은 짜증나게도 논리적이었다. 증거가 있다면 믿을 수밖에 없었다.

눈을 감고 심호흡을 하며, 펭란은 그 믿음으로부터 새로운 논리를 쌓아 나갔다.

자신들을 LC라고 부르는 동물보호 운동가들의 집단이 있다. 가장 낮은 보전 등급, '최소 관심' 등급으로 스스로를 정의하는 집단. 흔하디흔한 인간보다 멸종위기에 처한 동물들이 훨씬 소중하다고 여기는 미치광이들. 그렇기에 이들은 3년 전에 센티넬라 신디케이트의 유통망을 습격해 희귀한 파충류를 빼앗으려 했다. 그들의 입장에서는 아마 구출작전이었으리라. 도화의 지인 또한 그 구출작전에 참여했을 것이다. 작전 최대의 위험요소가 자신들 사이에 있으리라고는 상상조차 하지 못한 채로.

펭란은 조직 내에 통제할 수 없는 과격분자가 있었으리라는 제러미의 분석을 떠올렸다. 조직이 과격한 사상을 내걸고서 움직인다면, 언젠가는 스스로의 기준 이상으로 과격한 개인이 이끌려 들어오게 마련이다. 그자가 솔리테어였다. 동물을 구출하기보다도 인간을 죽이는 걸 우선시했다. 덕분에 예상치 못한 유혈사태가 일어났고, 그때서야 조직원들은 비로소 깨달았을 것이다. 이상 아래 뭉쳤지만, 각자 가지고 있던 이상의 형태가 서로 달랐다는 사실을. 분열이 시작되었다. 누군가는 보복이 두려워서, 누군가는 방향성의 차이를 느껴서 뿔뿔이 흩어졌다.

하지만 솔리테어는 자신의 행동을 후회하지 않았다. 조직이 따라 주지 않는다면 혼자서라도 자신의 사명을 이어 나갔다. 포카이카하 운송을 책임졌던 제러미의 조직원들을 살해하고, 마침내 제러미까지 살해한 다음, 3년 전과 마찬가지로 희귀종을 빼앗아 사라졌다. 현장에는 자신의 이름을 남겨 둔 채로. 어째서였을까? 아마도 다른 조직원들에게 전하는 메시지였겠지. 솔리테어의 입장에서는 다른 조직원들이 직무를 유기하는 것처럼 느껴졌을 테니까. 자신만이 제대로 행동하고 있다는 사실을 확실히 하고 싶었을 테니까.

그렇다면 문제는, 이런 인물이 과연 제러미 한 명 죽인 걸로 만족해 줄까?

펭란은 눈을 떴다. 방 안의 풍경은 아까 전과 다르지 않았다. 이야기를 마친 도화가 바닥에서 포카이카하에게 먹이를 주며 중얼거리고 있었다. 평화롭고도 고요했다. 하지만 펭란에게는 이조차 폭풍 직전의 고요로밖에 느껴지지 않았다. 경고를 보내야 했다. 다른 동료들에게. 희귀동물을 거래하는 모든 친구에게. 솔리테어의 잠재적인 사냥감들에게. 더는 아무도 희생당하지 않도록.

하지만 경고만으로는 부족했다. 사냥감이 도망친다고 사냥꾼이 바로 사라지는 건 아니니까. 무엇보다 피에 굶주린 동물 애호가가 부하들에 이어서 제러미까지 죽였는데, 겁을 먹고 도망쳐서야 죽은 사람들을 볼 면목이 없었다. 이제부터는 펭란이 솔리테어를 사냥할 차례였다. 모든 자원을 총동원해 가장 치밀하고 완벽한 덫을 만들 때였다. 스위트룸 한쪽의 의자 위에 앉아, 펭란은 거미줄의 첫 실타래를 자아내기 시작했다.

✝

"이제부터는 더 위험해질지도 몰라."

건조 밀웜을 우물거리는 꿈틀이에게 도화가 속삭였다. 방 반대편에서 생각에 잠긴 펭란을 곁눈질하면서. 알아낸 내용을 거의 다 말해 준 것이 과연 옳은 결정이었는지 고민하면서. 협조하지 않을 수도 있었고 숨길 수도 있었지만 도화는 펭란을 믿기로 했다. 유일한 방법이었으니까. 누리 언니에게 약속한 대로 꿈틀이를 책임져야 했으니까. 왜냐하면, 잠깐 동안은 의심했을지 몰라도 결국엔……

"누리 언니는 좋은 사람이었어. 너를 구하려고 했으니까. 전에 만난 적도 없었을 텐데. 그건 좋은 일이잖아. 그렇지, 꿈틀아? 나는 못 하는 일이야."

하지만 낯선 사람이 아닌 누리 언니를 위해서라면, 누리 언니가 맡긴 꿈틀이를 위해서라면 나도 뭔가 할 수 있을 거야. 지난 3년 동안 줄곧 먹이를 주고 청소를 하고 상태를 체크했던 것처럼. 오직 그것만을 위해 사멸하지 않고 살아 있었던 것처럼. 앞으로 할 일조차도 도화에게는 마찬가지였다. 똑같이 어렵고, 똑같이 해야만 하는 일이었다. 까마득한 결심을 다잡듯 도화는 이동장 문을 닫아 잠갔다. 들릴 듯 말 듯 한 인사와 함께.

"나는 그냥, 내가 할 수 있는 만큼 할 거야. 잘 부탁해, 꿈틀아."

✝

말레이시아의 시골 도로 위를 버스는 묵묵히 달렸다. 버스에 탄 승객은 셋뿐이었고, 세 사람 모두 탑승한 순간부터 지금껏 한마디 말도 꺼낸 적이 없었다. 키 큰 노인은 맨 뒷자리 구석에서 깊이 잠든 지 오래였다. 젊은 배낭여행객은 속이 안 좋은 듯 창백해진 얼굴로 바깥 풍경만 멍하니 바라보았다. 다른 한 사람의 승객은 갈색 피부로, 왼팔에 문신이 있는 여자였는데, 까만 앵무새가 든 새장을 안은 채 줄곧 휴대폰 화면을 응시하고 있었다. 화면에 떠오른 흐릿한 사진에는 시장 골목을 부대끼며 지나가는 여러 사람이 찍혀 있었지만, 여자의 시선이 닿은 건 오로지 한 명뿐이었다. 피투성이 옷을 입고, 플라스틱 이동장을 들고, 부축을 받아 걸음을 옮기는 사람.

죽일 작정이었다. 목을 베려던 찰나의 감촉을 아직까지도 똑똑히 기억했다.

이상하게도 마지막까지 이동장을 계속 가리켰기에, 그 안을 확인해 봤을 뿐.

그때야 여자는 도대체 어떻게 된 일인지 조금이나마 깨달았다. 적어도 어떤 터무니없는 녀석이 이 사태와 관련되어 있는지 정도는. 마음 같아서는 더 추궁하고 싶었지만 다가오는 방해꾼들의 기척이 느껴졌다. 일단은 그 장소에서 도망쳐야 했기에, 여자는 피를 흘리며 자신을 똑바로 마주 보는 낯선 사람의 말을 겨우 한마디밖에 듣지 못했다.

"다음에 보자."

여자는, 솔리테어는 그 말이 기이하게도 확신에 차 있다고 느꼈다.

Chapter 3

얽히고설킨 거미줄

꼬박 두 시간째 들여다보던 휴대폰 화면으로부터 눈을 잠깐 떼며, 펭란은 리무진 옆자리에 무표정하게 앉은 도화의 눈치를 힐끗 살폈다. 별다른 기색은 없었다. 오랜 기다림에 짜증이 난 얼굴도 아니었고, 배가 고프거나 화장실에 가고 싶은 것 같지도 않았다. 가만히 있어 주는 건 고맙지만, 심심하지도 않나? 온종일 뭐라고 웅얼거리기만 하는 게 재미있나? 항구 근처 도로변의 차 안에서 줄곧 당면 과제를 처리하느라 바빴던 펭란으로서는 도저히 영문 모를 노릇이었다. 아주 잠깐 딴 생각을 했을 뿐인데 벌써 휴대폰에는 연락이 네 건이나 들어와 있었다. 디자인 시안이 하나, 소요 경비를 논의하는 메일이 둘, 진짜로 진짜로 거의 다 왔다는 메시지가 하나.

　"아니, '거의 다'라고 말하면 어떻게 알아? 구체적으로 몇 분이나 걸릴지를 좀……"

두 시간 동안 쌓인 불평을 토해 내려는 찰나, 배달 오토바이 한 대가 도로 저편으로부터 달려와 리무진 옆에 요란하게 멈춰 섰다. 얼굴을 찌푸리며 창문을 내린 펭란에게 운전자는 무작정 사과의 말부터 쏟아 냈다. 대단히 죄송하다, 검역 쪽에서 원래 봐주기로 되어 있던 분이 하필 오늘 앓아누워서 출근을 못 하셨다, 급히 다른 방도를 찾느라 시간이 걸렸다…… 아침의 서늘한 바닷바람이 차 안을 한 바퀴 휩쓸고 지나가는 동안 사과는 구구절절 이어졌다. '다음부턴 이런 일이 없도록 하겠다'는 말이 나오기 직전에 펭란은 말을 끊었다.

"알겠어. 물건은?"

그때서야 운전자는 오토바이 뒤에 실려 있던 '물건'을 꺼내 넘겨주었다. 비닐 포장재로 겹겹이 싸인, 위스키 한 병 정도가 담길 만한 크기의 나무 상자였다. 포장을 뜯고 상자를 살짝 열어 내용물을 몇 초가량 확인해 본 뒤 펭란이 다시 말했다.

"상태 좋네. 고마워. 이제 가 봐."

고객의 긍정적인 반응에 안도했는지, 운전자는 힘차게 감사 인사를 하고서 오토바이를 몰고 멀리 떠나갔다. 한편 펭란은 멀어져 가는 오토바이를 보며 작게 한숨을 쉬었다. 급한 건이라 평소에 거래 안 하던 업자한테 배송을 맡겼더니 과연 일처리가 불안했다. 운전을 저 따위로 하다니, 물건에 흠집이라도 났다간 어쩔 뻔했어? 걱정돼서 다시 한 번 상자 안을 확인해 보았지만 다행스럽게도 흠집 같은 건 보이지 않았다. 비뚤어진 부분도 없고, 다리도 여섯 개 다 제대로 붙어 있고.

"야, 조도화. 이거 괜찮은지 너도 좀 봐 봐."

"뭔데?"

"보면 알아. 케이지 잠깐 내려놓고 빨리 상자나 받아. 무거우니까 조심하고."

펭란이 조심스레 건네준 상자를 도화는 대뜸 열어젖혔다. 덕분에 호주에서부터 날아온 귀한 상품이 햇빛 아래에 떡하니 모습을 드러냈다. 새하얀 천 위에 단단히 고정된, 어른 손바닥 길이의 검고 반들반들하고 길쭉한 곤충 표본이었다. 바닷가재를 연상케 하는 그 표본의 정체를 도화는 바로 알아보았다.

"로드하우 대벌레네."

"1920년에 멸종한 걸로 여겨지다가 2001년에 조그만 암초 위에서 스물네 마리가 다시 발견됐고, 그때부터 하나 구해 달라는 문의가 끊이지 않은 상품이지. 곤충 취급하는 친구들이 덕분에 고생 좀 했어. 아, 이건 당연히 자연사한 개체고, 연구시설로 넘어가기 전에 빼돌려서 박제만 한 거야."

도화의 표정을 읽은 펭란이 재빨리 마지막 말을 덧붙였다. 그러고도 완전히 믿지 않는 것 같은 얼굴이길래 한마디 더.

"선물로 가져가는 거잖아. 너무 부담스러운 걸 주면 오히려 민폐지."

"그래?"

"상식 아니야? 됐다, 다시 줘. 햇빛 아래 오래 두면 변색
돼."

리무진이 출발할 즈음 상자는 펭란의 허벅지 위로 돌아
와 있었고, 펭란의 시선은 휴대폰 화면으로 돌아와 있었다. 이
제 겨우 일 하나가 끝났을 뿐이었다. 지금부터 답장해야 할 메
일이 셋, 연락할 사람이 하나. 가장 시급한 사안부터 하나씩
처리해 나가느라 눈코 뜰 새 없이 바쁜 와중에, 옆자리에서는
도화가 또 파충류한테 중얼중얼 말을 걸고 있었다.

"잘됐으면 좋겠는데, 꿈틀아. 계획대로 말이야."

하도 정신이 없는 나머지, 펭란은 하마터면 '동감이야.'라
고 대답할 뻔했다.

　　　†

하지만 펭란은 아직 계획이 성공하기를 바라지 않았다. 그
럴 시간에 차라리 계획을 한 번 더 점검하고 싶었다. 하늘에
기원하는 일은 모든 준비를 완벽하게 마친 뒤에야 필요해지
는 법이라고 믿었기에, 친구의 죽음에 얽힌 진상을 알게 된 뒤
로도 펭란은 '범인이 갑자기 끔찍하게 죽었으면 좋겠다' 따위
의 소원조차 빈 적이 없었다. 대신 펭란은 작전을 짰다. 과격
파 동물보호 조직 LC의 전 일원, 3년 전 사건에선 유혈사태

를 일으켰고 최근엔 제러미 윙까지 살해한 과격분자, 지금껏 존재조차 알지 못했던 연쇄살인범 솔리테어를 붙잡기 위한 작전을. 방콕 시내 호텔의 스위트룸에서 보낸 마지막 밤에 펭란은 이미 작전의 큰 얼개를 완성해 놓은 상태였다.

"목표는 솔리테어를 홈그라운드 밖으로 끌어내서 붙잡는 거야. 지금껏 베트남, 필리핀, 미얀마랑 태국에서 일을 벌인 걸 보면 아마 동남아시아 지역은 자기 영역이겠지. 반대로 말하면 그 바깥에선 뭘 저지르는 것도 도망치는 것도 좀 더 어려울 테고. 하지만 그렇다고 미치광이 동물 애호가 녀석이 희귀한 상품 거래를 못 본 척하지는 않을 거 아냐? 제러미가 검은패러키트를 거래한다는 것도 미리 알고서 찾아온 놈이니까, 더 화제가 될 만한 거래를 진행하면 알아서 나와 주지 않겠어? 어디 보자, 녀석이 관심을 가질 만한 괜찮은 상품이⋯⋯."

"꿈틀이는 안 돼."

"누가 포카이카하 쓰겠대? 바보 같은 소리 마. 그 자식을 잡아다가 범행 자백이든, 네 지인 행방이든 죄다 털어놓게 만들기 전까진 우리 거래도 끝난 게 아냐. 거래 끝나기 전까지 상품 관리는 네 몫이고. 난 약속 지키는 사람이라니까?"

물론 약속이 아니더라도 도화는 솔리테어에 대해 가장 잘 아는 사람이었고, 솔리테어와 직접 맞닥뜨렸다가 살아 돌아온 사람이기도 했다. 그런 사람이 계속 힘을 보태 준다면야

펭란으로서는 바랄 나위가 없었다. 무자비한 연쇄살인범을
외딴 곳으로 꾀어내 붙잡는다는 위험천만한 작전에 뛰어든
이상 카드는 넉넉할수록 좋았다. 친구, 아는 사람, 아는 사람
의 아는 사람, 그리고 어쩌다가 엮여 버린 정보원까지. 그렇기
에 작전 결행 장소가 정해지자마자 펭란은 부하들을 시켜 도
화가 입을 옷부터 몇 벌 새로 샀다. 홋카이도는 방콕보다 훨
씬 추울 테니까. 소중한 인적자원이 감기에라도 걸리면 곤란
하니까.

†

　방콕항에서 홋카이도의 토마코마이까지는 배로 열흘이
넘게 걸리는 거리였지만, 무사히 도착해서 선물까지 수령했다
고 여행이 끝난 것은 아니었다. 목적지까지 차로 다섯 시간을
더 달리는 동안 펭란은 미뤄 두었던 업무를 몰아 처리했고,
중간에 점심을 먹을 만한 식당도 알아보았으며, 잊을 만하면
한 번씩 도화의 표정도 살폈다. 상태가 나빠 보였기 때문은 아
니었다. 방콕을 떠나온 뒤부터 도화는 줄곧 '괜찮아' 보였다.
배 안에서도, 옆자리에 앉아 있는 지금도, 심하게 경계하지도
않고 과민반응을 하지도 않고. 심지어는 차창에 기대 편안히
꾸벅꾸벅 졸기도 했다. 그런 도화의 모습이 펭란에게는 오히
려 낯설게만 느껴졌다. 괜히 더 신경이 쓰였다. 충격적인 소식
을 들은 데다가 피까지 봤는데, 쟤 정말 말짱한 거 맞아?

'아니면 그런 일을 겪고서야 겨우 상황 파악이 된 걸지도 모르겠네. 지인이란 녀석이 지금껏 어디서 뭘 하고 다녔는지 제대로 알아내려면, 이쪽에 협조해서 솔리테어를 붙잡는 수밖에 없을 테니까.'

잠에 빠져든 도화의 옆얼굴을 빤히 쳐다보며 펭란은 그렇게 생각을 정리했다. 마음 같아서는 지금껏 못 잔 만큼 더 자게 내버려 두고 싶었지만 어느새 최종 목적지가 코앞이었다. 쿠시로 습지 국립공원 변두리에 지어진 이층 양옥이 멀찍이 내다보일 때쯤, 펭란은 도화를 조심스레 흔들어 깨웠다.

"다 왔어. VIP 고객 만나러 가는 거니까, 머리도 빗고 침도 좀 닦아."

"……저 집이야? 엄청 부자인가 보네."

"오쿠모토 히사요시. 왕년엔 부동산 중개업으로 돈을 꽤나 만진 모양인데, 그러고선 곤충 수집에 푹 빠졌다나 봐. 취미생활에 재산 털어 넣는 사람만큼 우리 보스가 아끼는 고객도 없지."

약재상인 펭란이 오쿠모토 같은 곤충 수집가와 직접 거래할 일은 없었지만, 건너건너 들은 이야기라면 잔뜩 있었다. 실제 학위는 없지만 일본에선 '벌레 박사'로 통하는 인물, 곤충에 푹 빠진 기인으로 버라이어티 쇼며 광고에 자주 출연하는 유명인사, 교양 과학서적과 에세이를 여러 권 집필한 작가, 그리고 곤충 밀거래 업계의 큰손. 장수풍뎅이에 열광하는 일본의 아이들에게도, 더 크고 화려하며 희귀한 상품에 굶주린 마니아들에게도 오쿠모토의 돈을 아끼지 않는 '취미생활'은 동경의 대상이었다. 한번은 필라델피아 나비 박물관에만 전시되어 있던 희귀한 제비나비 표본을 꼭 구하고 싶다면서 신디케이트에 의뢰한 적도 있을 정도니까. 박물관 직원을 매수하고 다소간의 폭력까지 동원한 끝에, 문제의 제비나비는 현재 오쿠모토의 저택 안에 있었다. 차에서 내려 저택 대문으로 향하는 동안 펭란은 다시 한 번 당부했다.

"알겠지? 보기 드문 진짜 수집가고, 앞으로도 내 친구들이랑 줄곧 거래하실 분이야. 그러니까 제발 소란 피우지 말고 얌전히……"

"나도 알아. 걱정 마."

그러고선 도화는 로봇처럼 묵묵히 펭란의 뒤를 따라왔다. 한마디도 하지 않고서, 이동장에다 대고 중얼거리지도 않고서. 정장 차림으로 손님을 직접 맞이하러 나온 오쿠모토가 악수를 청하자 고개를 한 번 까딱하기는 했다. 이 정도면 장족의 발전이었다. 지금처럼 방해 안 하고 있어 주기만 한다면야 나머지는 펭란이 책임질 영역이기도 했고.

"제 친구는 피곤한 모양이네요. 부하들이랑 같이 숙소 쪽으로 안내해 주시겠어요?"

오쿠모토 히사요시는 머리가 희끗희끗하고 체구가 자그마한 남자였는데, 악수가 거절당한 것쯤은 아무렇지도 않다는 듯 사람 좋은 미소를 지으며 펭란 일행을 응대했다. 하지만 가정부가 앞장서서 저택 객실로 향할 때도, 서로 다시금 인사하며 명함을 주고받는 동안에도 그 신사적인 눈초리가 발치에 내려놓은 상자 쪽을 연신 흘금거리고 있단 걸 펭란은 놓치지 않았다. 어차피 만나자마자 대뜸 일 얘기부터 꺼낼 생각은 없었다. 그런 건 수집가를 상대하는 방식이 아니었다.

"우린 어디 조용한 데로 가도록 하죠. 물건부터 찬찬히 감상할 수 있게."

그 말에 눈에 띄게 반색하는 오쿠모토의 얼굴을 보며 펭란은 마음속으로 씩 웃었다. 비록 수집가는 아니었지만, 상품을 무슨 예술 작품처럼 취급해 본 적은 한 번도 없었지만, 이런 부류의 사람과 큰일을 도모하려면 어떻게 시작해야 하는지 펭란은 다년간의 경험을 통해 아주 잘 알고 있었다.

✝

"오오, 이건 또 참으로 진귀한 물건이 아닙니까."

응접실 테이블 위에 상자를 열어 둔 채, 오쿠모토는 그 안에 잠든 로드하우 대벌레로부터 눈을 뗄 줄 몰랐다. 첫인상으로는 말수가 적어 보였던 오쿠모토였지만 곤충 표본을 앞에 두고서는 그런 태도마저 바뀌어 있었다. 몸길이가 19센티미터쯤 되네, 발색이 깨끗하고 흠이 없네, 누가 봐도 최상급 표본이네 하는 찬사가 길게 이어졌다.

"전에 미국 수집가가 하나 갖고 있던 것을 본 적은 있습니다만, 이건 그보다도 훨씬 크군요. 뒷다리도 뻗어 나온 나무줄기처럼 묵직하고요. 암컷과 수컷 개체의 차이겠지요?"

"음, 예, 아마 그렇겠죠."

그저 친구가 추천해 준 선물을 가져왔을 뿐이었기에, 펭란은 사실 오쿠모토의 찬사 대부분을 제대로 이해하지조차 못했다. 고객이 마음에 들어 한다면야 아무래도 좋았지만. 끝없이 흘러나오는 감상을 한 귀로 흘리며 살짝 둘러본 응접실 벽에는 표본 액자가 이미 빼곡했다. 알렉산드라 버드윙, 타이탄하늘소, 골리앗꽃무지, 전부 수집가들의 사랑을 받는 이름난 종이었고, 그중에서도 특히 크기가 크고 상태가 좋은 표본들이었다. 이 정도로 취미에 진심인 사람에게 좋은 첫인상을 심어 준 것만으로도 일단은 성공인 셈. 하지만 수집가는 상품을 손에 넣는 것만으로 만족하는 사람들이 아니다. 손에 넣은 상품을 자랑하지 않고선 못 배기는 것이 이들의 습성. 대놓고 과시하진 않는 성격이라 해도 살짝 찔러만 주면……

"좋게 평가해 주셔서 감사합니다만, 선생님께서 보유하신 컬렉션에 비하면 아무것도 아닐 텐데요. 설마 여기 걸린 표본들이 전부라고 말씀하실 셈은 아니겠죠?"

"하하, 그러잖아도 근사한 물건을 보여 주셨으니 제 쪽에서도 보답을 드려야겠다고 생각하던 참이었습니다. 따라오시죠."

오쿠모토는 펭란이 예상한 대로 행동해 주었다. 응접실 뒷문에서 이어지는 좁은 길을 지나 도착한 곳은, 고풍스러운 저택에 맞지 않게 무슨 냉동창고처럼 생긴 별채였다. 창문은 없고 팬 돌아가는 소리만 요란한 걸 보니 환기며 온도 조절을 공들여서 하고 있다는 뜻. 그렇다면 별채 안에 소장된 수집품이 무엇일지도 대강 알 만했다. 후끈한 습기로 가득한 별채 안에는 '부화실'이며 '먹이 곤충 사육실' 등의 현판이 붙은 방이 몇 개 있었지만, 오쿠모토가 자랑스레 소개한 곳은 별채 가장 깊은 곳에 위치한 '감상실'이었다.

"자아, 보시기에 어떠신지요? 여기가 이 오쿠모토 히사요시가 가장 자랑하는 수집품, 살아 있는 가장 진귀한 벌레들이 있는 곳입니다. 이 세상에서 가장 묘하고도 경이로운 보물들을 감상하는 곳이지요."

방음벽 위에 나무를 덧대 고요하고도 분위기 있게 꾸며 놓고, 삼면에는 투명한 유리 사육장들, 그리고 가운데에는 고급 안락의자. 오쿠모토가 권하는 대로 의자에 앉아 보니 과연 펭란의 눈에도 수집품들이 한꺼번에 들여다보였다. 바스락거리는 소리와 흙냄새 사이로 자부심이 뚝뚝 묻어나는 말이 이어졌다.

"이쪽에 있는 아이는 온몸이 새빨갛게 태어난 돌연변이 난초사마귀입니다. 여기 이 넓적사슴벌레 아종은 전문 브리더가 몇 대에 걸쳐 육성한 결과물인데, 뿔이 가지를 친 것처럼 뻗어서 특히 아름답지요. 아, 지금 이 소리에 귀를 기울여 보십시오. 세계 어느 수집가의 컬렉션에서도 들을 수 없는 마헤바위귀뚜라미의 울음소리랍니다. 여름 한철 풀벌레 소리를 들으면서 풍류를 즐기는 문화가 서양엔 없다는 걸 아십니까?"

"덧없는 사물을 그리는 애틋함, 모토오리 노리나가가 말한 '모노노아와레'는 일본 고유의 문화이지요. 이미 12세기부터 곤충을 아끼는 아가씨 이야기가 기록되어 있을 정도니까요. 맞나요? 제가 정확히 알고 있는지 모르겠네요."

"훌륭하십니다! 중의학 분야에서 주로 활동하신다고 소개를 받았습니다만, 곤충의 매력에 대해서도 생각보다 훨씬 조예가 깊으시군요. 역시 이쪽 영역으로 사업을 확장하실 생각도 있으시기 때문이겠지요? 그래서 이번 경매를 주최하고자 하시는 것 아닌지요?"

여기서부터가 본론이었다. 2주에 걸쳐 연락을 돌리고, 선물을 준비하고, 미리 그럴듯한 이야기까지 공부해 온 것은 전부 오쿠모토를 대면해 경매 주최에 대한 확언을 받기 위한 일. 미리 다 논의해 둔 이야기에 도장을 찍는 것에 불과한 이 단계에서 얼마나 많은 계약이 엎어지곤 하는지 펭란은 결코 모르지 않았다. 그랬기에 지금 순간에 꺼낼 대답 또한 진작에 준비되어 있었다.

"예전부터 줄곧 관심은 있었습니다. 약용 곤충이라면 오래도록 거래해 왔으니까요. 하지만 역시 직접적인 계기라고 하

면 서면으로 말씀드렸다시피, 단골 업자로부터 살아 있는 '완
상'을 우연히 입수한 것이 되겠네요. 이렇게 희귀한 물건은 역
시 약재보다는 수집품으로 거래해서 이득을 더 보고 싶단 욕
심이 들었는데, 저는 사실 수집품 시세에 대해서는 잘 모르거
든요. 이럴 땐 가치를 알아봐 줄 고객들을 모아 경매를 여는
게 최선이라고 생각했을 뿐입니다. 듣기로는 '업계 최대 거물
이신 오쿠모토 선생님께 부탁하면 내로라하는 수집가들을 전
부 불러 모을 수 있을 것'이라던데요. 제대로 알고 찾아온 것
이 맞나요?"

펭란이 말을 마친 뒤로도 한참 동안, 오쿠모토는 나무토
막 위의 사슴벌레를 말없이 지켜볼 뿐이었다. 긴장된 침묵 속
에서 멸종 위기의 귀뚜라미만 찌르찌르 울었다. 그러다가 문
득, 사슴벌레가 한 발 내딛음과 동시에, 오쿠모토의 얼굴에도
미소가 떠올랐다.

"앞으로 한 달 뒤 토요일에, 바로 이곳 제 저택에서 세계
곤충 수집계의 유명 인사들을 전부 만나 보시게 될 겁니다.
큰 손님맞이를 할 생각을 하니 벌써부터 기대가 되는군요."

"그럼 혹시 메일로 말씀드린 부분들도 전부……"

"물론입니다. 당일까지 이곳에서 자택인 듯 편안하게 지내
시면서 행사를 준비해 주시면 되겠습니다. 준비 과정에 혹 협
조가 필요하다면 전적으로 지원해 드릴 테니 언제든 말씀해
주시고요. 이거야 원, 완상이 제 집에 온다는데 어떻게 거절을

하겠습니까."

오쿠모토의 흔쾌한 대답을 듣고서야 펭란은 비로소 마음속으로 긴 한숨을 내쉬었다. 무대가 확정되었으니 이제부터가 진짜 시작이었다. 내일부터는 본격적으로 경매 행사를 준비해야 했다. 덫이라는 걸 알고서도 사냥감이 제 발로 기어들어 올 수밖에 없을 만큼 근사한, 하지만 결코 방콕에서처럼 홀연히 빠져나가지는 못할 만큼 촘촘하게 계획된 행사를.

†

하지만 일단 오늘만큼은 좀 쉬고 싶었다. 안내를 받아 숙소에 돌아오자마자 펭란은 일단 답답한 겉옷부터 벗어던진 다음, 바닥에 깔린 푹신한 이불 위에 그대로 쓰러져 애벌레처럼 꾸물꾸물 파고들었다. 도화를 지키고 있던 부하들도 각자 잠이나 자 두라고 돌려보냈다. 수집가를 한 번 상대하고 나면 언제나 이 꼴이었다. 피곤하기 그지없는 일이었다.

"매번 감탄하는 것도 노동이라니까. 모노노아와레니 뭐니 난 하나도 모르겠는데."

"그래도 잘 속이고 왔나 보네."

"말조심해. 난 고객 안 속여. 예의를 차리는 거지."

도화가 무심히 던진 말을 펭란은 날카롭게 받아쳤다. 다다미 바닥 위에서 어기적거리는 꿈틀이에게 시선을 멍하니 고정한 채, 도화는 이해가 안 된다는 듯 재차 입을 열었다.

"이용하는 거잖아. 솔리테어 잡으려고. 경매 연다고 속여서."

"경매는 진짜로 열 거야. 전부터 관심 있었던 것도 사실이고, 수집가들한테 귀한 물건 팔아서 돈 벌 생각도 있거든. 이 기회에 본격적으로 거래 터야지. 다만 상황이 상황이니까 보안에 특히 주의를 기울이려는 작정일 뿐이야. 이 얘기도 진작에 전달해 뒀어."

위험한 불청객이 올 수 있다는 말도 몇 번이나 했다. 이쪽에서 비용을 부담해 이중 삼중의 안전 대책을 수립하겠다는 의사도 서면으로 확실히 밝혀 놓았다. 거짓을 말한 부분은 한 군데도 없었다. 한 달 뒤에 열릴 경매는 펭란에게도 오쿠모토에게도 큰 이득을 가져다줄 것이다. 희귀 곤충 거래에 대한 소문을 듣고 찾아올 솔리테어에게는 경매장의 철저한 보안이 함정으로 작동해 주겠지만. 거미가 거미줄을 칠 때 자신이 밟을 부분에는 끈적이지 않는 줄을 놓듯이, 펭란은 자신의 덫을 순수하게 덫으로만 짤 생각이 없었다. 복수에 골몰하느라 금전적 손해를 보는 일이 없도록 하기 위한 사업상의 결정이었다. 그리고 일종의 고집이기도 했다.

"연쇄살인범 주제에 내 비즈니스를 방해하게 두지는 않겠어. 제러미를 죽였다고 잔뜩 우쭐해 있을 녀석한테, 실제론 너 따위 아무것도 아니란 걸 보여 줄 거라고. 나는 큰돈을 벌 거고, 솔리테어를 꽁꽁 묶어서 내 앞에 무릎 꿇릴 거고, 둘 다 성공적으로 해낼 거야. 알겠어? 이게 내가 복수하는 방법이야."

베개에 얼굴을 파묻은 채 펭란은 선언하듯 목소리를 힘껏 높였다. 분노와 자신감이 반씩 뒤섞인 메아리가 방 안으로 퍼져 나갔고, 부드러운 침묵이 뒤를 이었다. 한참 동안 방 안에는 꿈틀이가 사료를 씹어 먹는 아기작 소리만이 이따금씩 울렸다. 세상에서 가장 희귀한 파충류가 식사를 마칠 무렵 도화가 나지막이 물었다.

"잘될 것 같아?"

"잘되게 만들어야지. 외딴 곳이라 도망치긴 쉽지 않을 거야. 비싼 수집품이 많다 보니까 방범 설비도 그럭저럭 있고. 뭐, 중요한 건 CCTV 대수보다도 결국 인력이지만."

펭란은 질문자를 향해 고개를 홱 돌리고선 냉정히 답했다. 하지만 걱정스럽거나 비관적인 말투는 아니었다. 도화를 마주 보는 펭란의 얼굴엔 예리하게 갈고닦은 확신이 가득했고, 목소리에도 같은 확신이 또렷이 묻어났다.

"근데 내가 친구는 좀 많거든."

✝

펭란의 어머니가 밀수조직을 이끌던 무렵에는 주변에 '친구'라고 부를 만한 사람이 많지 않았다. 전통적인 약재 거래 바깥으로 손을 뻗으려는 어머니의 행보에 친척 어른들은 사

사건건 훼방을 놓았다. 이들을 견제하려 신의안이나 화승화 등 삼합회 계열 단체와 손을 잡기도 했으나 이 역시 설익은 동맹 관계일 뿐이었다. 조용한 세력다툼과 서슬 퍼런 숙청이 반복되는 동안엔 어제까지 친구였던 사람의 등 뒤에 오늘 칼을 꽂아야 하는 경우도 다반사였다. 하지만 센티넬라 신디케이트가 업계의 질서를 재편하고 펭란이 조직을 물려받을 무렵엔 사정이 달라져 있었다.

태국의 거물 업자와 아랍에미리트의 조류 거래상이 한자리에 모였다. 인도의 맹수 사냥꾼과 멕시코의 어업 카르텔이 협력해 이득을 극대화할 수 있는 시스템이 마련되었다. 새로이 바뀐 게임의 규칙을 이해하자마자 펭란은 이들 모두에게 가장 먼저 다가갔다. 당장의 득실에 연연하지 않고 협력을 제안했으며, 은혜를 반드시 갚았고, 생일에는 꼭 선물을 보냈다. 어머니가 하던 대로 주변인을 냉혹하게 솎아내는 대신 펭란은 단순한 동업자조차 믿을 수 있는 친구로 만들었다. 진심 어린 신뢰야말로 사업가가 가질 수 있는 최대의 자산이라고 믿으면서. 펭란이 오쿠모토의 저택에 도착한 지 사흘째 되던 날, 건장한 경호원 여섯 명을 대동하고서 대문 앞에 나타난 사람 또한 그렇게 사귄 전 세계의 수많은 친구 가운데 하나였다.

"손님이 오셨습니다. 모델처럼 키가 훤칠하니 큰 외국인이세요. 혹시 아시는 분이라면, 객실로 안내해 드릴까요?"

"아뇨, 제 손님인데 제가 나가야죠. 조도화 너도 같이 인사하러 가자."

저택 소장품 목록을 체크하던 펭란이 가정부의 전언에 냉큼 나가 보니, 과연 큰 키에 새하얀 롱코트를 입은 중년 여성이 기다리고 있었다. 펭란은 그 모습을 보자마자 힘껏 달려가 꼭 껴안고서 반가움을 마구 쏟아냈다.

"린디! 약속보다 이틀이나 빨리 왔잖아! 나미비아 일은 어떻게 하고? 세상에, 우리 너무 오랜만에 보는 것 같다……."

"우리 펭란이 부탁하는데 어떻게 늑장을 부리겠니. 그렇잖아도 요즘 들어서 마음고생도 많았을 텐데. 제러미 일은 정말 유감이야."

'린디'라고 불린 여성이 펭란의 어깨를 양팔로 부드럽게 감싸며 대답했다. 한동안 두 사람은 포옹한 채로 안부를 묻는 데에 여념이 없었다. 그런 뒤에야 비로소 자신에게 시선을 돌린 키 큰 외국인으로부터 도화는 무심코 두어 발짝 물러났지만, 그래도 희미하게 고개를 까딱이는 건 잊지 않았다.

"이런, 인사가 늦어서 미안해요. 하도 반가워서 그만. 펭란과 동행 중인 정보원 맞으시죠? 저는 린디 라로셰입니다."

그렇게 말하면서 린디는 명함을 한 장 꺼내 정중하게 건넸다. 린디 라로셰. 정원용 식물 및 화훼 공급 전문. 별다른 장식 없이 이름과 연락처만 적힌 명함 내용을 읽고서 도화는 살짝 고개를 갸웃할 수밖에 없었다. 정원용 식물? 설마 꽃집 주인은 아닐 텐데. 피어오르는 의구심의 전조를 읽은 펭란이 말을 보탰다.

"린디는 비싼 꽃이나 나무를 원하는 고객들의 의뢰를 받고 일해. 아마존에도 가고, 푸젠에도 가고, 지난번에는 남아공 커스틴보슈 식물원에서 소철 수십 그루를 뿌리째 공수했지. 그런 걸 혼자서 할 수는 없을 거 아냐? 내가 아는 한 현장에서 대규모 인력 지휘하는 데 린디만큼 능한 사람은 우리 신디케이트에 없어."

"그렇게 띄워 줄 것까진 없는데. 하지만 사람 다루는 데에 그럭저럭 자신이 있는 건 사실이에요. 평소 하던 일이랑은 조금 다르지만, 다가올 경매에선 회장 경비랑 상황 통제를 맡아 주기로 약속했습니다."

오쿠모토의 저택은 넓었고 귀중품은 곳곳에 있었다. 여기에 손님을 잔뜩 불러 행사를 치르려면, 그리고 솔리테어까지 끌어들여 계획대로 안전하게 붙잡으려면 펭란의 부하들만으론 아무래도 역부족이었다. 인력이 훨씬 많이 필요했다. 그리고 대규모의 인력을 능숙하게 컨트롤할 수 있는 지휘관도. 그런 면에서 린디가 부탁을 듣자마자 두말 않고 일본까지 날아와 주었다는 사실은 펭란에게 있어 더없는 희소식이었다. 마당에 서서 짤막하게 일 이야기를 나누는 것만으로도 벌써 안심이 되는 기분이었다.

"이틀 전에 보낸 메일에서 딱히 변동사항은 없지, 펭란? 팀 플럼이랑 팀 뱀부는 막 바다 건너서 바오바브나무 옮긴 직후라 휴가 줬지만, 대신 팀 오키드가 이번 주말쯤까진 전원 집합해서 준비 시작할 거야. 단순 경비 담당들은 어디서 충원할지 정했어?"

"후지세 쪽에서 아무래도 사정이 안 된대서 머리 좀 아팠는데, 마루야마 수산이 마침 지원해 준대. 네 팀만큼은 아니더라도 훈련받은 조직 애들이니까 괜찮지 않을까 싶어. 혹시 필요한 장비 있으면 최대한 빨리 얘기하고."

"장비는 쓰던 거 쓸게. 예비에다가 휴가 보낸 애들 것까지 좀 가져오면, 충원 인력한테 하나씩 돌리긴 충분할 거야. 그것보다 당장은 정보원을 좀 빌리고 싶은데. 혹시 잠깐 저를 좀 도와주실 수 있으시겠어요?"

갑작스레 자신을 향해 날아온 물음에, 도화는 펭란의 눈치를 머뭇머뭇 살피며 대답했다.

"어, 얼마든지요."

†

린디 라로셰가 첫날 도화에게 부탁한 일은, 이번 경매에서 예상되는 가장 큰 위협인 솔리테어에 대해 아는 내용을 전부 직접 들려 달라는 것이었다. 이번 경매가 미지의 연쇄살인범을 붙잡기 위한 함정이기도 한 이상 평소에 난초 경매하듯 진행할 순 없는 일. 인원 배치, 숙지시킬 사항, 위기상황 발생시 대응 요령 모두 솔리테어의 존재에 대응해서 조정할 필요가 있었다. 객실 안에서 린디는 도화에게 충분히 생각을 정리해 볼 시간을 주었고, 방 한구석에 놓인 플라스틱 우리 쪽으로는 펭란의 경고대로 눈길조차 향하지 않았다. 그 덕분일지는 몰라도 도화는 낯선 상대방을 크게 경계하는 일 없이 증언을 이어 나갔다.

"얼굴은 정확히 기억 안 나. 정면에서 본 게 아니니까. 하지만 인상착의는 방금 말한 대로야."

"감사합니다. 키가 크고, 신체적으로 단련되어 있고, 대강이나마 인상은 전달이 되네요. 아, 혹시 다른 신체적 특징은 없었나요? 예를 들자면 눈에 띄는 상처라든가, 아니면 피어싱 같은 것도 좋습니다."

"딱히 없었는데. 설명하려니까 잘 모르겠어. 직접 보면 알겠지만."

도화의 대답 하나하나를 린디는 수첩에 전부 휘갈겨 적었다. 몽타주를 그려 볼 만한 정보는 아니었지만, 경비 인력 전원에게 전달해 두면 수상한 사람을 미리 골라서 집중 마크할수는 있을 것 같았다. 그러기만 해도 웬만하면 사고가 일어날 일은 없겠지. 물론 정보는 많으면 많을수록 좋았다. 그리고 단순한 목격자가 아닌 범인의 간접적 관계자로서, 도화가 린디에게 제공해 준 정보는 솔리테어의 외모를 제외하고도 충분히 많았다.

"표식을 남겨. 조직 이름인 LC랑, 순서 바꾼 플레잉 카드

한 벌. 카드가 자기 서명이야. 이번에도 어디 놓아둘 거야."

"검은색 단검이 있어. 얇고 뾰족해. 다른 흉기는 안 쓰는 것 같아."

"남 죽이는 데에 거리낌이 없어. 왜냐하면 사람은 멸종위기종이 아니니까. 얼마든지 죽여도 되니까. 그러니까 만일 방해를 받으면, 그땐, 그땐 누군가 다칠 거야."

목을 매만지며 마지막 증언을 더듬더듬 뱉던 도화의 모습을 린디는 똑똑히 눈에 담았다. 알지 못했다면 치명적일 수도 있었을 내용이었다. 펭란도, 린디도, 오쿠모토와 다른 경매 참가자들도 현장에서 사람이 다치거나 죽는 일을 원하지는 않는다. 어디까지나 최우선 사항은 행사를 안전하게 끝마치는 일. 도화에게 감사를 표하고 자리에서 일어나, 린디는 이를 위한 본격적인 준비에 나섰다.

저택의 모든 출입구와 방 배치를 파악하고, 보안 장치가 잘 작동하는지 점검하고, 낮은 담장이나 으슥한 창고 뒤편처럼 위험한 곳을 꼼꼼히 파악하는 데에 꼬박 사흘이 걸렸다. 주말이 되어 린디의 팀이 도착한 다음부터는 더욱 바빠졌다. 다 같이 토의해 업무를 분담하고 순찰 경로를 정한 다음에는 예행연습이 이어졌다. 솔리테어 문제를 논의할 때는 도화도 몇 번 더 불렀다. 상황의 위험성을 전달하는 데엔 리더의 일방적인 전언보다 당사자의 생생한 목소리가 더욱 효과적이니까. 도화는 긴장하면서도 부탁을 거절하지 않았고, 덕분에 경매가 보름 앞으로 다가왔을 무렵 린디의 팀 오키드는 이미 만반의 준비를 마친 상태였다.

"끝날 때까지 긴장 풀지 말고! 당일에 술 마시지 말고! 추가 인원 도착하면 걔들 교육은 너네가 맡아서 할 수 있지? 콜롬비아에서 현지 사람들이랑 일했을 때하고 똑같아! 자, 그럼 오늘은 이만 해산!"

지시를 우렁차게 복창하는 목소리가 마당에 울려 퍼졌다. 이번 계획의 성공을 너끈히 담보해 줄 것처럼 든든한 목소리였다.

✝

한편 경매 주최자로서 펭란이 맡은 일은 조금 더 까다로웠다. 참여할 수집가들에게 안내 메일을 돌리고, 오쿠모토의 의견을 반영하여 식순을 정하고, 팸플릿 인쇄 업체를 고르고, 연회장의 조명에 문제가 있단 사실을 뒤늦게 깨닫고선 부랴부랴 대책을 마련하는 동안 예산까지 관리해야 했다. 그러다 보니 밤을 꼬박 새고서 날이 밝을 때쯤에야 픽 쓰러지는 일이 다반사였지만, 펭란은 어떻게 해서든 이번 일을 보란 듯이 성공시키고 싶었다. 경매로서도, 그리고 함정으로서도. 함정에 더욱 공을 들이기 위해 일부러 특별 미끼까지 주문해 둔 참이었다. 다만 이 미끼가 조금 말썽이긴 했다.

"솔라라, 이렇게 자주 묻게 되어서 나도 정말 미안한데, 물건은 어떻게 돼 가?"

"이젠 진짜 진짜 시작했어! 머리가 맘에 안 들어서 계속 다시 만들다가 착수가 좀 늦어졌는데, 그래도 이제는 기세 타고 쭉 작업하면 되니까 순식간이지! 응, 그럼 그럼!"

수화기 너머에서 허둥지둥 변명하는 목소리를 들으니 한숨이 절로 나왔다. 살아 있는 완상을 경매에 출품하기로 한 이상, 솔리테어는 포카이카하나 검은패러키트를 노렸듯 반드시 그 희귀한 상품 또한 노릴 터. 혹시라도 일이 잘못되어 진짜 완상이 도둑맞아서는 곤란하기에 펭란은 알고 지내는 박제사에게 미리 정교한 가짜 상품을 주문해 두었다. 그게 지금쯤이면 홋카이도에 도착했어야 하는데!

"마감이 촉박했던 건 알지만, 네가 분명히 제때 끝낼 수 있댔잖아. 약속을 했으면 지켜야지. 거실에 코뿔소며 판다 놓고 싶어 하는 사람들이야 뭐, 거실이 어디로 도망가는 건 아니니까 늦어도 기다려 줄 수 있어. 근데 경매 날짜는 안 그렇다고."

"알아! 안다니까? 다음 주 중에는 보내 줄게! 크기도 작고 재료도 다 있어서 금방 될 줄 알았는데, 절지동물 작업이 너무 오랜만이라 손이 안 풀려 갖고 그래. 하지만 지금은 다 풀렸으니까! 걱정 말고 기다려!"

솔직히 말해 짜증을 한바탕 내고 싶었지만, 동시에 펭란은 결코 솔라라 델쿠르트에게 짜증을 내고 싶지 않았다. 비록 신디케이트의 일원은 아니었지만 솔라라는 펭란이 아는 최고의 박제사였다. 온갖 기술을 총동원해 그야말로 살아 있을 때와 똑같은 박제를 만드는 사람이었고, 그렇기에 VIP 고객의 요청이 있을 때면 가장 먼저 연락하는 친구이기도 했다. 문제는 그놈의 완벽주의였다. 자연사박물관에 전시된 자기 작품이 마음에 안 든다고 불을 지르려 했다가 범죄 세계로 굴러들어왔다는 녀석이니 어련할까. 이렇게 제멋대로인 예술가는 그냥 잘해 주리라고 믿으며 기다리는 게 최선이었다. 설령 정말로 정말로 짜증이 나더라도.

"알겠어. 너무 늦지만 말고, 그래도 밥은 먹어 가면서 작업……"

"꿈틀이 간식 떨어졌어."

정말로 정말로 짜증이 나려던 차에, 타이밍 나쁘게도 도화가 문을 쾅 열고 들어와 선언했다. 평소와 똑같이 배려심이라곤 없는 태도였다. 펭란도 일단은 평소처럼 대답하려고 했다.

"내일까지 애들 시켜서 사 놓을게. 항상 먹이던 거 맞지?"

"이동장 문도 고장 났어. 삐걱거려. 새로 사야 해."

"오늘은 진짜 바빠서 그래. 필요한 물건 정리해서 주면 내일 아침에 바로 처리할게."

"지금 당장 필요해. 그리고 직접 고를 거야."

'삐걱거리는 정도면 하루쯤은 괜찮잖아'라고 말할 작정이었다. 직접 고르겠단 억지를 부리기는 했지만 애완동물 용품을 사겠다면서 도망친 것도 아니고, 자신에게 제대로 요청하러 온 것이니 확실히 대하기 쉬워졌구나 하는 생각도 들었다. 하지만 솔라라와의 통화 때문에 짜증이 잔뜩 난 상태였고, 경매 자체가 갑작스레 계획한 일이다 보니 업무가 몰려서 피곤하기도 했고, 최근에 스트레스 받을 일도 너무 많았고……그래서 막상 입 밖으로 튀어나온 말은 펭란의 본래 의도와는 전혀 달라져 있었다.

"사람도 잠을 못 자는데 지금 도마뱀이 문제야? 매일 새벽마다 너 안 깨우려고 방에 살금살금 들어가는 거 알기나 해? 같이 잘되자고 이러는 거니까 제발 일할 땐 좀 내버려 둬! 살아생전에 그 누리 언니인지 누군지 하는 새끼 다시 한 번이라도 보고 싶으면!"

그렇게 벌컥 내뱉고 나니 잠깐 동안은 속이 후련했지만, 문 앞에서 굳어 버린 도화의 얼굴이 눈에 들어오자 곧 후회가 밀려왔다. 주변인한테 꼴사납게 화풀이라니. 그걸로도 모자라 남의 소중한 사람을 갖고 협박까지 하다니. 생각보다 스트레스가 많이 쌓여 있었구나 싶어 입맛이 썼다. 하지만 스트레스 핑계를 대 가며 구차하게 변명하고 싶지는 않았다. 이럴 때 입에 담아야 할 말은 따로 있었다.

"미안해. 말이 심했다. 앞으론 이런 일 없을 거야."

도화는 여전히 굳은 채 아무런 말도 하지 않았다. 그 시선을 피해 모니터로 고개를 돌리며 펭란이 주섬주섬 몇 마디를 덧붙였다.

"책상 위 지갑에 내 카드 있어. 그거 갖고서 우리 애 아무나 둘 데리고 나가. 애완동물 숍 위치는 걔들이 찾아 줄 거야. 앞으로도 필요한 물건 있으면 그렇게 하고."

"오늘 한 번이면 돼. 아무튼 고마워. 일 수고해."

그 말을 듣고서야 비로소 펭란은 조금이나마 마음을 놓았다. 최소한 화가 난 목소리는 아니었으니까. 기껏 계획에 협조해 주고 있는 정보원을 화나게 만들었다면 스스로를 더더욱 용서할 수 없었을 테니까. 하지만 마음을 놓았다고 몸까지 쉴 수는 없었다. 도화를 감시하면서 시내까지 다녀오라는 지시도 내려 두어야 했고, 그다음엔 경매 참가자들의 문의 메일에도 답을 주어야 했다. 솔라라한테 정확한 작업 진행 상황도 물어봐 두는 편이 좋을 것 같았다. 일이 다 끝나면 리조트라도 빌려서 푹 쉬어야겠단 생각을 애써 한켠으로 밀어내며, 펭란은 다시금 쌓인 일거리를 향해 손을 뻗었다.

†

시간은 순식간에 지나갔다. 참가자 리스트가 확정되었고, 경매 순서 또한 몇 번의 논의를 거쳐 합의에 도달했으며, 조명이나 보안 시스템의 자질구레한 문제 또한 행사를 일주일 앞둔 시점에서는 완벽히 해결되어 있었다. 린디의 팀은 새로 도착한 경비 인력을 철저히 교육시켰다. 도화는 딱 한 번 시내에 나갔다 왔을 뿐 어떤 소란도 일으키지 않았다. 마지막까지 펭란의 골치를 썩인 사안은 '미끼' 건이었는데, 결국 경매 이틀 전이 되어서야 박제사 솔라라 델쿠르트가 저택에 직접 모습을 드러냈다.

"직접 올 줄은 몰랐는데. 물건은 어디 있어? 그리고 이 짐은 다 뭐야?"

"진짜로 맹세컨대 마무리 작업만 하면 끝나! 여기 필요한 장비도 다 가져왔어. 그러니까 혹시 직사광선 안 들고 조용한 방 하나만 내줄 수 있어? 사탄한테 영혼을 파는 한이 있더라도 내가 꼭 내일까진 끝낼게!"

속으로는 비명을 지르면서도, 펭란은 오쿠모토에게 부탁해 자그마하고 눈이 퀭한 친구의 부탁을 들어 주었다. 천만다행으로 마감이 더 이상 미뤄지지는 않았다. 방에 틀어박혔던 솔라라가 환희에 찬 표정과 함께 기어 나온 것은 린디가 최종 리허설을 진행한 다음 날의 일이었고, 모든 서류를 마지막으로 한 번씩 검토해 본 직후였던 펭란이 그런 솔라라를 부축해 숙소까지 끌고 갔다. 함정을 구성하는 모든 부품이 마침내 제자리에 놓였다. 이제는 결전의 날을 기다릴 뿐이었다.

"잘될 거야. 전부 잘 될 거야. 열심히 준비했잖아."

일찍 잠자리에 누운 펭란의 귓가에 도화의 속삭임이 희미하게 들려왔다. 비록 소리 내어 말하지는 않았지만, 펭란은 이번에야말로 분명하게 '동감이야'라고 생각했다.

†

경매 당일 아침 일찍부터 오쿠모토의 저택은 방문객으로
북적였다. 택배 기사와 케이터링 업체 직원들이 가장 먼저 도
착했고, 이름난 수집가의 행렬이 뒤를 이었다. 혼란을 틈타 허
가받지 않은 사람이 들어오는 일이 없도록 저택 주변에는 경
비가 물샐틈없이 배치되었다. 유일한 출입구인 정문에서는 펭
란의 부하 셋이 상주하며 드나드는 인원을 하나하나 꼼꼼히
체크해 나갔다. 전부 업계에서 잔뼈가 굵어, 기자나 경찰처럼
자주 맞닥뜨리는 방해꾼이라면 걸음걸이만 봐도 분간할 만한
정예들이었다.

"참가자이십니까? 신분증 제시 부탁드립니다. 네, 감사합
니다. 안내 도와드리겠습니다."

"트럭은 이쪽에서 대기! 죄송하지만 운전자도 내려서 신
원 확인해 주셔야 합니다!"

"안톤 샤이벨이라는 분이 부치신 화물이라고요? 잠시만
요, 한번 확인해 보죠."

하지만 아무리 경험이 풍부한 인력이라 한들, 생전 본 적
없을 연쇄살인범까지 한눈에 파악해 주길 기대할 수는 없었
다. 특히나 이미 자신이 살해한 고객으로 변장해 잠입한 전력
이 있는 인물이라면 더욱더. 펭란이 직전까지 연락해 본 바로

는 아직까지 경매 참가자들 중 문제가 생긴 사람은 없었지만, 참가자 외에도 저택에 출입하는 사람이 이렇게나 많다면 솔리테어가 그중 누구의 탈을 쓰고 있을지는 모를 일이었다. 이에 대비하기 위한 두 번째 안전장치는 분주한 현장에서는 조금 떨어진 대문 안쪽에 있었다.

"와 주셔서 정말 감사드립니다. 마당에 간단한 다과가 준비되어 있습니다."

흰 천이 깔린 책상 앞에 허리를 쭉 펴고 앉아서, 린디 라로셰는 한 명씩 차례로 들어오는 입장객에게 식순이 적힌 팸플릿을 건네는 중이었다. 정중한 환영 인사도 매번 잊지 않았다. 물론 린디는 접객을 하기 위해 이 자리에 앉아 있는 것이 아니었다. 진짜 임무는 옆자리에서 묵묵히 팸플릿을 3등분해 접는 도화를 감시하는 것, 그리고 도화가 입을 열면 그 내용을 무전기로 경비 인력 전체에 전달하는 것. 린디의 팀원들은 인상착의가 도화의 진술과 닮은 인물, 혹은 거동이 수상한 인물을 실시간으로 파악해 감시하도록 되어 있었다. 이러한 요주의 인물 리스트에 도화는 이따금씩 한 줄을 더하곤 했다.

"방금 지나간 사람. 분위기가 비슷해."

"누구 말인가요? 팸플릿 바닥에 던지고 간 아저씨?"

"아니. 짐 들고 따라온 사람."

혹여나 솔리테어일지 모를 사람에 대한 정보를 린디는 즉시 온 저택에 퍼뜨렸다. 다른 행동은 없었다. 소지품을 검사하거나 신분증을 다시 확인하는 대신, 린디는 오전 내내 도화가 골라낸 용의자 열 명가량을 아무 말 없이 마당으로 들여보냈다. 왜냐하면 솔리테어는 유혈 충돌을 결코 피하지 않는 인물이라고 들었으니까. 발각되었다고 느낀다면 즉시 칼을 뽑으려 들 테니, 차라리 아무것도 하지 못하게 철저한 감시 아래 묶어두자는 계산이었다. 핵심은 용의자를 절대로 혼자 두지 않는 데 있었다. 어떤 상황에서나 각각의 요주의 인물 주변에 셋 이상이 대기하고 있을 수 있도록, 팀원들은 실시간으로 연락을 주고받으며 살아 움직이는 투명한 그물처럼 쉴 새 없이 마당을 가로질렀다.

자신들이 거대한 거미줄 한복판에 있다는 사실은 꿈에도 모른 채, 직원들은 분주하게 음식을 날랐고 수집가들은 마당에 삼삼오오 모여 이야기를 나누었다. 이야기의 주제는 다양했다. 안부 인사, 자기소개, 최근 커뮤니티의 동향, 단속 관련 정보…… 하지만 시간이 지날수록 하나의 단어가 마당 전체의 배경 잡음 속으로 조금씩 퍼져 갔다. 캘리포니아에서 온 젊은이의 입에서, 마카오에서 온 노신사의 입에서 그 단어는 언제나 궁금증과 경이와 의심을 잔뜩 뒤집어쓴 채 튀어나오곤 했다.

"살아생전에 완상을 직접 보게 될 줄은 몰랐어."

"아직 속단하긴 이르죠. 색만 비슷한 가짜 완상이 한두 번 나왔던 것도 아니잖습니까."

"빨리 공개나 했음 좋겠네. 슬슬 시간 되지 않았나?"

완상이 자주 입에 오를수록 시계를 확인하는 사람 또한 많아졌다. 손에 잡힐 듯한 기대감이 마당을 어느새 안개구름처럼 뒤덮었다. 그리고 마침내, 저택 문이 열리는 소리가 온 참가자의 귀를 동시에 사로잡았다. 오쿠모토의 낮고 부드러운 목소리가 그 뒤를 이었다.

"오래 기다리셨습니다, 동지 여러분."

가장 좋은 정장을 차려입은 채 문간에 선 나이 든 남자에게 일순간 모든 시선이 집중되었다. 오쿠모토는 그 시선을 즐기는 듯 마당을 둘러보며 잠시 미소를 지었다. 그러고는 목소리를 한층 더 높여 선언했다.

"분위기를 보아하니 긴말은 필요 없겠군요. 자아, 다들 연회장으로 오시지요!"

이윽고 수십여 개의 발걸음이 줄지어 저택으로 향하기 시작했다. 요주의 인물을 감시하던 린디의 팀원들도 함께 걸음을 옮겼다. 드디어 시작이었다. 세계에서 내로라하는 수집가들에게, 그리고 어딘가에 숨어 있을지 모르는 솔리테어에게, 지난 한 달 동안 심혈을 기울여 준비한 모든 것을 선보일 시간이었다.

†

참가자들의 시선으로부터 벗어난 연회장 맨 뒷자리에 앉

아, 펭란은 오쿠모토의 짤막한 개회사와 사회자의 식순 안내를 가만히 흘려보냈다. 행사 시작 직전까지는 준비를 마무리하느라 눈코 뜰 새 없이 바빴지만 개회식 도중만큼은 여유가 있었다. 손바닥만 한 타이탄하늘소 유충 한 쌍, 19세기에 만들어진 골동품 나비 표본 컬렉션, 뿔이 이례적으로 크게 발달한 팔라완왕넓적사슴벌레 등 특별 경매품이 본 행사 전에 미리 공개되어 분위기를 달구는 동안 펭란은 짧은 휴식을 마음껏 만끽하기로 했다. 어차피 개회식 전체에서 신경 쓸 만한 순서는 하나밖에 없었다. 아, 슬슬 시작할 때가 됐네.

"끝으로 이번 경매의 후원자 리 펭란 사장님께서 귀한 자리를 더욱 빛내고자 손수 출품해 주신 물건을 소개합니다. 사전에 예고해 드렸던 바로 그 상품, 완상입니다."

사회자가 소개를 마친 뒤에도 상품을 무대 위로 가지고 올라오는 사람은 없었다. 웅성거리는 소리가 빠르게 퍼져 나갔지만, 경비원이 연회장 오른쪽 옆에 난 문을 열어젖히자 웅성거림은 곧 경탄으로 바뀌었다. 문 너머 어둑어둑한 방 안에는 테이블이 하나 있었고, 그 위에는 조명이 비춰진 아크릴 상자 하나가 놓인 채였다. 잘 차려입은 수집가들이 저마다 목을 빼고 방 안쪽을 기웃거리기 시작할 때쯤 미리 주문해 놓은 추가 안내가 이어졌다.

"모든 참가자 여러분께서 완상을 낙찰받으실 수는 없겠지만, 감상의 기회만큼은 동등하게 나누고 싶다는 리 펭란 사장님의 요청이 있었습니다. 이에 따라 완상 새잡이거미는 금일 행사의 마지막 순서에 경매되기 전까지 저 방 안에 전시될 예정입니다. 참가자 여러분께서는 행사 중 언제든지 방에 들어가셔서 상품을 두 눈으로 직접 확인해 보실 수 있습니다. 네, 지금부터 가능합니다."

그 말이 나오고 나니 누가 먼저랄 새도 없었다. 의자를 쓰러뜨리면서까지 달려가는 사람, 넘어지는 사람, 가방에서 커다란 카메라부터 주섬주섬 꺼내는 사람…… 하지만 그렇게 소란을 피워 가며 방에 들어선 수집가들조차 아크릴 상자 안쪽의 광경을 눈에 담는 순간부터는 자연스레 숨을 죽였다. 흙과 이끼 긴 돌멩이, 나무토막 등으로 흉내 낸 자연 위를 천천히 걸어가는 큼지막하고 검푸른 타란툴라의 모습에 그저 압도된 채로. 상자 앞쪽에 놓인 금속 명패의 내용을 몇몇이 목소리를 낮춰 읽어 보았다.

완상 새잡이거미(*H. wanshang*)
성체 암컷. 몸길이 19센티미터. 야생 포획 개체.

중국 하이난 섬의 고립된 지역에만 서식하다가 근래에 들어서야 연구자들의 눈에 띄었지만, 발견과 함께 '암 치료에 특효'라는 소문이 퍼지자 지역 주민들의 남획이 시작되어 순식간에 절멸 직전까지 몰린 비운의 거미. 말리거나 술에 담가 보존한 표본이라면 꽤 남아 있지만 살아 있는 개체는 지난 수년 간 야생에서 목격된 적이 없는 종. 바로 그 거미가 수집가들의 눈앞에서 걷다가, 한참 제자리에 멈췄다가, 다시 엉금엉금 몇 걸음을 내딛고 있었다. 적어도 수집가들이 보기에는 더 이상 의심의 여지가 없었다. 틀림없이 완상 새잡이거미였다.

"봐, 아무도 의심 안 하잖아. 솔라라 넌 진짜 천재야."

하나둘씩 방을 나서는 참가자들의 상기된 얼굴을 확인한 뒤, 펭란은 옆자리에서 꾸벅꾸벅 졸다가 눈을 뜬 솔라라에게 진심 어린 칭찬을 속삭여 주었다. 술에 절고 한쪽 다리마저 떨어져 나간 거미 표본을 받아가서는, 훼손된 부분을 능숙하게 메꾸고 칠을 새로 입히는 것으로도 모자라 정말로 움직이게까지 만들다니. 주변의 진동·온도·습도를 감지해 움직이는 장치에 아날로그시계용 톱니바퀴와 스프링을 연결하여 실감을 더했을 뿐이라고 솔라라는 태연히 설명했다. 더 자세한 내용은 펭란이 이해할 수 있는 영역이 아니었다.

"대단할 것도 없어. 눈 깜박이는 사자, 고개 돌리는 흰머리수리, 그런 예전 작업들이랑 똑같아. 슬슬 새로운 걸 시도해 보지 않으면 매너리즘에 빠질 거야……."

"왜 이래. 나도 전문가가 겸손 떠는 거 곧이곧대로 안 믿을 만큼은 똑똑하거든."

마음 같아서는 더욱더 칭찬해 주고 싶었지만, 펭란은 졸음에 휩싸여 다시 고개를 떨구려는 불쌍한 친구를 그냥 내버려 두기로 했다. 다소 일정이 늦어졌을지언정 솔라라 델쿠르트가 맡은 임무는 더없이 성공적으로 끝났으니까. 덕분에 가짜 완상은 지금 이 순간에도 조그마한 방 한복판에서 실로 완벽하게 작동하고 있었다. 마침내 먹이가 덫에 걸려드는 그 순간만을 잠자코 기다리면서.

†

펭란이 짠 덫에는 레이저 센서도, 허공에서 떨어지는 그물도, 요란한 경보와 함께 자동으로 잠기는 문도 존재하지 않았다. 덫에 놓인 미끼는 솔리테어를 가볍게 속일 수 있을 만큼 정교했지만, 정작 그 미끼 주변에 마련된 보안이라고는 문 앞의 경비 한 명이 전부였다. 문제의 경비가 하는 일이라 봐야 가만히 서서 출입자의 얼굴을 확인하는 것뿐. 이래서야 누구든 힘들이지 않고서 박제를 품에 감추고 나올 수 있을 정도였다. 그리고 이것이야말로 펭란이 원하는 바였다.

"방에 몰아넣고 덮치려는 게 아냐. 그랬다간 소란이 일어날 테고, 또 혹시라도 빠져나갔다간 고객들이 위험해지잖아. 그러니까 차라리 미끼 물고 도망치게 유도할 거야. 린디, 너네 애들한테도 완상 주변에선 일부러 요주의 인물 감시 풀라고 말해 둬."

"상대방이 알아서 걸려들게 눈감아 주란 얘기구나. 그다음에는? 펭란 네가 꼭 충돌을 피하고 싶은 건 알겠지만, 그래도 솔리테어가 저택 안에 있는 동안엔 어떻게든 붙잡아야 하지 않겠나?"

"그 반대야. 박제 안에 GPS 발신기 붙여 달라고 했어. 녀석이 저택 밖으로 멀리 나가면, 그때 우리 애들이랑 너희 팀이 다 같이 뒤쫓는 거야. 마침 이 주변은 죄다 습지 국립공원이라 사람도 없고 숨을 곳도 드물지. 우리 인원이랑 장비 정도면 쉽게 잡을 수 있어. 아무도 안 다치고."

이렇게 하면 저택에 모인 고객들도, 행사를 위해 고용한 인력도 모두 무사할 터였다. 솔리테어는 더 이상 아무도 해치지 못할 것이다. 심지어 경매를 망칠 수조차 없겠지. 가짜 완상이 사라진 것을 확인하면 경비는 조용히 방문을 닫고, 고객들에겐 "먹이 공급 및 상태 체크 중"이라고만 통지하도록 되어 있었다. 한편 이 모든 일이 진행되는 동안 귀중한 진짜 완상 새잡이거미는 저택 별채 가장 깊숙한 곳에 고이 보관되어 있으리라. 솔리테어를 붙잡은 뒤에 상품을 낙찰자에게 안전히 전달하면 상황 종료. 여기까지가 펭란이 한 달에 걸쳐 치밀하게 짜낸 계획의 전모였다.

하지만 아무리 치밀하게 계획을 짰더라도 언제 어디서 예상치 못한 변수가 튀어나올지는 모르는 일. 문제상황에 즉시 대응하여 지시를 내릴 사람이 없다면 그 시점에서 실패는 확정된 것이나 다름없다. 그렇기에 펭란은 개회식이 끝나고 일반 경매가 진행되는 동안에도, 솔라라가 눈을 비비며 자러 간 뒤에도 자리를 비우는 일 없이 줄곧 연회장 뒷자리를 지켰다. 부하들이 혹시라도 자신의 위치를 몰라 헤매는 일이 없도록, 그리고 언제든 부하들을 눈앞에 신속히 집합시킬 수 있도록. 그 와중에 수집가들과 이야기를 나누며 사업의 디딤돌을 쌓아 나가는 일 또한 펭란은 결코 잊지 않았다.

"그럼요, 물론이죠. 서식지 주변 약재상들에게는 전부 말을 해 뒀거든요. 살아 있는 완상을 가져오면 값을 후하게 쳐 주겠다고. 그러니까 아직 야생에 남아 있는 물건만 있다면 조만간 제 손에 들어오지 않을까요?"

"음, 그건 곤란한데요. 이 자리에서 두 번째 완상을 누구랑 우선 거래하겠다고 약속할 수는 없습니다. 하지만 물건이 확보되면 경매를 다시 열 텐데, 그땐 가장 먼저 초대장을 드릴 테니 자리해 주시겠어요?"

"네? 아, 관절염 말씀이시죠. 병원을 다닌다고 낫는 것도 아니고요. 시드니에서 오셨죠? 제가 아는 의원을 하나 소개해 드리겠습니다. 약값이 솔직히 좀 비싼데, 제 소개로 왔다고 하면 절반까진 깎아 줄 거예요."

경매 도중의 쉬는 시간에는 질문 세례를 받아내고, 경매가 재개된 뒤엔 부하들의 보고에 집중, 린디의 요주의 인물 감시 결과까지 실시간으로 확인하는 데엔 적지 않은 시간이 걸렸다. 보고를 전부 확인했다고 쉴 수 있는 것도 아니었다. 비상사태에 즉시 대응할 수 있도록 긴장을 유지하는 것 또한 펭란의 일이었으니까. 일반 경매가 막바지에 다다를 즈음까지 펭란은 단 한 순간도 자신의 임무를 소홀히 하지 않았다. 그랬으니만큼 도화와 린디가 연회장을 찾아와 주었을 땐 이 이상 반가울 수가 없었다.

"더 일찍 와 보려고 했는데, 네 정보원이 포카이카하 밥 주고 오느라 좀 늦었어."

"나도 밥 먹었고. 자, 타코 가져왔어."

"점심 안 먹었지? 한 살이라도 젊을 때 몸을 아끼라고 말 했잖니. 바쁜 건 알겠지만 조금이라도 먹어 둬. 케이터링 업체 정말 잘 골랐더라고."

그렇잖아도 배가 고프던 차였다. 펭란이 타코를 우물거리는 동안 린디는 지금까지의 감시 결과를 한 번 더 정리해서 말해 주었다. 요약하자면 '문제없음.' 도화가 솔리테어라고 확실히 알아본 사람도 없었고, 눈에 띄게 수상한 짓을 하는 사람도 없었다. 다만 완상을 한 번이라도 보고 온 요주 인물이라면 적지 않았다는 말에 펭란은 방 쪽을 힐끔 쳐다보았다. 솔리테어는 과연 이 저택에 와 있을까? 이미 저 방에도 다녀갔을까? 그렇다면 어째서 아직까지도 훔치지 않은 걸까? 어쩌면 이렇게나 많은 사람들 앞에서는 미치광이 연쇄살인범이라도 더욱 신중하게 행동하고 싶어질지도 모르는 일이었다. 그래도 언제까지나 가만히 있지는 않겠지만. 늦든 빠르든 오늘이 끝나기 전에 녀석은 분명 움직일……

"나도 보고 와도 돼?"

갑작스러운 도화의 물음에 생각의 흐름이 끊겼지만, 펭란은 이번에야말로 짜증을 꾹 참았다. 도화가 없었더라면 여기까지 오지도 못했을 계획이었다. 게다가 내가 아까부터 저쪽만 쳐다보고 있었으니 궁금해지는 것도 당연하지, 그렇게 생각하며 펭란은 마지막 타코 한 입을 급히 꿀꺽 삼킨 다음 대답했다.

"다녀올 거면 지금 다녀와. 이거 끝나면 특별 경매품 차례라, 낙찰되기 전에 마지막으로 보겠다고 사람 몰릴 것 같거든."

말이 채 끝나기도 전에 도화는 벌떡 일어나 사라졌고, 린디도 그런 도화를 뒤쫓아 갔다. 다시 고요가 찾아왔지만 한번 끊긴 생각은 쉽게 이어지지 않았다. 대신 마음속을 스멀스멀 물들이는 감정은 불안이었다. 만일 솔리테어가 여기 오지 않았다면? 또는 철저한 감시에 겁을 먹고서 지레 포기해 버렸다면? 아니면 혹시 경매가 끝날 때까지 기다렸다가 낙찰자를 노리기로 방향을 바꾼다면? 생각해 보지 않은 경우의 수는 아니었다. 대책도 전부 마련되어 있었다. 하지만 아무리 철저하게 대비하더라도 불안이 찾아오는 것만큼은 정말이지 어쩔 수가 없었다. 어떤 방향으로든 상황이 바뀔 때까지는 그저 이 불안을 질겅질겅 씹고 있을 수밖에.

그리고 상황은 예상보다 훨씬 빠르게 바뀌었다.

입실 2분 만에 황급히 자리로 달려 돌아오는 두 사람의 모습을 보자마자, 펭란은 즉시 휴대폰 앱으로 발신기 신호부터 확인했다. 하지만 신호에 따르면 박제의 위치는 틀림없이 이곳 그대로. 그렇다면 도대체 왜 저러는 거야? 이유를 물어보려고 했지만, 도화는 그럴 필요조차 없다는 듯이 펭란의 손에 대뜸 물건 하나를 쥐어 주었다.

"탁자 아래 있었어."

도화가 건넨 물건은 종이로 된 플레잉 카드 상자였다. 납작하고, 평범하고, 위쪽이 살짝 열려서 스페이드의 A가 보란 듯이 반쯤 튀어나온 상자. 튀어나온 카드 위에는 펜으로 휘갈겨 적힌 한마디가 뚜렷했다.

"안 속아."

그 문구를 읽는 순간, 펭란은 일이 예상대로는 흘러가지 않을 것임을 깨달았다.

✝

솔리테어는 분명 이곳에 있었다. 하지만 덫에 걸리지는 않았다. 솔라라가 혼을 쏟아내 만든 미끼는 너무나도 쉽게 간파당하고 말았다. 뼈아픈 실패였지만 펭란은 좌절하는 대신 즉시 마음을 다잡고서 행동에 나섰다. 일단은 불필요한 소란을 일으키지 않도록 연회장을 빠져나가는 것부터 시작이었다. 다음으로 할 일은 상황 파악과 대응.

"린디, 완상 보고 온 요주의 인물 중에 지금 저택에서 나간 사람 있어?"

"마지막으로 확인했을 땐 한 명도 없었어. 지금 다시 체크해 볼게."

"좋아, 고마워. 미끼를 눈치채고서도 여길 떠나지 않았다는 말은, 진짜 완상을 찾아서 돌아다니고 있다는 뜻일 거야. 요주의 인물 중에서 가만히 안 앉아 있는 놈들을 우선 확인해 줘. 그동안 나는 우리 애들이랑 사회자 시켜서 연회장 봉쇄부터 할게."

고객들을 불안하게 하고 싶지는 않았지만, 위험한 살인마가 바깥에 있다면 무엇보다 안전이 우선이었다. 게다가 만일 겁에 질린 수집가들이 우르르 뛰쳐나온다면 솔리테어가 누구인지 파악하기는 더욱 곤란해질 터. 발신기를 이용해 상대방을 저택 밖에서 추적해 붙잡겠다는 당초의 계획이 수포로 돌아간 이상, 차선책은 아직 어딘가를 배회하는 중일 솔리테어를 최소한의 희생만으로 확보하는 것이었다. 경매 분위기가 엉망이 되고 자신의 신뢰가 조금 훼손되는 정도의 희생이라면 펭란은 충분히 감수할 수 있었다.

"확인 끝났어. 조건에 맞는 요주의 인물이 셋 있대. 전부 완상을 보러 다녀왔고, 지금은 자리에 없어. 그중 둘은 우리 정보원이 직접 지목한 사람이고."

"그놈들 중 하나겠네. 모든 감시 인력을 집중해 줬으면 해. 마루야마 수산 애들도 동원하고. 조금이라도 수상한 기색 보이면 칼 꺼낼 틈도 안 주고 단번에 덮치는 거야. 우리 애들도 투입할 건데, 솔라라랑 외부 업체 사람들 챙겨야 해서 몇 명은 따로 돌릴 테니까 양해해 줘. 그리고 또……"

문득 불길한 예감이 펭란의 혀를 붙들었다. 침착하게 할 일을 생각하고 지시를 내리는 동안, 무언가 중요한 걸 간과하고 있었다는 생각이 지워지질 않았다. 처음에는 무시할 작정이었다. 설령 계획은 틀어졌을지언정 여전히 솔리테어를 잡기 직전이라는 점에는 변함이 없었으니까, 일단 녀석을 꽁꽁 묶어 놓기만 하면 모든 문제는 알아서 눈 녹듯 사라질 테니까. 하지만 머릿속으로는 그렇게 생각을 하면서도, 다음 순간 펭란은 괜히 한 번 더 솔라라에게 연락을 하고 있었다. 그다음에는 부하들의 인원수를 다시 파악했고, 혹시 빼놓은 사람이 있을까 봐 저장된 전화번호를 쭉 훑어보기도 했다. 아무래도 이상했다. 머릿속 텅 빈 구멍 하나가 도무지 채워지질 않았다. 전화번호 목록에서 낯익은 이름 하나가 눈에 띄기 전까진.

"저기, 혹시 개회식 끝나고서 오쿠모토 본 적 있는 사람?"

신호만 갈 뿐 받는 사람이 없는 휴대폰을 움켜쥐고서, 펭란은 떨리는 기색이 감춰지지 않는 목소리로 물었다. 린디가 당황하며 고개를 젓자 떨림은 더욱 심해졌다. 명백한 실책이었다. 당연히 경매장에 머물 것이라고 생각해서 신경을 끄고 있었는데, 지금껏 소재 파악이 안 되는 상태였다니. 그걸 이런 상황이 되고서야 알아챘다니! 아무리 시도해도 연락은 닿지 않았지만, 그나마 오쿠모토가 어디 있을지 짐작은 간다는 점이 다행이었다. 펭란은 서둘러 실책을 만회하기 위한 행동에 나섰다.

"미안한데 몇 명만 별채로 빨리 보내 줘야겠어, 린디. 오쿠모토가 무사한지만 좀 확인 부탁해. 끝나면 원래 위치로 다시 투입하고."

"바로 보낼게. 다른 데는 안 찾아봐도 괜찮겠니?"

"진짜 완상을 별채 감상실에 보관해 뒀잖아. 거기 틀어박혀서 온종일 감상하느라 전화 안 받는 게 분명해. 경매에서 낙찰되면 다른 수집가 손에 들어갈 테니, 완상이 여기 있는 동안만큼은 자기가 독점하고 싶단 속셈이겠지. 웬만하면 혼자 있지 말라고 분명히 얘기했는데도 아무튼 수집가란 놈들은!"

점점 불어나는 두려움을 떨쳐 내려 펭란의 목소리가 괜히 커졌다. 어차피 아무 문제도 없을 게 분명했다. 솔리테어일 가능성이 있는 요주의 인물들은 줄곧 감시하고 있었으니까. 그중 누구든 별채 근처에라도 발을 들였더라면 린디가 몰랐을 리 없으니까. 그러니까 괜찮겠지, 괜찮을 거야, 그렇게 속으로 중얼거리고 손톱을 물어뜯으면서 펭란은 보고가 들어오기만을 기다렸다. 1분. 2분. 지금쯤이면 확인 끝나고도 남을 시간 아냐? 그렇잖아도 초조해 죽겠는데 린디 쟤는 왜 또 얼굴이 허옇게 질리고 그래?

"야, 뭐야. 어떻게 된 건데."

"그게…… 현장 사진을 받았어. 이런 상황인 모양이야."

린디가 머뭇거리며 내민 휴대폰 화면을 보고서도, 펭란은 한참이나 현실을 받아들이지 못했다. 뇌가 이해를 거부하고 있었다. 아무리 침착해지려고 애를 써도 펭란의 사고 회로는 고장 난 인쇄기처럼 무의미한 말만을 끊임없이 뱉어 냈다. 말도 안 돼. 말도 안 돼. 못 믿어. 안 믿을 거야. 이런 일이 일어났을 리가 없잖아.

"가서 직접 확인해야겠어."

겨우 그 말만을 힘겹게 내뱉고서, 펭란은 별채를 향해 달리기 시작했다. 스멀스멀 저택을 뒤덮어 오는 어둠으로부터 어떻게든 도망치려는 듯이. 혹은 오히려 그 어둠 속으로 힘껏 몸을 던지려는 듯이.

†

잠금장치가 풀려 삐걱이는 별채 문 너머, 검붉은 흔적이 띄엄띄엄 남은 복도 끝, 외부의 습기와 소음으로부터 격리된 감상실 바닥 한가운데에 오쿠모토 히사요시가 앉아 있었다. 문을 등진 채 고개를 푹 숙이고 가부좌를 튼 모습은 얼핏 보면 잠든 것 같기도, 깊은 명상에 빠진 것 같기도 했다. 하지만 그 가슴과 배로부터는 피가 울컥울컥 흘러내려 벌써 다리 사이에 작은 웅덩이를 만들고 있었다. 고통과 공포 속에서 빛을 잃은 두 눈이 정면의 나무 바닥에 남은 표식을 그저 멍하니 내려다보았다. 숨을 거칠게 몰아쉬며 감상실에 들이닥친 펭란의 눈에도 문제의 표식은 부정할 수 없이 선명하게 들어왔다. 거칠게 파낸 L과 C, 그 사이에 꽂힌 검은 나이프가.

"아니, 이건 아니잖아. 안 된다고."

주춤주춤 물러서는 펭란의 시야에는 이제 삼면의 벽에 빼곡한 곤충 사육장이, 그 한가운데에 뻥 뚫린 빈자리가 비치고 있었다. 진짜 완상 새잡이거미가 안전하게 보관되어 있어야 할 자리였다. 하지만 지금 그곳에는 플레잉 카드 상자 하나만이 펭란을 조롱하듯 덩그러니 놓여 있을 뿐이었다.

"이럴 리가 없단 말이야. 어떻게 일이 이렇게 되는데, 응?"

고개를 절레절레 흔들어 봐도 카드 상자는, LC 표식은, 딱딱하게 굳은 오쿠모토의 시신은 사라질 생각을 하지 않았다. 믿을 수 없는 광경으로부터 하염없이 뒷걸음질 치던 발뒤꿈치에 순간 의자 다리가 툭 닿았다. 그 둔탁한 통증과 함께 현실 감각이 통제할 수 없는 파도처럼 밀려왔고, 다음 순간 펭란은 눈앞에 펼쳐진 모든 것을 인정해야만 했다. 자신이 직접 주최한 경매에서 VIP 고객이 살해당하고 귀중한 상품마저 도둑맞았다는 사실을.

"도대체 왜!"

잔혹한 깨달음이 이성을 산산조각 내며 폭발했다. 펭란은 바닥을 쾅쾅 구르고 허공에 마구 발길질을 해 대면서 소리를 지르다가, 그걸로도 도무지 분이 풀리지를 않자 이번에는 의자를 집어 들어 힘껏 내동댕이쳤다.

"정신 나간 살인 중독자 새끼가! 내 부하들이랑 제러미로도 모자라서 고객까지! 뭐가 문제야! 도대체 머릿속에 뭐가 들었기에 그 꼴이냐고! 이번엔 잡을 거야. 잡기만 해 봐. 지금까지 저질러 놓은 짓까지 전부 합해서 에누리 없이 죗값을 치르게 해 줄 테니까……."

"펭란, 제발, 제발 진정해."

"아, 린디. 마침 잘 왔어. 요주의 인물 셋 아직 감시하고 있지? 그중에 별채 주변에 왔던 놈 찾아. 그놈이 솔리테어야. 아까 말한 대로 한 번에 제압해서 끌고 와. 지금 당장 얘기 좀 해야겠어."

별채까지 달려오느라 턱까지 찬 숨을 몰아쉬며, 린디는 대답 대신 펭란을 향해 천천히 걸음을 옮겼다. 펭란이 답답하다는 듯 목소리를 높여 재차 다그쳤다.

"못 들었어? 당장 데려오라니까. 계속 요주의 인물 동선 감시하고 있었으면 누군지도 바로 알 거 아냐. 인력 더 필요하면 우리 애들도 다 붙여 줄게. 소란스러워지든 말든 이젠 상관없으니까, 무슨 수를 써서든 잡기만 하라고. 왜 가만히 있어? 알았으면 대답이라도 좀 해 봐, 린디 라로세!"

"아무도 없었대. 여기 왔던 사람."

어느새 바로 앞까지 다가온 린디의 말이 펭란의 정신을

순간 텅 비웠다. 그게 무슨 뜻이야? 아무도 없었다니? 더욱 크게 따져 물으려고 했건만 힘이 빠진 목구멍에서는 흐릿한 숨소리밖에 올라오지 않았다. 양 어깨를 붙드는 손의 감촉이, 어렵사리 털어놓는 목소리가 전부 아득히 멀게만 느껴졌다.

"오는 길에 확인했어. 세 사람 다 담배나 화장실 때문에 자리를 잠깐 비웠을 뿐이고, 별채 근처에는 얼씬도 한 적 없었다는 보고야. 미끼를 한 번이라도 보러 갔던 요주의 인물을 전부 포함해도 마찬가지고. 이 근처에 온 적 있는 인원은 별채 경비 담당밖에 없는데, 그마저도 감상에 방해된다고 한참 전에 오쿠모토가 멋대로 다른 데 보낸 모양이야."

"무슨 말을 하는 거야. 오쿠모토가 죽었고 물건은 도둑맞았잖아. 카드도 놓여 있었다면서. 명백하게 솔리테어 짓이라고. 그런데 어떻게 그게 가능했던 사람이 한 명도 없었단 결론이 나와. 이상하잖아, 응?"

"나도 전혀 모르겠어. 확실한 건, 무슨 수를 썼는지 몰라도 솔리테어가 우리 감시망을 완벽하게 무력화했다는 것뿐이야. 그럴 정도라면 아마 지금쯤은 저택을 확실히 벗어났겠지. 우리가 놓친 거야, 펭란."

린디의 가슴 아픈 선고가 펭란의 귓가를 망치처럼 때렸다. 그 무거운 충격을 미처 견디지 못해, 펭란은 몇 번 휘청이다가 린디를 향해 그대로 무너졌다. 친구의 품에 매달린 몸이 꼴사납게 흔들렸다. 산산조각 난 흐느낌이 입 밖으로 줄줄 흘러나왔다.

"열심히 했는데. 어떻게든 한 방 먹여 주려고 진짜 필사적
으로 했는데. 다들 자기 일처럼 도와줬는데. 그런데도 놓치면
안 되는 거잖아. 이런 일이 일어나면 안 되는 거잖아……."

정말로 일어나선 안 되는 일이었다. 미끼의 정체가 그토록
간단하게 들통난 것도, 진짜 완상이 있는 별채만 정확하게 공
격을 받은 것도, 그 와중에 감시망에 걸린 요주 인물이 없는
것도. 이 모든 일이 한 번에 일어난다는 건 솔리테어가 무슨
유령이 존재가 아니고서야 불가능했다. 그게 아니라면 한 달
에 걸쳐 세운 계획이 실은 처음부터 잘못되어 있었거나. 하지
만 목표물을 눈 뜨고 놓쳐 버릴 만큼 치명적인 허점을 펭란도,
린디도, 도화마저도 한 달 내내 눈치조차 채지 못했다는 게
과연 말이나 될까?

잠깐, 잠깐만. 펭란의 뇌리에 한 가지 가능성이 스파크처
럼 번뜩였다.

생각하기조차 싫은 가능성이었다. 떠오른 즉시 머릿속에
서 지워 버리려고 했다. 하지만 미처 그럴 새도 없이, 타오를
대로 타올랐던 분노의 불씨가 그 한순간의 스파크를 집어삼
키고서 다시금 이글거리기 시작했다. 폐허가 마지막으로 화염
에 휩싸이듯 이미 무너져 내린 펭란의 머릿속을 꺼지지 않는
생각이 가득 메웠다. 불가능한 일은 일어날 수 없어, 솔리테어
가 아무리 잘났더라도 혼자서 모든 감시망을 돌파하고 멋대

로 난리를 친 다음 사라질 순 없어, 계획에 대해선 알지조차 못했을 솔리테어가 우리 중 누구도 눈치 못 챈 허점을 혼자서 발견했을 리도 없어. 혼자서는 불가능해.

"……그럼 공범이 있었다는 소리지."

린디의 품을 조용히 밀쳐 내며 펭란이 중얼거렸다. 여전히 몸은 불안하게 비틀거렸으나, 적어도 펭란은 더 이상 무기력하게 축 늘어져 있지만은 않았다. 눈가에 그렁그렁하게 맺힌 물기 뒤에서 회오리치는 분노가 전신을 똑바로 세웠다. 그 분노 어린 시선이 이윽고 한 점에 단단히 맺혔다. 린디의 등 뒤편, 감상실 문간에 아까부터 아무 말 없이 서 있었던 나머지 한 사람에게. 가증스럽도록 무표정한 그 얼굴 위에.

"계획의 허점을 찾은 것 같네. 그렇지? 조도화."

도화는 부정하지 않았다. 시선을 피하지도 않았다. 지난한 달 동안 이 저택에서 자신과 숙식을 함께했던, 그리고 이젠 자신을 향한 배신감으로 넘실거리는 밀수업자의 모습을 도화는 조금의 동요조차 없이, 다만 빤히 응시하고 있었다.

†

"솔직히 말할게. 네가 조금씩이나마 마음에 들려던 참이었어."

펭란의 착 가라앉은 목소리가 피비린내를 머금은 공기 속으로 퍼져 나갔다. 삽시간에 팽팽한 긴장감이 방 안을 가득 채웠다. 멈출 생각이 없는 한마디 한마디가 그 위로 뚝뚝 떨어질 때마다 온 사방이 음산하게 고동쳤다.

"방콕 일 이후로는 꽤 사람처럼 굴길래, 준비하는 내내 나름대로 열심히 도와주길래 겨우 네 신뢰를 얻은 것 같아서 기뻤어. 우리 첫 만남이 썩 매끄럽지는 않았지만, 그래도 이왕 공동의 목적이 생긴 마당이니 좀 더 친해지고 싶었으니까. 그런데 이런 식으로 뒤통수를 쳐?"

"펭란, 그만해."

어떻게든 이 분위기를 진정하려 린디가 앞으로 나섰다.

"공범이라느니, 뒤통수를 쳤다느니, 아까부터 도대체 왜 그래? 너도 알잖아. 네 정보원은 경매 시작부터 지금껏 계속 나랑 같이 있었다는걸."

"그래. 같이 있었지. 솔리테어의 인상착의를 알려 주고, 감시해야 할 놈들도 손수 짚어 주면서. 왜냐하면 우리 중에 솔리테어를 직접 만나 본 사람은 쟤밖에 없으니까. 우린 그 새끼가 어떻게 생겼는지 하나도 몰랐으니까! 아직도 모르겠어? 우린 진작부터 쟤한테 놀아나고 있었던 거야!"

날카로운 외침 그 자체보다도, 린디는 펭란이 충격에 빠져 횡설수설하는 게 아니라는 사실에 더욱 놀랐다. 실제로 경비 인력을 교육하고 요주 인물을 선별하는 전 과정은 도화가 준 정보에 절대적으로 의존하고 있었다. 린디의 팀원들이 펼친 물 샐 틈 없는 감시조차 결국은 솔리테어의 키, 외모, 성별,

신체적 특징과 같은 정보를 바탕으로 한 일. 즉 그런 내용 중 일부를 꾸며내거나 누락하는 것만으로도, 도화는 온 인력이 엉뚱한 목표를 좇아 몰려다니도록 만들 수 있었으리라는 뜻이었다. 진짜 솔리테어가 태연히 저택에 걸어 들어와 곳곳을 활보할 수 있도록.

"이해했어, 펭란. 불가능한 얘기가 아닌 건 알겠으니까……"

"당연히 불가능한 얘기가 아니지. 불가능하다는 말은 솔리테어가 한눈에 미끼를 간파하고, 또 단번에 진짜 완상이 있는 위치를 알아내는 상황에다가 쓰는 거야. 그런데 생각해 봐. 쟤가 처음부터 솔리테어가 어떻게 생겼는지 알고 있었다면, 오늘 이 저택에서 직접 그 자식을 찾아낸 다음에 우리 작전을 죄다 누설할 수도 있지 않았겠어? 린디, 너 아까 도화가 포카이카하 밥 주러 다녀왔단 말 하지 않았던가?"

몇 시간 전, 정원에 놓인 탁자에서 간단히 요기를 하던 도중, 도화가 갑작스레 그렇게 말하면서 벌떡 일어나던 순간을 린디는 퍼뜩 떠올렸다. 그때 주변에 또 누가 있었지? 경매 참가자 가족, 마루야마 수산에서 온 경비, 아니면 빈 접시 정리하던 케이터링 업체 직원들…… 설마 그중에 솔리테어가 있었던 거야? 그래서 일부러 들으란 듯이 크게 말하고선 객실로 달려갔던 거야?

"이게 끝이 아닐걸. 솔리테어가 무사히 들이와서 사람 죽이고 물건 훔치고 용건을 다 마쳤더라도, 다시 밖으로 나가려면 저택 둘레에 쫙 배치해 둔 경비를 어떻게든 돌파해야 했겠지. 그런데 마침 핵심 용의자가 셋으로 좁혀지는 바람에 인력이 죄다 그쪽으로 쏠렸잖아. 타이밍이 너무 절묘하지 않아? 솔리테어가 도망가기 쉬우라고 누가 일부러 혼란을 일으켜 준 것처럼."

그리고 그 혼란이 일어난 계기는, 공교롭게도 도화가 미끼를 구경하러 갔다가 카드 상자를 발견한 일. 당연히 솔리테어가 다녀갔으리라고 생각했지만 사실 꼭 그랬으리라는 보장은 없었다. 카드는 누구나 구해다가 놓아 둘 수 있으니까. 이를테면 포카이카하 간식을 꼭 사야겠다고 억지를 써서 시내에 나간 틈에 사 뒀다가, 주머니에 적당히 숨겨서 방에 가지고 들어간 다음, 린디가 안 보는 새에 꺼내고선 바닥에서 주운 척을 한다거나. 시시한 트릭이었다. 하지만 솔리테어에게 도망칠 기회를 마련해 주기에는 충분했겠지. 린디의 얼굴을 힐끗 보니 아직도 혼란스러워서 어쩔 줄 모르는 표정이었다. 여전히 얼굴빛 하나 안 바꾸고서 이쪽을 쳐다보고 있는 누구와는 너무나도 대조적으로.

"자아, 사건 해결! 도대체 어떻게 된 일인지는 알았어. 아주 개운해. 그런데 있잖아, 아직 궁금한 게 하나 남았거든."

뻔뻔하기 그지없는 그 얼굴을 향해 펭란이 발을 성큼 내딛었다. 불꽃색만 조금 밝아졌을 뿐 여전히 이글이글 타오르는 분노가 나무 바닥을 쾅 때렸다.

"도대체 왜 그랬어, 조도화? 그냥 얌전히 기다렸으면 됐잖
아. 솔리테어를 붙잡으면 네 지인이 어디서 뭐 하는지도 얘기
하게 만들어 주겠다고 분명히 약속했잖아. 그런데 굳이 내 친
구랑 부하들 죽인 살인마를 끌어들여서까지 이런 짓을 벌여?
그렇게 내 계획이 실패하길 바랐어?"

쾅, 쾅, 이 모든 사태의 원흉에게 한 발짝 가까워질 때마
다 발걸음에 실린 분노도 걷잡을 수 없이 커졌다. 이윽고 도화
의 코앞까지 다다랐을 즈음 펭란은 감정을 주체하지 못해 거
의 흐느끼다시피 하고 있었다. 목구멍에서 피를 쏟듯 쥐어짜
낸 절규가 도화의 귓가를 스쳐 지나갔다.

"처음 만났을 때 당한 만큼 갚아 주고 싶었어? 아니면 내
가 너한테 또 무슨 실수라도 했어? 그런 거였으면 지금이라도
좋으니까 제발 얘기를 해 줘. 말을 안 하면 모르잖아! 그렇게
입이나 처다물고 있지 말고! 이런 짓을 한 이유가 뭐든 있을
거 아냐!"

그때서야 비로소 도화는 입을 열 준비를 했다.

천천히 숨을 들이쉬었다. 생각을 가능한 한 정리해 보았
다. 오래 걸리지는 않았다.

펭란은 알지 못했지만, 도화는 오늘 이미 같은 질문에 한
번 대답한 적이 있었다.

✝

"이런 걸 알려 주는 의도가 뭐지?"

객실 창문 너머에서 날아온 무뚝뚝하고 거친 목소리가 물었다. 꿈틀이에게 밥을 주겠다는 핑계로 홀로 객실에 돌아와선, 인기척이 느껴지자마자 박제와 별채와 온갖 시시콜콜한 감시 전략 이야기를 혼잣말처럼 쏟아 낸 직후의 일이었다. 목소리를 들었을 때 도화가 처음으로 느낀 감정은 안심이었다. '성공이다'라는 생각이 반딧불처럼 밝게 깜박였다. 하지만 아직 완전히 마음을 놓기 이르다는 것쯤은 도화도 알았다.

"대답해라. 분명히 원하는 게 있을 텐데. 의도를 알지 못하는 한, 밀수꾼놈들과 같이 다니는 자의 말을 옳다구나 하고 믿을 순 없지."

"당신이 붙잡히면 안 돼. 그러면 꿈틀이를 빼앗겨."

방 한켠에 놓인 이동장을 쓰다듬으며 도화가 빠르게 대꾸했다.

"그런 약속이야. 같이 다니는 동안엔 내가 돌보라고 했어. 하지만 당신이 붙잡히면, 더는 나하고 같이 다닐 이유가 없어져. 꿈틀이를 팔아넘길 거야. 그러면 안 돼. 누리 언니랑 약속했으니까. 내가 끝까지 책임지기로 했으니까."

펭란을 믿지 않은 것은 아니었다. 믿을 수 있는 사람이라는 건 알고도 남았다. 솔리테어를 붙잡을 수 있도록 도와주면, 분명 펭란은 누리 언니가 어디서 뭘 하고 있는지도 알아내 주겠지. 물론 정말로 알고 싶었다. 하지만 그런 식으로 누리 언니를 다시 만나게 되더라도, 꿈틀이를 빼앗긴 채로는 싫었다. 지금까지 제대로 약속을 지키고 있었다는 걸, 약속을 지키기 위해 지금까지 그만두지 않고 살아왔다는 걸 어떻게든 누리 언니에게 보여 주어야만 했다. 그런 하염없는 심경고백에 대한 솔리테어의 반응은 이러했다.

"나 원, 믿을 수 있는 사람한테 맡기겠다더니. 로키 녀석도 어처구니없는 동료를 뒀군."

"로키?"

낯선 이름이 튀어나오자 도화가 순간 고개를 갸웃했다. 솔리테어는 한숨을 푹 쉬더니 목소리를 한층 낮춰 말을 이어 나갔다.

"우리는 서로를 이름으로 부른 적이 없다. 대다수는 진짜 이름을 알지조차 못하지. 하다못해 '르모니에의 아이들'이 세계에 몇 명이나 있는지조차 정확히 모른다. 다만 우리는 '교수님'의 지시대로 몇 명씩 그룹을 만들어 활동했고, 녀석과 나는 같은 그룹에 소속되어 있었다. 우리 그룹에서 녀석은 '로키'라고만 불렸다."

조금 감상에 잠긴 듯한 그 속삭임이 누리 언니에 대한 이야기라는 사실을 깨닫자, 도화는 들릴 듯 말 듯 한 단어 하나조차 놓치지 않으려 숨을 멈추고 조용히 귀를 기울였다. 하지만 굳게 다문 입술과는 달리 머릿속은 결코 조용하지 않았다.

새로 들려오는 단어와 단어가 제각기 번쩍이고 으르렁대며 소용돌이쳤다. 르모니에의 아이들(Lemonnier's Children). LC. 단순히 멸종 위기 등급을 뜻하는 게 아니었어? 그리고 로키. R로 시작하는 로키. 영화 제목은 아냐. 산맥 이름, 아니 멸종한 메뚜기 이름이구나. 솔리테어도 멸종한 새 이름이니까. 누리 언니는 로키산메뚜기의 로키를 골랐던 거야. 수조 마리가 한꺼번에 몰려다니면서 북미를 휩쓸었던, 하지만 인간이 서식지를 파괴하면서 한 마리도 남지 않고 절멸해 버린 경이로운 곤충. 말해 준 적 있어. 여러 번이나. 이 사람은 정말로 누리 언니를 기억하고 있어.

"이렇게 말하긴 미안하지만, 이상한 녀석이었다. 우리 그룹의 멤버 중에서도 '교수님'께서 가장 신뢰하시던 아이였던 건 사실이지. 하지만 무슨 생각을 하는지 도통 알 수 없을 때가 많았다. 무언가 자신만의 목적이 있었던 것만은 확실하지만, 그 목적을 남한테는 거의 말해 주지 않았으니까."

"알 것 같아. 응, 나도 알아."

"3년 전에도 마찬가지였다. 우리 그룹은 지시에 따라 희귀 야생동물 밀수업자들의 동향을 줄곧 감시해 왔는데, 당시엔 홍콩에서 중요한 거래가 이뤄질 것이라는 정보를 막 입수한 참이었다. 한발 앞서 운송 차량을 급습할 계획이었지. 그런데 놈들이 거래하려는 동물이 무엇이었는지를 눈치챘을 때 의견 차이가 생겼다. 로키는 차량을 목적지까지 미행해야 한다고 주장했지만…… 나는 이해할 수가 없었다. 세상에서 가장 희귀한 파충류가 비좁은 플라스틱 통 안에 갇혀 있는 꼴을 보고서 가만히 있을 수도 없었다."

이후에 어떠한 일이 일어났는지는 도화도 알았다. 제러미 윙의 사무실에서 본 사진들. 피범벅이 된 승합차 내부, 팔다리와 손가락, 붉게 흘러내리는 L과 C. 그리고 더는 봉합할 수 있는 수준을 넘어선 그룹 내부의 갈등. 그룹은 와해되었다. 솔리테어는 혼자서 활동하기 시작했다. 누리 언니는 홀연히 사라졌다. 오전 2시에 갑작스레 도화를 찾아와, 꿈틀이만 맡겨 두고서 어딘가로.

"로키는 나를 끝까지 말렸지. 나는 사후 처리를 놓고 로키와 끝까지 맞섰다. 결국 우리 중 누구도 상대편의 고집을 꺾지는 못했다. 포카이카하를 서식지인 슈튐프케 섬에 되돌려 놓아야 한다는 것이 내 의견이었지만, 로키는 밀수조직의 위협이 사라질 때까지 신뢰할 수 있는 외부인에게 맡겨 두겠다고 고집을 부렸다. 녀석이 말한 외부인이 이렇게까지 무모한 인간이란 건 나도 오늘에야 알았다만."

솔리테어가 말한 누리 언니의 모습은 낯설었다. 도화의 기억 속 웃는 얼굴과 나른한 목소리와 끝없는 혼잣말로 이루어져 있지 않았다. 하지만 도무지 속을 알 수 없는 그 태도만큼은 분명 그대로였다. 곁에 누워서 한참이나 이야기를 늘어놓다가도, 어느 순간에는 또 수수께끼처럼 얼버무리곤 했지.

다른 사람들 앞에서도 그랬구나. 원래 그렇게 제멋대로였구나. 기뻤다. 누리 언니에게 조금 더 가까이 다가갔다는 실감이 났다. 처음으로 느껴 보는 짜릿한 달성감과 두근거림과 그리움 속에서, 도화는 드디어 이번 계획의 마지막 목적을 이루기로 했다.

"그래서, 그다음에는? 누리 언니는 어디로 갔어? 지금은 어디서 뭘 하고 있어? 알려 줘. 만나러 갈 거야. 꿈틀이랑 같이."

더는 누구와도 타협하지 않고서. 도화 자신의 손으로 직접.

✝

"……그게 다야."

도화가 대답을 마쳤을 때, 펭란은 더 이상 화내고 있지 않았다. 방금 전까지만 해도 머리끝까지 차올랐던 분노가 지금은 언제 그랬느냐는 듯 차갑게 식은 채 발치에 굴러다녔다. 왜 배신했는지 똑똑히 듣고 싶었는데. 그러면 최소한 누구한테 어떻게 화를 내야 할지 정도는 명료해지겠다 싶었는데. 하지만 도화가 태연히 털어놓은 배신 동기는 원한도 악의도 아니었다. 화가 나기는커녕 애초에 이해할 수조차 없는 종류의 논리였다.

"나도 알려 줄 생각이었어, 조도화. 지금껏 수고해 줬으니까, 솔리테어를 붙잡으면 일단 그것부터 물어볼 생각이었다고. 이렇게 위험천만한 짓 안 해도 되는 거였단 말이야. 일이다 끝나서 여유가 생기면, 널 아예 누리 언니란 사람한테까지 데려다줄 생각이었어."

"알아. 하지만 부족해. 꿈틀이하고 같이 안 가면 의미가 없어."

"그게 무슨 말인지 전혀 모르겠다고. 내가 만약 네 지인이었다면, 고생해서 찾아오는 길에 동물 하나 잃어버렸다고 널 원망하진 않을 거란 말이야. 세상에 그럴 사람이 어딨어? 네가 무사하고 그 사람이 무사하면 그걸로 된 거 아냐? 응?"

펭란의 절박한 물음에도 도화는 고개만 절레절레 저었다. 그 모습을 보니 더 이상 따질 생각조차 들지 않았다. 분노가 가신 잿더미 위로 냉정한 현실 인식이 대신 살얼음처럼 밀려들었다. 솔리테어를 멋지게 붙잡으면서 경매까지 성사시키겠다는 펭란의 계획은 변명의 여지조차 없이 무너졌다. 그 책임을 질 사람은 하나뿐이었다.

"알았어. 어쩔 수 없네. 이유야 어찌 됐든 어차피 내가 뒤처리해야 하는 일이고."

"펭란, 분명히 무슨 방법이……."

"방법이 어딨어, 린디. 최소한 너한텐 절대 불똥 안 튀게 할 테니까 걱정 마. 그럼 나 잠깐만 바람 쐬고 올 건데, 무슨 보고 들어오면 그때까지만 대응해 줄래?"

린디가 마지막으로 붙잡아 보려 했지만, 펭란은 이미 피 냄새가 진동하는 감상실을 떠난 뒤였다. 어두컴컴하고 습한

복도를 지나 별채 바깥으로. 밤이 내린 저택 뒤편에는 찬바람만 쌩쌩 불었다. 연회장과 마당의 웅성거림이 실린 바람을 맞으며 펭란은 앞으로 할 일을 차분히 정리해 보았다. 고객들을 돌려보내고, 뒷정리를 하고, 보스에게 현황을 보고하고. 그다음에는 부하 중 하나를 골라 사업 인수인계도 시작해야 했다. 얼마나 걸릴까? 너무 질질 끌 수는 없었다. 보스는 펭란에게 그리 오랜 시간을 허락해 주지 않을 테니까.

당장의 금전적인 손해 자체는 별것 아니었다. 돈이란 사업을 하다 보면 얻기도 잃기도 하는 법. 하지만 잃은 돈을 되찾기는 쉬울지언정 한번 잃어버린 신뢰는 결코 간단히 돌아오지 않는다. 조직이 직접 주최한 경매에서 수집가 하나가 살해당하고 물건까지 빼앗겼다면, 앞으로 어떤 고객이 신디케이트와 거래를 하고 싶어 할까? 수집가 커뮤니티의 정보는 삽시간에 퍼진다. 보스가 소중히 여기는 VIP 고객들의 신뢰를 조금이라도 회복하려면 빠른 결단이 필요했다. 다시는 이런 일이 일어나게 두지 않겠다는 의지의 표명으로서, 사태의 책임자에게 궁극적인 형태의 사죄를 요구하는 결단이.

"그럼 책임질 방법만 생각해 두면 되겠네. 뭐가 제일 깔끔하려나."

두려움을 떨쳐내고자 펭란이 애써 웃으며 중얼거렸다. 과거에도 이런 상황에 처한 조직원이 여럿 있었다는 사실은 잘 알았다. 두려움을 못 이겨 책임을 내팽개치고 도망치려 한 사람들이 있었다는 것도. 그들을 탓할 생각은 없었지만, 펭란은 적어도 최후의 순간까지 주변에 폐를 끼치면서 가고 싶지는 않았다. 이미 미안할 짓은 충분히 많이 했으니까. 자신만을 믿었을 부하들한테도, 린디와 솔라라에게도, 사업을 물려주신 어머니에게도.

한편 전혀 미안한 마음이 들지 않는 사람도 있었다.

"조도화 넌 왜 따라 나왔어? 이젠 바람 쐬는 것까지 방해하려고?"

아직 남은 분노의 끄트머리를 긁어모아 퉁명스럽게 쏘아붙였지만, 여전히 도화는 꿈쩍조차 하지 않았다. 그 꼴을 보니 가벼운 짜증이 치밀었다. 하지만 이미 모든 책임을 자신이 지겠다고 결정한 이상, 펭란은 굳이 추하게 남의 발목까지 붙잡고 싶지는 않았다.

"빨리 가기나 해. 안 잡을 테니까. 포카이카하 들고 도망칠 생각으로 내 뒤통수 친 거 아니야? 왜 아직도 여기서 어슬렁거리고 있는지 모르겠네."

"갈 거야. 아직 준비가 안 돼서."

"떠날 준비는 미리 해 놨어야지! 아니, 애초에 그 솔리테어란 새끼랑 같이 떠났으면 끝이었잖아? 온 신디케이트가 포카이카하 되찾으려고 널 뒤쫓을 텐데 도대체 무슨 생각으로 여기 혼자 남았어? 남 목숨 끝장내 가면서까지 기껏 성공해 놓고, 그냥 도로 붙잡힐 셈이야?"

하도 답답하게 굴기에 일부러 벌컥 화를 내 보기도 했다. 생각지 못한 지적에 당황하면 최소한 입을 다물기는 할 테니까. 그런데 정작 도화의 반응은 펭란이 예상한 것과 전혀 달랐다. 이야기를 꺼내 주어서 고맙다는 듯이, 기다렸다는 듯이 도화는 살짝 눈을 감았다가 떴다. 엷은 입술 사이에서 나올 이야기는 이미 준비되어 있었다.

"나도 알아. 원래는 솔리테어 따라갈 생각이었어. 그런데……"

"그런데 뭐?"

"계획이 조금 틀어졌어."

†

당연히 꿈틀이와 둘이서만 떠날 생각은 아니었다. 센티넬라 신디케이트의 추격을 피해 세계를 여행하기에는 능력이 부족했으니까. 누리 언니처럼 할 수는 없었으니까. 그렇기에 솔리테어가 누리 언니의 위치를 알려 주면, 그다음에는 데려가 달라고 말할 생각이었다. 하지만 이 모든 계획은 창밖에서 들려온 대답과 함께 물거품이 되어 사라졌다.

"나도 모른다."

이동장을 쓰다듬던 손이 멈췄다. 당혹감이 밀려왔다. 이게 아닌데. 이러면 곤란해지는데. 하지만 솔리테어의 목소리는 무자비하게 귓속으로 파고 들어왔다.

"그룹이 흩어진 뒤로는 로키와 만난 적도 없고, 있는 곳을 듣지도 못했다. 최근까지 '패신저'에게 들은 소식이 있으니 아마도 살아 있겠지. 그마저도 어딘가에서 희귀동물 밀수 네트워크를 근본적으로 무너뜨리려 애쓰고 있단 소문이 전부였다. 그러니까 로키를 만나러 가겠다고 해도, 나로서는 전혀 도와줄 방법이 없다."

성공이 목전이라고 생각한 순간 거대한 문제가 도화의 앞을 막아섰다. 솔리테어가 도와줄 수 없다면 꿈틀이만 데리고 떠나야 했다. 아무런 정보도 없이. 멍하니 헤매면서. 할 수 있을까? 당장 일본을 떠날 수는 있을까? 이동장을 끌어안고 공항에 발을 들이는 스스로의 모습을 그려 보는 것만으로도 이미 머리가 어지러웠다. 어쩌지, 꿈틀아. 이제 어떻게 하면 좋을까.

"로키에게 데려가줄 수는 없더라도, 원한다면 잠시 머물 장소를 소개해 줄 수는 있다. 하지만 계속 그런 안전장소를 돌아다닐 생각이라면 먼저 포카이카하를 서식지에 돌려보내야겠지. 로키가 뭔가 생각이 있어서 네게 포카이카하를 맡겼으리라는 사실은 알고 있다. 하지만 나는 여전히 3년 전의 내 의견이 옳았다고 믿는다."

이 제안을 받아들여야 할까? 그게 최선인지도 몰랐다. 하지만 싫었다. 누리 언니를 찾는 것도, 꿈틀이를 책임지는 것도 이대로 포기하고 싶진 않았다. 어떻게 안 될까? 혼자서는 불가능하다면 하다못해 솔리테어 대신 도와줄 사람을 구할 수 없을까? 꿈틀이를 지키는 걸 도와줄 수 있는, 세상 어딘가에 있을 누리 언니에게로 데려다줄 수 있는 사람을? 글쎄, 떠오르는 사람이 아주 없진 않았다. 눈앞에 희미하게 어른거린 발상을 도화는 반사적으로 시험해 보았다.

"하나 더. 오늘도 사람 죽일 거야?"

갑작스럽고 뜻을 알 수 없는 질문이었다. 하지만 솔리테어는 거리낌 없이 대답했다.

"오늘 온 목적은 어디까지나 완상 새잡이거미를 구출하는 거지만, 가로막는 녀석이 있다면 당연히 제거할 것이다. 마음 같아서는 여기 모인 놈들을 전부 제거하고 싶지만 말이지. 왜, 너도 로키처럼 말릴 생각인가?"

"아니. 힘내라고. 내 일은 내가 알아서 해 볼게."

도화의 그 말에 담긴 단호한 의사를 읽었는지, 발소리가 객실로부터 점점 멀어져 갔다. 그런 뒤에야 도화도 천천히 자리에서 일어나 기지개를 켰다. 계획이 틀어진 것은 어쩔 수 없었다. 꿈틀이도 자신도 아직은 고생길이 끝나지 않은 모양이었다. 하지만 운이 조금만 따라 준다면, 아무래도 고생길을 함께해 줄 사람 정도는 구할 수 있을 것 같았다.

✝

"아니, 야, 무슨 소린지 진짜 하나도 모르겠거든."

이야기를 전부 들은 뒤에도 펭란은 전혀 갈피를 잡을 수가 없었다. 그러니까 요약하자면 내 뒤통수를 쳐 놓고도 실패했다는 소리 아니야? 솔리테어 대신 도와줄 사람이 있다고? 무슨 여행 가이드 구하는 것도 아니고! 얼마 전까지는 센티넬라 신디케이트의 존재조차 몰랐던 민간인 주제에, 신디케이트의 추적을 따돌리고 비밀조직의 전 멤버까지 찾아내 줄 유능한 인재를 간단히 구할 수 있을 리가 없었다. 아무래도 정신을 못 차린 게 아닌가 싶어 조심스레 얘기를 해 보려는데, 도화의 손가락이 그런 자신을 가리키고 있었다.

"뭐야, 뭔데."

"린디가 그랬어. 죽게 생겼다면서. 솔리테어가 사람 죽여 줘서."

"그게 너랑 무슨 상관이야?"

"해고당하는 정도일 줄 알았지. 아무튼 잘됐네. 같이 가자."

천천히, 아주 천천히 펭란은 도화의 의도를 깨달았다. 도화는 솔리테어가 물건을 훔쳐 가는 것으로도 모자라서, 누구 한 명을 정말로 죽이기를 바랐다. 경매 도중에 사람이 살해당하면 계획이 더욱 확실하게 실패할 테고, 그러면 펭란이 실패의 책임을 피해 조직으로부터 도망치려 할 것이라고 생각해서. 그렇게 도망치는 펭란을 자기 여행 가이드로 써먹겠다는 것이 도화의 그 잘난 플랜 B였다. 펭란이라면 세계를 여행할 방법도, 신디케이트로부터 숨어 다닐 방법도 알 테니까! 정말 완벽한 가이드긴 하겠네!

"이, 이, 이 개새끼가 그걸 지금 말이라고!"

이것까지는 어떻게 해도 참을 수 없었던 펭란이 결국 도화에게 달려들었다. 체중을 실어 가슴을 힘껏 밀치고, 어이없을 정도로 가볍게 넘어져 버린 몸 위로 올라타 어깨를 짓눌렀다. 내려다보이는 도화의 얼굴이 고통으로 조금씩 일그러졌다. 하지만 동요하거나 후회하는 기색이라고는 전혀 보이질 않았기에, 펭란은 보기만 해도 화가 치밀어 오르는 그 얼굴에다 대고 마구 소리치기 시작했다.

"너한테 배신당한 거 깨달은 지 한 시간도 안 지났거든? 그런데 너 같으면 따라가겠냐? 사업이랑 부하랑 친구랑 다 버려 두고, 내 인생 망가트린 새끼 손 잡고서 겁쟁이 새끼처럼 튀겠냐고! 난 안 도망가! 내가 해 놓은 일에는 끝까지 책임을 질 거야!"

"그래서, 죽을 거야?"

"죽을 거다, 왜! 그래야 책임을 질 수 있으니까! 동시에 너한테도 엿을 먹여 줄 수 있겠네! 어디 혼자서 도마뱀 데리고 잘 도망쳐 봐. 센티넬라 신디케이트는 전 세계에서 활동하는 조직이고, 보스는 네가 훔쳐간 상품을 세상 끝까지 뒤쫓을 거야. 과연 언제까지 도망 다닐 수 있을 것 같아? 생각은 해 봤어? 그 머릿속에 계획다운 계획이란 게 있기는 해?"

당연히 없겠지. 조직으로부터 도망칠 방법이 있을 리 없어.

그런데 너는 왜 또 예상했다는 듯이 입을 여냐고.

"솔리테어가 그랬어. 누리 언니는 계속 밀수 네트워크를 무너뜨리려고 했대. 그런데 넌 몰랐잖아. 안 들켰잖아. 그러면 누리 언니를 찾기만 하면 우리도 계속 안 들킬 수 있어."

뭐라고 또 소리쳐 주고 싶었다. 같이 안 도망칠 거라고, 깨끗하게 책임을 다할 거라고 이번에야말로 확실하게 쏘아붙이고 싶었다. 그런데 머릿속 한쪽 구석에서는 어느새 계산기가 켜져 있었다. 도화가 말한 터무니없는 대책의 희박한 가능성을 진지하게 따지고 있었다. 아냐, 이러지 마. 어디 처박혀 있을지 알 수도 없는 사람을 "찾기만 하면"이란 전제부터가 말이 안 되잖아. 어차피 불가능할 게 뻔하잖아. 난 이런 같잖은 계획에 홀려서 비열하게 내뺄 사람이 아니란 말이야. 그런데,

"그런데도 정말 죽고 싶어?"

도무지 거절의 말이 입 밖으로 나오질 않았다. 목소리를 쥐어짜려고만 해도 입술이 파랗게 얼어붙고 몸이 오한으로 떨렸다. 방금 전까지는 그토록 단호하게 죽음을 각오하고 있었는데, 희망 같지도 않은 희망을 잠깐 계산에 넣어 보았을 뿐인데, 펭란은 더 이상 '죽고 싶다'는 말을 뱉을 수가 없었다. 자신을 나락으로 밀어 넣은 장본인이 선심 쓰듯 건넨 생명의 끈을 도무지 뿌리칠 용기가 나질 않았다. 그래도 마지막 순간까지 온 힘을 짜내 시도해 보았건만,

"내가 너, 널 무슨 수로 믿는데! 눈 하나 깜짝 않고서 사람 등에 칼 꽂는 새끼를! 또 뒤통수 맞지 않으리란 걸 어떻게 보증하느냐고!"

"보증 못 해. 하지만 지금 죽을 준비는 안 해도 돼. 뭐든 더 해볼 수 있어. 할 줄 아는 거 많잖아? 아는 사람도 많고. 가진 것도 많고. 도무지 세상에 적응을 할 수가 없어서 그냥 이대로 손 놓고 죽어 갈 수밖에 없는 그런 사람 아니잖아. 다시 물어볼게. 죽을 거야, 안 죽을 거야?"

도화는 태연하게, 목소리조차 높이지 않고, 고민거리조차 아니라는 듯이 대답을 쏟아냈다. 흔들림 없이 빤히 올려다보는 두 눈을 펭란은 더는 떨쳐 낼 수가 없었다. 배신자 녀석의 논리 같지도 않은 논리를 도무지 부정할 수가 없었다. 참을 수 없는 자괴감에 짓눌린 채, 결국 펭란은 절대로 내리고 싶지 않았던 결론을 내려야만 했다.

"아직 죽기 싫어. 제기랄, 싫다고. 당연히 싫지. 더 살고 싶어. 도망치고 싶어……."

애원하듯 대답을 마치자마자 한심하게도 눈물이 뚝뚝 떨어졌다. 감히 울 자격조차 없다고 생각하면서도 펭란은 곧 주체할 수 없이 훌쩍이고 말았다. 도화는 떨어지는 눈물을 몇 번 문질러 닦다가, 이내 귀찮다는 듯 펭란을 힘껏 밀쳐내고서 몸을 일으켰다. 그러고는 엉덩이를 툭툭 털며 발걸음을 옮기기 시작했다.

"어디 가? 같이 가자면서. 나, 나도 데려가."

"꿈틀이 데려올 거야. 여기서 기다려."

옅은 승리의 기색을 담은 목소리가 마당에 나지막이 울렸다. 잔디를 밟는 바스락 소리가 그 뒤를 군악대의 팡파르처럼 따랐다. 이윽고 발소리마저 멀리 사라지자 펭란은 비로소 홀로 남겨졌다. 어두컴컴한 그림자 아래에, 끊임없이 밀려오는 환멸 속에. 내가 무슨 짓을 한 거야? 부하랑 친구들을 다 배신한 거야? 이때껏 그렇게 날 도와준 사람들을? 조직 전체를? 겨우 목숨이나 건져 보겠다고? 지금까지는 스스로의 생명과도 기꺼이 바꿀 수 있다고 믿어 의심치 않았던 모든 소중한 사람과 가치와 신념들이 어둠 속에서 일제히 자신을 채찍질하는 듯했다. 괴롭고 부끄러워서 도무지 고개를 들 수가 없었다. 하지만 무엇보다도 괴로운 것은, 이 와중에도 자신이 방금 전 결정을 전혀 후회하고 있지 않다는 사실이었다.

살고 싶었다. 어떻게든. 하다못해 신념을 내던져서라도.

지금까지 쌓아 온 모든 자원을 전부 끌어다 써서라도.

지독한 자기혐오가 조금씩 사고의 뒤편으로 밀려났다. 대신에 펭란은 본능적으로 다음 일을 생각했다. 조직의 추격을 피해 도망치려면 어떻게 해야 할지, 도화의 지인은 또 무슨 수로 찾아낼지 계획을 그려 보고 또 그려 보았다. 아무리 생각해도 성공 가능성은 높지 않았다. 예상되는 난관은 너무 많았고, 이쪽에서 의지할 수 있는 사람이라곤 방금 자신의 뒤에 칼을 꽂은 녀석뿐이었다. 하지만 가능한 한 모든 수를 동원한다면, 그리고 이번에야말로 도화가 확실하게 협조해 준다면, 최소한 시도나마 해 볼 수 있을 것 같았다.

Chapter 4

자연의 전쟁으로부터

작은 오렌지색 픽업트럭 한 대가 인도와 네팔 접경지대의 비포장도로를 다섯 시간째 달리는 중이었다. 최대 볼륨으로 틀어 놓은 라디오에서는 같은 가수의 음악이 끝도 없이 흘러나왔고, 운전수는 그 노래 하나하나를 자신만의 박자와 음정으로 바꿔 신나게 흥얼거렸다. 특별히 울퉁불퉁한 길을 지나는 동안에는 짐칸에 가득 실린 나무 상자마저 드럼 반주처럼 요란하게 달그락거렸다. 그럴 때면 상자마다 두껍게 앉은 흙먼지가 일제히 피어올랐고, 또 바퀴가 지나가는 길에서도 온통 먼지구름이 뿜어져 나오는 통에 트럭이 꼭 허연 꼬리를 드리운 혜성처럼 보일 정도였다.

그 먼지 혜성 위에 두 사람이 나란히 앉아 있었다. 흙과 기름때로 얼룩진 푸른빛 작업복 차림으로, 상자 사이의 틈에 어떻게든 몸을 구겨 넣은 채, 제각기 콜록콜록 기침을 해 대면서. 제대로 눈 붙일 시간조차 없었던 지난 한 달 동안의 도피행 덕분에 둘 다 몰골이 말이 아니었지만, 아무튼 두 사람은 홋카이도보다 한결 따뜻한 인도의 햇볕 아래 멀쩡히 살아 있었다. 천으로 덮인 플라스틱 이동장 속에서 세상모르고 쿨쿨 잠들어 버린 파충류도 마찬가지였다. 이동장 안쪽을 살짝 확인해 본 도화가 속삭였다.

"걸어가야 한대서 까마득했는데. 차가 구해져서 다행이야. 그치, 꿈틀아?"

"구해진 게 아니라니까. 내가 구한 거라고. 몇 번을 말해야 되나, 진짜."

옆자리에 웅크려 있던 펭란이 볼멘소리로 투덜거렸다. 조직으로부터 도망쳐 비겁하게 목숨을 부지하기로 마음을 정한 그날 이래 저절로 된 일은 단 하나도 없었다. 경매 현장을 떠나 재빨리 중국 장자강행 배편부터 구하고, 조직의 손이 닿은 항구를 피하고자 고무보트와 근해의 불법 조업 어선을 갈아타며 상하이의 인적 드문 부두까지 도달한 다음, 사흘 만에 가까스로 지인과 접선해 포경선에 몸을 싣고 인도까지 올 수 있었던 것은 전적으로 펭란이 돈과 머리와 인맥을 쥐어 짜낸 덕택이었다. 그렇게까지 했는데도 계획한 것보다 며칠이나 늦게 도착한 것이 냉정한 현실이었지만.

"살바토레 녀석이 예정대로 콜카타에만 내려 줬어도 이

고생은 안 했어. 인도 남부에서 여기까지 기어 올라오느라 미리 봐 둔 루트를 못 쓰게 됐단 말이야. 제때 트럭이라도 얻어 탄 걸 감사히 여겨, 조도화."

"예정대로 가게 했어야지. 이거라도 쓰든가."

그렇게 말하면서 도화는 펭란의 작업복 왼쪽 안주머니 부근을 툭 쳤다. 펭란은 기겁하며 몸을 홱 빼려다가 상자 모서리에 어깨를 세게 찧었고, 고통에 신음하면서도 주머니 안의 물건이 무사한지부터 황급히 확인해 보았다. 다행히도 물건은 멀쩡했다. 까끌까끌하고 소름끼치는 낯선 감촉이 아무런 문제 없이 손가락에 단단히 얽혀들자 일단 마음은 놓였지만, 그와 별개로 가슴은 주체할 수 없이 계속 요동쳤다. 주머니에 든 권총의 존재를 다시금 의식하고만 덕택이었다. 기껏 잊고 있으려 했건만!

"조심 좀 해! 터졌으면 어쩔 뻔했어! 그리고 아무 때나 쓰려고 가져온 거 아냐!"

"안 쏠 거면 왜 가져왔어."

"호신용이다, 호신용! 린디가 준 거야! 많이는 못 도와주겠지만 이거라도 갖고 가라면서! 그런데 뭐, 총부리로 살바토레 협박해서 콜카타까지 데려다 주게 만들어야 했다고? 무슨 말도 안 되는 소릴……."

어이가 없어 그렇게 씩씩대면서도, 펭란의 머릿속에는 오랜 지인에게 총구를 들이미는 자신의 모습이 악몽처럼 스쳐 지나갔다. 아니, 절대로 그럴 생각은 없었다. 남방참다랑어와 고래를 대량으로 거래하는 사업가 살바토레 푸스케도는 믿음 직한 업계 동료이자 술친구였을 뿐만 아니라, 조직에 들킬 위험을 감수하고서 두 사람의 도피행을 거들어 준 은인이기도 했다. 상의 없이 항로를 틀어 원래 목적지와는 한참 떨어진 곳에 내려 주었다는 점이 다소 꽤씸한 것은 사실이었다. 하지만 설마 이유도 없이 그랬을 리가. 살바토레는 눈치가 특히 비상한 친구였다. 섣불리 입 밖으로 낼 만큼 뚜렷하지는 않았을지라도, 분명 신디케이트가 움직이려 하는 낌새를 느꼈기에 일찍 발을 뺄 수밖에 없었으리라. 그 시점이 대략 1주 전쯤이었으니, 조직이 예상보다는 다소 늦게 행동에 나선 셈이었다.

하지만 시작이야 늦었든 빨랐든, 중요한 건 조직이 지금 이 순간에도 펭란과 도화의 뒤를 좇고 있다는 사실이었다. 이런 상황에서 과연 얼마나 오래 꼬리를 잡히지 않을 수 있을까? 현대의 밀렵이란 지구상의 가장 외진 구석에 사는 동물을 가장 번화한 대도시의 부자들에게 파는 사업. 센티넬라 신디케이트의 영향력은 그 전체에 꼼꼼하게 뻗어 있었다. 어느 나라에 숨든, 어떤 은밀한 경로를 통해 도망치든 조직의 손아귀에서 온전히 벗어나기란 불가능하단 의미였다. 설상가상으로 펭란은 괜한 폐를 끼치지 않으려 부하들과 연락을 전부 끊은 채였고, 가져온 현금의 양도 넉넉하지만은 않은 상황. 희망은 지금으로선 하나밖에 없었다.

'그 희망이 하필이면 저 자식 뜻대로 움직이는 거란 말이지.'

이 모든 사태를 촉발한 장본인을 곁눈질하며 펭란은 아랫입술을 꽉 깨물었다. 지금껏 몸담았던 업계를 무너뜨리려고 한다는 작자한테 머리나 조아리러 가는 중이라니, 결국 철천지원수 녀석 지인 찾아주는 게 유일한 생존 전략이 됐다니! 자존심을 죄다 내팽개쳐 가면서까지 매달리기로 한 게 이딴 허술하기 짝이 없는 전략이라니! '누리 언니'란 사람이 정말 조직 몰래 희귀동물 밀수 네트워크 사보타주 작전을 벌여 왔다면야 펭란이 숨을 곳 또한 어렵잖게 마련해 주겠지만, 냉정하게 따져 보면 그런 작전이 실존한다는 증거라곤 오로지 미치광이 연쇄살인범의 주장뿐이었다. '누리 언니'가 살아 있기는 해? 신디케이트도 존재조차 몰랐던 사람을 어떻게 찾으란 거야? 정보가 더 필요했다. 최소한 뭔가 하나 더 알아낼 때까지만이라도 몸을 숨길 수 있을, 다시 말해 안전과 정보 접근성이 전부 확보된 은신처가 필요했다. 그리고 도화와는 달리 펭란에게는 구체적인 계획이 있었다.

짐칸에 내리쬐던 햇빛이 조금씩 나무 그늘에 가려졌다. 두 사람을 태운 트럭이 우거진 숲속으로 나아가는 동안, 펭란은 슬슬 또 한 사람의 친구를 만날 마음의 준비를 했다. 친구와 연락 한번 하겠다고 구태여 온 세상을 뒤질 필요는 없었다. 인도로 향하는 배 위에서 메일을 주고받으며 얘기는 전부 끝내 두었고, 일만 조금 거들어 준다면야 얼마든지 머물 곳을 제공해 주겠다는 확답도 받아낸 지 오래. 이윽고 숲길 끝에서 모습을 드러낸 하얀 서양식 2층 저택이, 펭란의 눈에는 생존을 위한 멀고도 험한 길의 첫 번째 이정표처럼 비치고 있었다.

†

"오래간만입니다, 펭란 아가씨. 먼 길 오시느라 참으로 고생 많으셨습니다."

마침내 트럭이 별장 앞에 도착하자, 그늘에서 기다리고 있던 덩치 큰 인도인 남자가 가장 먼저 다가와 펭란에게 정중히 인사했다. 그다음으로 두 사람이 짐칸에서 안전히 내릴 수 있도록 손을 잡아 주는 것도 잊지 않았다. 굳은살 박인 단단한 손바닥, 지긋한 나이에도 숨겨지지 않는 근육, 그리고 짙게 기른 콧수염이 인상적인 남자의 이름은 사미르 찬드. 젊어서 수십 마리의 호랑이를 사냥해 한때 "인도 야생 생태계의 정점"이라 불린 이름 높은 사냥꾼이자, 호랑이 뼈나 코뿔소 뿔 등의 희귀한 약재를 펭란에게 꾸준히 제공해 온 단골 수급업자였다.

"기꺼이 부탁을 들어줘서 정말 고마워요, 미스터 찬드. 덕분에 살았어요."

"아가씨께서 곤경에 처하셨다는데 제가 어떻게 못 본 척을 하겠습니까. 아가씨의 어머님이 사업을 운영하시던 시절부터 큰 신세를 져 온 몸입니다. 손님맞이 준비 중이라 당분간 어수선하겠지만, 여기서 가능한 한 편하게 지내실 수 있도록 최선을 다하겠습니다."

"도움이 필요하면 언제든지 말해요. 당분간 머물 곳만 내준다면, 말했듯이 이번 손님맞이쯤이야 전폭적으로 지원할 테니까요."

보통 사미르 찬드가 '손님맞이'를 위해 펭란의 도움을 구할 일은 없었다. 인도 곳곳에 위치한 자신의 사유지에 거래 상대를 초대해, 벵갈호랑이에서 인도코끼리까지 각종 대형 야생동물을 향해 직접 방아쇠를 당길 기회를 주는 것이 찬드의 일상적인 접대 방식이었으니까. 익숙한 숲속에서 사냥 가이드 노릇을 하는 일쯤이야 베테랑 밀렵꾼에게는 식은 죽 먹기였다. 하지만 찬드가 얼마 뒤에 맞이해야 할 고객들은 평소에 만나는 정재계 인사나 세계 각국의 부유층이 아니었다.

"러시아 과학자들이 온다고 했던가요? 무슨 신기한 코끼리 때문에."

"예, '무쿠트'라는 녀석입니다. 힌디어로 왕관이란 뜻이죠. 덩치도 범상찮게 큰 데다가 혹이라도 난 것처럼 이마가 불룩 솟아 있어서 이쪽 사유지 관리인이 그렇게 이름을 붙였습니다. 생김새가 특이하니 비싸게 팔 수 있겠다 싶어서 동물원 중심으로 컨택을 해 봤는데, 러시아 야쿠츠크에서 매머드 연구한다는 사람들이 꼭 구하고 싶다면서 높은 값을 부르지 뭡니까. 어쩌면 고대 매머드의 유전자가 발현된 결과일지도 모른다면서 말입니다."

"흠, 아마 연구가 벽에 부딪혀 있었나 보네요. 과학자들이 밀거래에까지 손 뻗을 상황이야 뻔하죠. 비슷하게 곤란해하는 중의학 연구팀한테 몇 번 샘플 구해다 준 적이 있어요."

"역시 뭔가 아시는 게 있으실 줄 알았습니다! 생전 처음 맞이해 보는 고객이라 어떻게 준비해야 할지 막막했는데, 펭란 아가씨처럼 탁월하신 사업가께서 직접 조언을 해 주시겠다니 이제야 좀 마음이 놓입니다."

마음이 놓인 것은 펭란 또한 마찬가지였다. 아무리 고마운 지인이라 한들 식객으로 대접만 해 주다 보면 언젠가는 부담스러워지는 것이 인지상정. 그러기에 펭란은 자신이 뭐든 도움을 줄 수 있는 사람에게 몸을 의탁하길 원했다. 더 가까운 후보지를 내버려 두고 굳이 사미르 찬드의 별장을 향해 먼 길을 온 것은 그런 이유에서였다. 러시아 연구진의 방문이라는 절호의 기회를 살려 찬드의 사업을 돕는다면, 찬드도 두 사람을 더욱 든든히 보호해 주려 들 테니까. 그 확신을 한시라도 빨리 손에 넣고자 펭란은 피곤한 가운데서도 스스로를 더더욱 채근했다.

"연구진이 2주 뒤에 처음으로 온다고 했던가요? 그럼 꾸물거릴 시간이 없네요. 당장 오늘부터 준비 현황 확인해서 필요한 작업 리스트 뽑아야겠어요. 후딱 샤워부터 하고, 30분 뒤에 바로 시작하죠."

"나 먼저 샤워……"

"조도화 너는 네 일이나 먼저 시작해. 뭘 해야 하는지는 알지?"

펭란의 쌀쌀맞은 대꾸에 도화는 멈칫했다가 이내 고개를 끄덕였다. 물론 자신의 임무는 잘 알았다. 도주 경로를 짜고, 은신처를 구하고, 어떻게든 사람의 신뢰를 얻으려고 애쓰는 일은 도화의 몫이 아니었다. 도화가 할 수 있는 일이 아니었으니까. 하지만 세상에는 도화밖에 할 수 없는 일도 있었다. 도화에게 맡겨진 단 한 가지 일. 펭란이 이곳에서 분투하며 시간을 벌어 주는 동안 어떻게든 해내야만 하는 일.

본격적으로 누리 언니의 행방을 알아볼 시간이었다.

✝

"가능한 한 많이 알아내는 거야. 뭐라도 좋으니까."

별장 2층에 마련된 손님방의 책상 앞에 앉아서, 도화는 여기까지 오는 길에 펭란이 해 준 말을 떠올렸다. 노트북이 켜지는 2분 동안 기억 속의 펭란은 열심히도 지시를 쏟아 냈다. 냉정하게, 조금 신경질적인 말투로, 그리고 반쯤 애원하듯이.

"유학 경험 있다면서. 동물원에서 일도 했고. 그러면 어딘가엔 흔적이 남아 있을 거 아냐. 가족, 예전 친구, 대학 동기, 직장 상사, 누구든지 찾아서 일단 연락을 해 봐. 언제 마지막으로 연락이 닿았나요? 최근 소식 들은 적 있나요? 뭐 그런 식으로 말이야. 조금씩 다가가다 보면 언젠가는 네 지인 연락처도 손에 들어올 거야."

"못 찾으면?"

"그런 생각을 왜 해? 네가 실패하면 어차피 다 끝장인데. 그러니까 무슨 수를 써서든 성공할 생각이나 해."

잦아들어 가는 회상 위를 노트북의 부팅음이 선명하게 가로질렀다. 도화는 심호흡을 했고, 익숙지 않은 키보드에 손가락을 올려놓고서 몇 번 꼼지락거려 본 다음, 서서히 펼쳐지는 검색엔진 메인 페이지를 가만히 노려보았다. 인터넷은 느렸지만 쓸 수 없을 정도는 아니었다. 오랜만에 이동장 밖으로 나와 책상 위에서 볕을 쬐던 파충류가 한순간 고개를 작게 까딱였다. 그 무의미한 움직임이 도화에게는 선명한 출발 신호가 되어 주었다.

"시작하자, 꿈틀아."

하지만 처음부터 일이 잘 풀리지는 않았다. 일단은 도화가 누리 언니에 대해 아는 바가 거의 없다는 사실이 문제였다. 유학을 다녀왔다는 사실은 알았지만 어디로 다녀왔는지는 몰랐다. 나이, 가족관계, 집 주소, 그 외에 '한누리'라는 사람을 찾는 데 도움이 될 거의 모든 정보 또한 마찬가지였다. 들은 적도 궁금해한 적도 없었다. 잠시 함께했던 시간, 들려주었던 이야기, 그것들을 제외한 누리 언니의 나머지 삶은 어차피 닿을 수 없는 영역이라고 생각했다. 오직 교외의 작은 동물원만이 두 삶의 유일한 접점이었지만, 도화는 그곳에서 같이 일했던 다른 사람들을 잘 기억하지 못했고 인터넷을 뒤져서 찾아낸 연락처 대부분은 먹통이었다. 답변을 받을 수 있을 거란 생각이 전혀 안 드는 주소로 메일을 두 개 쓰고 나니 하루가 다 지나 있었다. 펭란의 재촉에 못 이겨 잠자리에 들며, 도화는 이 방법으론 가망이 없단 결론을 내렸다.

다행스럽게도 도화에게는 단서가 조금 더 남아 있었다. 누리 언니가 결코 말해 준 적 없는 이야기들. 꿈틀이를 입양 보내려다가 예기치 못한 일에 휘말리면서 알게 된 비밀들. 도화는 이제 누리 언니가 몇 번 언급한 'NGO 활동'이 무엇인지 알았다. 누리 언니 왼팔의 문신이 뜻하는 바를 알았다. 언니는 검은 단검 좌우에 적힌 LC가 자신이 "소속이자 가족"이라고 모호하게 말했지만, 사실 그건 언니가 과거에 몸담았던 과격파 동물 보호 단체의 표식이었다. 그 의미는 국제자연보전연맹에서 지정한 Least Concern(최소 관심) 등급. 가장 희귀한 종을 보호하기 위해서라면 가장 흔한 종인 인간의 희생을 얼마든지 감수하겠다는 의지의 표현. 그리고 홋카이도에서 솔리테어에게 들은 바에 따르면 LC의 또 다른 의미는……

"르모니에의 아이들. 분명히 그렇게 불렀어."

별장에 도착한 지 이틀째 되는 날 아침, 도화는 새하얀 검색창을 향해 다시 한 번 조심스러운 발걸음을 내딛었다. 클릭

한 번으로 모든 정답이 마법처럼 떠오르길 기대하지는 않았다. 다만 비밀조직의 실체를 조금이라도 암시하는 내용을 찾아 17페이지짜리 검색 결과를 하나하나 뒤질 뿐. 르모니에, 프랑스 군인, 벨기에 작가, 아냐, 아냐. 솔리테어가 뭐랬었지? '교수님'의 지시를 받는댔잖아. 그렇다면 르모니에라는 사람은 교수일지도 몰라. 유체역학 말고, 불문학 말고, 런던 세라피니 대학 생태학과 교수로 재직했던 에드윈 르모니에. 어두컴컴한 미궁 속에서 빛이 보이자 손가락에 점점 속도가 붙었다. 인부들이 소란스레 일하는 동안, 펭란과 찬드가 구체적인 일정을 며칠씩 논의하는 동안, 단서가 점점 쌓였다. 신문 기사, 탐사 보도 칼럼, 다큐멘터리 중간의 10초짜리 인터뷰, 무엇도 놓칠 생각은 없었다.

이를테면 에드윈 르모니에 교수를 "열대우림 양서류의 생태학적 지위에 대해 전문적으로 연구한 학자"로 소개한 기사가 있었다. 1980년대부터 시작된 전 지구적 양서류 개체 수 감소 현상을 국제 공조로 대처해야 한다고 주장해 왔단 내용도 보였다. 오래도록 정력적으로 학술 활동을 이어 나가다가 10여 년 전에 갑작스레 은퇴했고, 그 즈음에 있었던 일은······ 르모니에 교수가 보르네오의 밀림에서 발견하여 학계에 보고한 신종 양서류의 주요 서식지가 얼마 뒤 심각하게 훼손된 사건. 논문에 나온 지리 정보를 바탕으로 누구보다 빨리 희귀 개구리를 손에 넣으려 했던 밀수업자들의 소행이 유력했다.

범인은 붙잡히지 않았고, 에드윈 르모니에 교수는 학계를 떠나 홀연히 종적을 감추었다. 아주 사소한 단서 두 가지를 드넓은 인터넷 어딘가에 남겨 둔 채로.

보르네오 탐사대 단체 사진 속 가이드의 무뚝뚝한 얼굴.

르모니에 교수의 논문 공저자 목록에 올라 있는 세 어절 이름.

혼란스럽게 몸부림치던 정보의 파편이 마침내 한데 모였다. 누리 언니는 유학 시절에 르모니에 교수를 만났어. 솔리테어는 르모니에 교수의 밀림 탐사에 동행한 적이 있어. 그렇게 모인 거야. 교수와 이야기를 나누고, 세상에서 가장 희귀한 동물들을 적극적으로 보호하기 위해 노력하기로 결의한 사람들. 더 이상 수단 방법을 가릴 때가 아니라는 생각에 동조해 준 사람들. 교수의 뜻을 이은 사람들. 르모니에의 아이들. 어쩌면 그중에는 아직까지 누리 언니와 연락하는 사람이 있을지도 몰라. 그렇다면 다음으로 할 일은 명확했다. 르모니에 교수의 주변 사람들, 학생이나 동료나 기타 관련자들, LC의 멤버일지도 모르는 모두에게 무작정 연락해 보는 것. 그러고선 마냥 기다리는 것.

과연 답장이 올까? 누리 언니의 행방을 들을 수 있을까?

텅 빈 메일함을 바라보는 동안, 도화는 조금도 확신하지 않았다.

자신의 확신 따윈 아무 의미도 없단 사실을 알았으므로.

✝

러시아 연구진은 약속한 날짜보다 이틀 늦게 도착했다. 시베리아의 홍적세 생태공원 소속 동물학자 두 사람이 뒤늦게 동행하기로 했기 때문이었고, 때문에 준비하는 측에서도 객실이며 각종 물품을 추가로 마련하느라 다소 곤란을 겪었지만, 결과적으로는 잘된 일이라고 펭란은 생각했다. 그 사이에 매머드를 닮은 문제의 코끼리 무쿠트에게 먹이를 조금 더 든든히 먹여 둘 수 있었으니까. 비록 연구진이 이번에 바로 코끼리를 데려가기로 한 것은 아니었지만, 찬드가 연구진을 정글로 직접 데려가 코끼리를 보여 주기로 한 이상 무쿠트의 컨디션은 중요한 변수였다. 다행스럽게도 아침 일찍 확인한 바에 따르면 녀석은 더없이 건강했기에, 찬드는 짐을 정리하고 나온 연구자들을 향해 자신 있게 목소리를 높일 수 있었다.

"자아, 그럼 출발들 하시죠! 저랑 제 직원들이 지프로 코끼리 서식지까지 안내해 드릴 겁니다."

열 명 남짓한 사람들이 우르르 몰려 나가고 나니, 별장 안은 언제 그렇게 시끌벅적했느냐는 듯 삽시간에 잠잠해졌다. 참으로 오랜만에 찾아온 여유였다. 직접적인 손님 응대는 어차피 찬드의 몫이었으니 이젠 방에서 쉬어도 괜찮았지만, 펭란은 그러는 대신 2층으로 올라가는 계단에 앉아 사람들이 떠난 현관 방향을 계속 응시했다. 발자국이 어지럽게 찍힌 대리석 타일 위를 시선이 빙글빙글 기었다. 빙글, 빙글, 빨라졌다가 또 느려졌다가…… 그 불규칙적인 움직임을 멈춘 것은 등 뒤에서 들려온 발소리였다. 도화가 천천히 계단을 내려오고 있었다.

"뭐야, 메일 왔어?"

혹시나 싶어 물어봤건만 고개는 절레절레. 뭐, 예상했던 대로였다. LC라는 미치광이 집단의 전모와 유력 멤버들을 밝혀낸 건 귀중한 성과지만, 당사자들에게 직접 대답을 받아내는 것은 또 다른 문제니까. 누군지도 모를 사람이 메일 한 통보냈다고 즉시 동료의 소재지를 불어 버릴 정도의 조직이었다면 지금껏 숨어 있지도 못했을 터였다. 하지만 르모니에 교수라는 사람의 주변인들에게 꾸준히 연락을 넣다 보면, 그림자속에 퍼져 있을 LC의 다른 조직원들에게도 그 소문이 전해지지 않을까? 언젠가는 도화의 지인 본인이, 혹은 다른 누군가가 두 사람을 구하기 위해 나서 주지 않을까? 이것이 바로 펭란이 바라는 바였다. 여전히 흐릿했지만 그래도 가장 가능성이 있는 희망이었다.

"할 얘기 없으면 조용히 메일함이나 새로고침 하고 있어. 아니면 포카이카하 밥이나 주든가. 부탁한 사료랑 뭐 그런 것들 다 사 줬으니까, 괜히 남 생각하는 거 방해하지 말고."

"무슨 생각 하는데?"

"일 생각하지. 과학자들 맞이하려고 일부러 호랑이 박제며 가죽 깔개 같은 건 죄다 창고로 치웠는데, 그러고 나니까 저쪽 공간이 좀 휑해 보인단 말이야. 솔라라한테 부탁해서 다음 미팅 때까진 아기 코끼리 한 마리쯤 마련할까 싶거든."

"난 또. 계속 그러고 있길래 뭐라도 할 줄 알았지."

별안간 펭란의 가슴께를 가리키며 도화가 대꾸했다. 그때서야 펭란은 자신이 아까부터 줄곧 겉옷 안주머니 속의 물건을 만지작거리고 있었다는 걸 자각했다. 손바닥을 누르는 권총 손잡이의 감촉이 새삼 느껴지자 등골에 소름이 쫙 끼쳤다. 그 불쾌한 감각을 빨리 치워 버리고 싶어, 펭란은 일부러 아무렇지 않은 표정을 지어 보이며 도화의 말을 받아쳤다.

"같이 온 러시아인 하나가 계속 수상하게 두리번거리더라고. 혹시 보스가 보낸 놈일까 싶어서 준비하고 있었다, 왜."

그냥 이렇게 농담처럼 넘길 생각이었다. 그런데 막상 입 밖으로 내뱉고 보니, 스스로의 말이 도무지 농담으로 들리질 않았다. 목소리가 지나치게 떨리고 있었다. 덕지덕지 묻은 불안감이 뻔히 들여다보였다. 무표정하게 내려다보는 도화의 얼굴이 그 점을 집요하게 파고드는 것만 같아, 펭란은 시키지도 않은 변명을 거의 무의식적으로 덧붙이고 말았다.

"……나도 알아. 편집증적으로 들리는 거. 그래도 불안한 걸 어쩌라고."

이성적으로 생각하면 러시아 연구원이 센티넬라 신디케이트의 끄나풀일 확률은 거의 없었다. 조직의 손이 닿은 영역이 얼마만큼인지는 펭란도 그럭저럭 알았고, 시베리아 어디쯤에 있는 듣도 보도 못한 연구소는 확실히 그 범위 바깥이었다. 더군다나 펭란은 지난 2주 동안 단순히 남의 사업을 돕기만 한 것이 아니었다. 베테랑 밀렵꾼이자 업계 유명인사인 찬드를 통해 신디케이트 내부의 동향에 꾸준히 귀 기울여 왔고, 덕분에 조직이 아직까지는 경매 건을 수습하고 고객들을 안심시키는 데에 집중하고 있다는 사실도 파악해 두었다. 보스가 펭란을 수배해 놓았기는 했다. 하지만 막 조직원들에게 협력을 요청한 정도였고, 따로 인력을 풀거나 펭란과 가까웠던 사람들을 압박하는 낌새는 보이지 않았다. 어느 정도 마음을 놓아도 되지 않겠느냐는 찬드의 말에 충분히 수긍할 수 있는 상황이었다.

하지만 펭란은 전혀 마음을 놓지 못했다.

"보스가 진짜로 날 가만 놔둘 리 없잖아? 엄마가 그랬어. 범죄조직엔 배신자를 응징하는 시스템이 있어야 한다고. 시칠리아 마피아, 남미 마약 카르텔, 사회에 불만 많은 얼치기 파시스트 집단……엄마 본인도 배신자는 자비 없이 처리하셨지. 법 없는 세상에선 각자가 알아서 사람 다스리고 신뢰 쌓아야 하니까. 신디케이트는 느슨한 조직이야. 나 같은 배신자가 도망치도록 내버려 뒀다간 기껏 꾸려 놓은 질서가 와르르 무너진단 걸 보스도 알 거라고."

그러니까 분명히 뒤쫓아 오고 있을 거야. 어쩌면 거의 다 왔을지도 몰라. 당장이라도 들이닥칠지 몰라. 언제 죽을지 몰라…… 이것이 펭란을 사로잡은 불안의 원천이었다. 죽음을 각오했을 때는 조금도 느낄 수 없었던 공포가, 이제는 삶에 대한 미련을 먹고 걷잡을 수 없이 퍼져 나가 펭란의 목을 졸라 대는 중이었다.

"잠을 하나도 못 잤어. 네가 옆에서 조금만 뒤척여도 바로 깨 버려. 옆에서 누가 전화만 받아도 눈앞이 새하얘진단 말이야. 응? 계속 감시당하는 것 같아. 아닌 거 알면서도 그냥 그런 생각이 든다고. 이러다간 어떻게 돼 버리겠어……."

처음엔 도화에게 여기까지 털어놓을 생각은 없었다. 하지만 막상 입을 열고 나니까 속마음이 줄줄 새는 걸 막기가 힘들었다. 평소 같았으면 친구나 부하들에게 상담받았겠지만, 지금은 신뢰할 수 있는 사람을 죄다 배신하고 도망치는 중이었다. 무리에서 떨어져나와 길을 잃은 코끼리라도 된 기분이었고, 바로 얼마 전에 자신의 등에다가 칼을 꽂은 장본인에게라도 이렇게 매달려 호소하고 싶어질 만큼 절박해져 있었다.

한편 그 절박한 호소를 들은 도화의 대답은 이러했다.

"괜찮네. 쭉 그렇게 해."

"어, 뭐라고? 너 지금 뭐라 그랬냐?"

"경계하고 있다면서. 그럼 최소한 자다가 당하지는 않겠네."

울먹이던 펭란의 얼굴이 일순 차갑게 굳었다. 대단한 위로를 바란 건 아니었다. 그냥 이야기를 들어 줄 사람이 필요했던 것이니, 도화가 무슨 반응을 하든 어차피 신경 쓸 생각도 없었다. 하지만 도화의 입에서 튀어나온 대답은 그런 마음가짐으로 이해할 수 있는 범위를 넘어서 있었다. 어이가 없어 입만 뻐끔거리다가 겨우 목소리를 짜내 한 번 쏘아붙여 보았건만,

"야, 내, 내가 지금 너 안심하라고 한 소리인 줄 알아?"

"안심이 돼. 넌 신디케이트를 잘 알잖아. 앞으로도 경계할 거잖아. 그러면 꿈틀이도 더 안전할 수 있어. 그러니까 계속 불안해해 줘."

도화는 무표정하게 대꾸할 뿐이었다. 눈앞의 상대를 칭칭 옭아맨 두려움이 전혀 보이지 않는다는 듯이. 아니면 그냥 무시하기로 결심했다는 듯이. 그래, 처음 만났을 때부터 이 모양이었지. 이기적이고, 자기 멋대로고, 무슨 생각 하는지도 모르겠고, 도망치고 싶으면 도망치고, 혼자 달려 나가고 싶으면 달려 나가고, 급기야는 연쇄살인범까지 끌어들여서 일을 난장판으로 만들어 놨지. 보라고, 지금도 자기 할 말 끝났으니까 방으로 냉큼 돌아가려고 하잖아.

"야, 조도화."

그래도 부르면 멈춰 서기는 하네 하고 생각하며 펭란은 잠깐 숨을 골랐다. 할 말이 더 있었다. 이야기할 작정도 아니었던 속마음까지 와르르 털어놓고 만 김에, 지금 가슴을 온통 메운 이 질척질척한 생각도 그냥 다 말해 버리고 싶었다. 평소 같았으면 죽어도 안 할 짓이었다. 사람이 말을 아무렇게나 내

뱉고 살면 안 되니까. 아무리 기분이 나쁘더라도 할 말은 가려야 하는 법이니까. 하지만 이미 펭란은 더욱더 해서는 안 될 짓을 저지른 뒤였다. 그런 덕분에 아직까지 명줄이 붙어 있는 셈이기도 했다. 그러니까 이제 이 정도 얘기는 할 수 있다고, 알겠어?

"어디 하고 싶은 대로 마음껏 해 봐. 앞으론 너 안 붙잡을 테니까, 뒤통수를 치든 대놓고 달려들든 네 좋을 대로 날뛰시지. 그 따위 금수 같은 방식으로 어디까지 가나 한번 보게."

듣는 건지 마는 건지, 여전히 도화는 계단 한가운데에 가만히 서 있었다. 그런 녀석의 등에다 대고 펭란은 날이 선 목소리를 계속해서 쏘아 댔다. 가능한 한 비난과 조롱을 퍼부었다. 속이 조금이나마 시원해질 때까지.

"지금 같은 상황에서 네가 나보다 멀쩡하게 버티는 거 보면, 너처럼 사람 아무렇지도 않게 무시하고 싫어하고 그러는 것도 이럴 땐 먹히는 전략이란 거 아냐. 남들이랑 안 싸우고 사람답게 잘 지내는 건 못 해도, 지금처럼 누구 배신하고 목숨이나 건져서 도망치는 엿 같은 상황엔 아주 최적화된 인간상이네. 그러니까 앞으로도 평생 그렇게 살아! 알아들었냐? 평생 이딴 더러운 짐승 구덩이에서 혼자 아득바득 몸부림치라고!"

지금까지 있었던 일에 대한 화풀이처럼 버럭 소리를 지르고서, 펭란은 줄곧 쳐다보던 현관 바닥을 향해 고개를 매몰차게 돌렸다. 거의 동시에 도화도 위층으로 발걸음을 옮겼다. 불안 속에서 어김없이 사방을 경계하기 시작한 밀수업자를 내버려 두고서. 방금 전 들은 비난과 조롱을, 그리고 어쩌면 펭란이 도화에게 해 줄 수 있었던 최대한의 칭찬을 곱씹어 보면서.

"알았어. 그래 볼게."

마지막 계단으로부터 발을 떼며 도화가 가만히 속삭였다. 펭란에게는 들리지 않는 목소리로.

†

두 사람의 대화와는 상관없이, 찬드와 러시아 연구진 간의 첫 번째 만남은 아주 성공적으로 끝났다. 펭란에게는 특히 다행스러운 결과였다. 밀려드는 두려움을 잊기엔 일에 몰두하는 것만큼 좋은 방법이 없었으니까. 펭란의 열의에 찬 조언에 힘입어 찬드는 즉시 다음 일정을 잡았고, 얼마 지나지 않아 재방문한 과학자들은 무쿠트의 배설물과 피부 조직을 가져갔으며, DNA 분석 결과가 고무적이었는지 곧 본격적인 거래 의사를 타진해 왔다. 이어진 가격 협상도 순조로웠다. 계약서에 도장을 찍을 때까지 발생한 문제라고는, 솔라라에게 주문한 아기 코끼리 박제가 러시아 브로커보다 겨우 15분 일찍 별장에 도착한 것이 전부였다. 이렇게 일이 잘 풀린 게 얼마나 오랜만인지 모른다는 생각에 펭란은 거의 눈물이 날 것만 같았다.

"이젠 상품 배달만 잘하면 되겠네요. 다 자란 코끼리를 러시아까지 몰래 옮겨야 하니까, 경험이 풍부한 전문가를 고용해야 할 텐데. 서커스 코끼리처럼 막 다뤄도 되는 물건이 아니잖아요."

마지막으로 남은 고비에 대해 그렇게 설명했더니, 찬드는 스스로 사람을 구해 보겠다면서 전에 없이 의욕적으로 나섰다. 너무 도움만 받았다는 생각이라도 들었나? 찬드가 그렇게 느꼈다면 펭란으로서는 고마운 일이었다. 전문 인력을 수소문하려 매일같이 부하들을 이끌고 꼭두새벽에 나갔다가 밤늦게 돌아오는 찬드 일에 굳이 간섭하는 대신, 펭란은 자기 나름대로 코끼리 운송 루트를 계획하는 데에 몰두했다. 상황을 보건대 필요한 만큼 인력을 모으려면 최소 일주일은 더 걸릴 테니까, 그동안 빠뜨리는 부분 없이 꼼꼼히……

"아가씨! 이른 시간에 죄송합니다만. 지금 괜찮으십니까? 업자들이 거의 다 왔다는데요!"

잠깐, 벌써? 겨우 닷새밖에 안 지났는데? 하지만 오전 6시에 부리나케 펭란의 방으로 뛰어 올라온 찬드는 벌써 나갈 채비를 마친 채였다. 일단 앉혀 놓고 침착하게 설명을 들어 본 바로는, 평소부터 알고 지낸 현지 운송업자와 천천히 협상하는 와중에 갑자기 그쪽에서 '당장 큰돈이 필요해졌으니 빨리 시작해야겠다'고 연락을 해 왔다는 모양이었다. 찬드의 말에 따르면 착수금도 지불했고 필요한 정보도 전부 건네준 상황. 업자 측의 준비가 끝나는 즉시 작업을 시작하기로 약속했다면서, 찬드는 고개를 숙이고 펭란에게 정중히 부탁했다.

"그쪽 말로는 코끼리 포획해서 러시아 운송망에 넘기는 것까지 자기들이 알아서 할 수 있답니다. 저도 그 친구들의 실력은 믿습니다만, 아무래도 급히 정해진 일이다 보니 포획 준비가 제대로 되어 있을지는 확신이 안 서네요. 혹시 아가씨께서 직접 현장 감독을 해 주시지 않겠습니까? 아, 물론 신디케이트랑 일하는 부류는 아니니까 얼굴 드러날 걱정은 안 하셔도 됩니다."

"상황이 그렇다면야 거절할 이유는 없죠. 하지만 30분쯤 기다리셔야 할 거예요. 애를 여기에 혼자 두고 갈 수는 없으니까요."

그때까지도 침대 한가운데에 웅크리고 있던 도화를 손끝으로 가리키며 펭란이 흔쾌히 대답했다. 즉시 도화를 깨우고, 정글에 나갈 만한 옷으로 대충 갈아입히고, 혹시 모를 사태에 대비해 이것저것 주섬주섬 챙기는 데까지 걸린 시간은 펭란의 예상을 조금 넘긴 32분가량. 별장 바깥에 나가 보니 찬드는 벌써 지프를 문 앞에 대 놓고서 손목시계를 힐끔거리는 중이었다. 서둘러 차 뒷자리에 올라탄 펭란의 눈에 운전석의 내비게이션 화면이 들어왔다. 널찍한 화면 중간쯤에 빨간 점 하나가 밝게 깜박이고 있었다.

"놈한테 붙인 발신기 신호입니다. 보시다시피 지금은 숲 깊은 곳에 있어서, 20분쯤 들어가야 할 거예요. 앉으셨으면 출발하겠습니다, 아가씨."

이윽고 세 사람을 태운 지프는 아침의 밀림 속으로, 빨간
점이 못 박힌 방향으로 힘껏 속도를 내기 시작했다. 등 뒤의
별장이 나무 사이로 사라지기까지는 아주 잠깐이면 충분했
다. 길은 점점 질척해졌고 공기에선 야생의 냄새가 났다. 어디
선가 산짐승 울음소리가 들려오자 도화가 이동장을 바짝 안
고서 풀숲 그늘을 두리번거렸다. 자신의 사유지를 근사한 사
냥터로 만들기 위해 찬드는 수년에 걸쳐 전국의 국립공원에
서 각종 야생동물을 밀렵해다가 이곳에 풀어 두었고, 코끼리
는 그중에서도 특히 성공적으로 자리를 잡은 종에 해당했다.
인근 더드와에서 주기적으로 잡아 온 호랑이들이 꼬박꼬박
뼈와 가죽으로 변하는 동안 코끼리 무리는 수십 마리까지 불
어나 숲과 그 주변 초원을 뚜벅뚜벅 누볐다.

"진짜 깊이 들어가네. 먼저 초원 쪽으로 몰아가는 게 낫지
않겠어요? 저야 사냥꾼이 아니라서 잘은 모르겠지만, 이런 숲
에서 무리랑 같이 있으면 작업하기가 쉽지 않아 보이는데요."

"숲에서 작업하는 데엔 도가 튼 친구들입니다. 더 빽빽한
정글에서도 사냥해 봤을 텐데요. 이 정도 험지 작업은 문제없
을 겁니다."

"물건에 흠집이라도 나면 곤란해지니까 그렇죠. 멀리까지
옮겨야 하는 일인데, 괜히 긁힌 상처라도 생겼다가 운송하는
동안 악화되면 나중에 클레임 들어온다고요."

"정 불안하시면 도착해서 제가 그 사람들하고 얘기를 해 보죠. 이제 금방입니다."

찬드의 계속되는 단언에 미간을 살짝 찌푸리며, 펭란은 거의 코앞까지 다가온 빨간 점으로 눈을 돌렸다. 내비게이션 화면이 보여 주는 길은 좁았고 그 주변은 온통 녹색으로 칠해져 있었다. 키 큰 사라수가 벽을 이뤄 시야를 가로막고, 지프차의 엔진 소리마저 그림자 아래 묻는 울창한 삼림. 별장으로부터 겨우 20분 남짓한 거리였지만 이곳은 틀림없는 야생지였다. 발신기라도 없었으면 이런 데서 코끼리 한 마리를 찾기란 거의 불가능한 일이었으리라. 아무리 인도에서 가장 큰 초식 동물이라 해도 숲의 면적에 비하면 짚단 속 바늘 하나에 불과하니까, 그런 녀석이 여기 어디쯤을 돌아다니고 있을지 모르니까…….

"잠깐 멈춰 봐요, 미스터 찬드."

나지막한 목소리로 펭란이 별안간 지시했다. 하지만 차는 계속 나아갔다.

"여기서요? 거의 다 왔는데, 잠시만 기다리시죠."

"멈춰 보라니까요."

펭란의 목소리가 조금 더 커졌다. 짧고 가쁜 숨소리도 뒤따랐다. 심상찮은 분위기가 그늘 아래로 퍼져 나갔지만 찬드는 여전히 브레이크를 밟지 않았다. 오히려 더욱 속력을 내고자 발에 힘까지 주려 했다. 차갑고 딱딱하고 바들바들 떨리는 감촉이 관자놀이를 꾹 누르기 전까진.

"차 세워. 당장."

품에서 꺼낸 권총을 양손으로 단단히 틀어쥔 채, 펭란이
다시 한 번 힘주어 말했다.

†

숲길 한가운데에 멈춰 선 지프를 차가운 긴장감이 감쌌
다. 찬드는 운전대로부터 손을 뗀 채 식은땀을 흘렸고, 펭란은
그런 찬드의 관자놀이에 총구를 들이민 자세 그대로 아랫입
술을 잘근잘근 씹어 댔다. 눈동자는 흔들리고 호흡도 전혀 진
정되지 않았지만, 그래도 펭란의 두 손은 린디가 준 권총으로
부터 떨어질 줄을 몰랐다. 찬드가 더듬더듬 말했다.

"왜 그러시는 겁니까, 펭란 아가씨. 제가 무, 뭘 잘못했습
니까?"

"아주 큰 잘못을 했지. 여기까지 오는 동안, 저놈의 발신
기 신호 위치가 한 번도 안 바뀌었거든. 코끼리는 움직이는 물
건인데 말이야. 대답해, 우릴 어디로 데려가려고 했어?"

"아니, 이게 무슨 오해란 말입니까. 이른 아침이라고요. 놈
이 아직 자는 거겠죠!"

펭란은 꿈쩍하지 않았다. 총구가 찬드의 관자놀이를 더욱
세게 눌렀다.

"당신쯤 되는 사람이 그런 변명을 할 줄은 몰랐는데. 코끼

리는 하루에 세 시간 정도밖에 잠을 안 자잖아, 사미르 찬드. 그런데 한밤중도 아닌 이 시간에 숲 한가운데 멈춰 있다고? 말이 안 되지. 앞으로 몇 분만 더 타고 있었으면, 보아하니 코끼리 침실이 아니라 무슨 접선 장소에 도착하지 않았을까 싶은데."

"따, 따로 약속 장소에서 만나 이동할 셈이었습니다. 저게 진짜 발신기 위치가 아니라……"

"그럴 예정이 있었더라면 처음부터 별장에서 만났겠지. 불편하게 이런 외딴 숲 속까지 안 나오고. 아, 그래서 최근에 계속 바깥으로만 나돌아 다닌 거였어? 사람 구하러 다닌 게 아니라, 배신할 마음을 먹고 보니까 내 얼굴 보기가 불편해져서? 입 다물고 있지 말고 해명을 해 봐, 해명을!"

펭란이 소리를 버럭 지르자 찬드는 눈을 질끈 감았다. 한동안 나이 든 밀렵꾼의 표정은 파랗게 질린 채 석고상처럼 굳어 있었지만, 고문과도 같은 정적이 계속되자 서서히 그 입술이 벌어졌다. 찬드가 가장 먼저 내뱉은 말은 죄책감 가득한 사죄였다.

"죄송합니다, 펭란 아가씨. 어쩔 수 없었어요……."

"물론 그러시겠지. 얼마 받기로 했어? 우리 보스가 배신자 몸값을 얼마짜리로 책정하는 사람인지, 나도 거래 당사자로서 그 정도는 알 권리가 있다고 보는데."

"돈 때문이 아닙니다! 제가 아가씨 어머님 때부터 연이 있는 사람인데, 어떻게 감히 아가씨를 돈 받고 팔아넘기겠습니까? 하지만 아가씨, 이 업계에서 잔뼈가 굵다 보면 몰라도 될 이야기까지 귀에 들어오더군요. 아가씨네 보스가 왜 아직까지도 아가씨를 내버려 두는지, 도대체 어떻게 찾아내서 붙잡을 작정인지, 그런 게 저한테는 언뜻 보이고 마는 겁니다."

이어진 찬드의 횡설수설을 정리하자면 이러했다. 평생 사업가로만 살아온 펭란과는 달리, 전문 밀렵꾼이었던 찬드에게는 밀수업계의 동향을 파악할 방법이 하나 더 있었다. 인터넷의 가장 어두컴컴한 구석에서 세계의 밀렵꾼들이 자유로이 이야기를 나누는 다크웹 커뮤니티가 그것이었다. 생계형 상아 사냥꾼들, 스릴 중독자들, 과녁다운 과녁을 원하는 총기광이나 극단적인 생존주의자 같은 괴짜들이 다 함께 모여서 하는 일이란 다름 아닌 정보 공유. 사냥 기술, 단속 현황, 보호구역 잠입 방법에서부터 서로 간의 분쟁을 피하기 위한 팁까지 온갖 정보가 커뮤니티를 매일같이 가로질렀다. 펭란을 숨겨 주고 있는 동안 찬드는 특히 한 가지 정보에 평소 이상으로 주의를 기울였다.

"요즘 사냥꾼들은 인터넷으로 미리 다 약속을 하고 움직입니다. 괜히 한 군데 여럿 몰리면 들키기도 쉽고 싸움도 곧잘 나니까요. 이날은 내가 기르에 들어가서 사자를 잡겠다, 언제부터 언제까진 우리 팀이 올 페제타에서 흰코뿔소를 사냥하겠다, 이런 일정이 주요 국립공원마다 쭉 정해져 있어요. 그런데 때론 그 일정에 갑자기 빈자리가 나기도 하더군요. 네, 보통은 건강이나 다른 일신상의 문제 때문이죠. 하지만 그걸 아십니까? 최근 10여 년 동안 아프리카의 큰 사냥터에 자리가 나면, 조만간에 다른 곳에서 더 험한 소식도 뒤따랐단 걸 말입니다."

환경운동가는 실종되고, 정치인은 암살당하고, 신디케이트와 대립하던 밀수업자는 비명횡사하고……. 찬드가 허겁지겁 주워섬긴 '험한 소식'들이 무엇을 의미하는지 펭란은 곧 눈치를 챘다. 그렇잖아도 아프리카에서 벌어지는 일에 대해서는 들은 바가 있었으니까. 밀렵을 더욱 강하게 단속하겠다며 군사적인 접근법까지 취하는 국가가 늘어남에 따라, 현재 아프리카 곳곳의 국립공원은 사실상 전쟁터나 다름없었다. 밀렵꾼이 국립공원 경비에게 사살당하는 일쯤이야 잊을 만하면 일어났고, 반대로 무장한 밀렵 조직이 경비를 처참히 살해하는 경우 또한 다반사였다. 이런 수라장에서 생계를 꾸려 온 사냥꾼이라면 좀 다른 형태의 사냥도 벌일 수 있을 터. 아무래도 보스는 지금껏 조직의 방해꾼들을 제거하기 위해 이들을 몰래 고용해 왔던 모양이었다. 세상에, 보스도 취향 한번 고약하시지!

"그래도 말이야, 이 정도는 예상 범위 내 아니었어? 당연히 보스가 날 죽일 사람을 보내겠지. 처음 연락했을 때부터 설명해 줬잖아! 내가 진짜로 이해가 안 되는 게 뭔지 알아? 그

유명한 "호랑이 잡는 호랑이" 사미르 찬드가 고작 다른 사냥꾼 놈들이 뒤쫓아 온단 이유로 날 갖다 바치려고 했다는 거야. 돈 때문도 아니고, 그냥 겁을 집어먹어서! 당신이 고작 이것밖에 안 되는 사람은 아니잖아, 응?"

"저도 지켜 드리려고 했습니다! 어지간한 사냥꾼놈들이 아가씨한테 손끝이라도 대려 한다면, 그 자리에서 머리를 날려 버릴 작정이었어요! 그러려고 했는데 지, 지난주에 제가 뭘 봤는지 아십니까? 한지 국립공원 일정이 비어 있었습니다! 펭란 아가씨, 한지에 있는 놈들이 누군지는 아가씨도 한 번쯤은 들어 보셨을 거 아닙니까?"

펭란의 얼굴에서 순간 핏기가 싹 가셨다. 한지 국립공원이라면 모르는 곳이 아니었다. 짐바브웨 최대의 자연 보호구역. 지구상에서 아프리카 코끼리가 가장 번성하는 지역 중 하나. 당연히 펭란이 취급하던 상아 중에는 한지에서 나온 것도 적지 않았고, 현장 소식 또한 중개상으로부터 상아와 함께 꾸준히 전달받아 왔다. 어떤 사냥꾼 팀이 활동하고 있는지도 알았다. 그들의 리더와는 일단 안면도 있었다. '셰타니' 녀석이야, 보스가 놈을 고용한 거야, 어떡하지, 이제 어떡하면 좋지……. 눈앞이 하얗게 흐려졌다. 총구가 조준점을 잃고 멋대로 벌벌 떨렸다. 허탈하게 낄낄대는 찬드의 목소리가 귓속으로 무자비하게 파고들었다.

"이제 아시겠습니까? 아가씨네 보스는 움직이지 않은 게 아녔어요. 가장 믿음직한 수를 이미 써 뒀을 뿐이죠. 가만 앉아서 기다리면 어차피 '성 삼위일체'가 알아서 해 줄 테니까요! 놈들은 벌써 여기 와 있습니다. 이젠 저를 아무리 협박하셔도 늦었……"

……그때 총성이 울렸다.

붉은 액체가 폭죽처럼 사방으로 날아가 계기판, 내비게이션 화면, 그리고 펭란의 얼굴에도 몇 방울 튀었다. 방금 전까지 입을 놀리던 사미르 찬드가 계기판 위로 휙 고꾸라지는 모습을 펭란은 텅 빈 눈으로 바라보았다. 손에는 감각이 전혀 없었다. 총의 반동도 전해지지 않았고, 총을 쥔 느낌조차 어느새 사라진 뒤였다. 아직까지도 허공에서 바들바들 떠는 자신의 손을 내려다보고 나서야 펭란은 비로소 무슨 일이 일어난 것인지 깨달았다. 방아쇠를 당긴 사람은 자신이 아니었다. 총은 다른 사람의 손에 들려 있었다.

"어, 너, 너 지금……"

고개를 돌린 끝에는 도화가, 자신에게서 낚아챈 권총을 그대로 들고서, 이동장과 함께 차에서 내리고 있었다. 귀가 먹먹하고 시야가 흔들리는 가운데 그 움직임은 마치 스톱모션 영화처럼 뚝뚝 끊어져 보였다. 권총을 태연히 자기 겉옷 주머니에 집어넣는 도화의 모습이 눈에 들어왔다. 다음 찰나에는 손목을 붙잡고서 잡아끄는 힘이 느껴졌다. 목소리가 들렸다. 감정이라고는 조금도 실려 있지 않은, 침착한 목소리.

"들렸을지도 몰라. 도망치자."

펭란은 목소리가 시키는 대로 발을 떼었다. 후들거리는 다리가 차 시트를 떠나 질척이는 땅을 밟았다. 한 걸음, 두 걸음, 세 걸음째에 펭란은 비로소 달려 나갔다. 나무 사이로. 어둠 속으로. 아무런 생각 없이 도화가 이끄는 대로.

✝

컴컴한 숲속, 이끼로 뒤덮인 커다란 바위 뒤편에서, 펭란은 도대체 무슨 일이 일어난 것인지 되짚어 보려 안간힘을 썼다. 턱밑까지 차오른 숨이 가슴을 짓눌렀고, 힘 조절 없이 잡아당겨진 왼쪽 손목은 아직까지도 저릿거렸다. 오래도록 알아온 거래 상대가 피를 흩뿌리며 엎어지던 광경이 눈앞에서 번쩍거리다가 사라지길 반복했다. 땀방울이 흐르는 뺨을 문질러 닦자 손에 불그스레한 자국이 묻어나왔다. 이것이야말로 부정할 수 없는 증거였다. 심장이 쿵쿵 뛰며 핏기 빠진 온몸에 지독한 현실감을 도로 채웠다.

사미르 찬드는 죽었다.

겁에 질려서 자신을 배신하려다가, 도화의 손에 허무하게.

그 사실을 자각함과 동시에 현실감은 암담한 절망으로 변했다. 찬드가 원망스럽지는 않았다. 생명을 부지하기 위한 배신행위를 지금의 펭란이 비난하기란 힘든 일이었다. 그러나 베테랑 맹수 사냥꾼인 찬드를 그 지경까지 몰아가고 만 공포의

208

근원만큼은 원망하지 않을 수가 없었다. 가진 모든 걸 헌신짝처럼 내팽개쳐서 간신히 목숨 하나 건져 보겠다는데, 하고 많은 사냥꾼 중에 왜 하필 성 삼위일체 놈들이야? 가망이 안 보이는 현실 앞에서 털썩 주저앉아 애꿎은 머리만 쥐어짜던 차에, 이동장 안쪽 상태를 살펴보던 도화가 태연하게도 질문을 던졌다.

"쫓아올 거 알았다면서. 준비 안 했어?"

"안 했겠냐?"

조직의 추격자에게 따라잡히는 일만큼은 생기지 않았으면 했지만, 그렇다고 따라잡히는 순간 손을 탁 놓아 버릴 작정은 아니었다. 조직의 옛 동료가 찾아오면 설득할 생각이었다. 청부업자를 역으로 매수할 수 있도록 도피 자금을 조금 빼 놓기도 했다. 만일의 사태를 대비해 가까운 대도시로 도피하는 길도 물론 알아 두었다. 그러니까 펭란이 미처 대비치 못한 상황이라곤 찬드도 손을 쓸 수 없는, 대화의 여지도 전무한, 그리고 도망치는 것조차 불가능할 상대가 쫓아오는 경우 하나뿐이었다. 그리고 셰타니는 정확히 그런 인물이었다. 최고 품질의 상품을 공급하는 사냥꾼이었고, 특히 코끼리를 해체해 상아를 흠 없이 뽑아내는 솜씨가 외과수술 수준이라는 평판이 자자했지만, 사람이 본명 대신 스와힐리어로 무자비한 악마를 뜻하는 '셰타니 하마 후루마'로만 알려져 있을 땐 다 이유가 있는 법이었다.

"구쿠라훈디라고 알아? 1980년대에 짐바브웨에서 일어난 인종 학살 사건. 무가베 총리 세력이 자기 정적 지지하는 은데벨레족 제거하려고, 북한 특수부대한테 훈련받은 제5여단을 동원해서 벌인 짓이지. 그중에서도 최정예였던 사람이 바로 셰타니고. 도망자 추적해서 죽이는 일을 몇 년 동안 하다가 나중엔 북한에 보낼 상아 수급하는 임무를 맡았는데, 그때 코끼리 다루는 기술 배우고선 이쪽 업계에 발 들인 인간이야. 애초에 사람 사냥을 본업으로 하던 놈이 야생에서 수십 년을 더 구른 거라고. 숲속에서 그런 놈 상대로 뭘 어쩌란 거야?"

"범죄자랑 얘기 잘하잖아."

"살인자랑은 얘기 안 해! 뭐, 명령받아서 어쩔 수 없이 사람 죽인 군인들도 있겠지. 상아 수급하는 분들도 다 먹고 살려고 코끼리 잡다가 국립공원 경비이랑 총격전도 벌이고 그러는 거니까. 하지만, 하지만 그놈은 아냐. 난 안다고. 직접 봤으니까."

오래전의 일이었다. 당시에 펭란은 아직 10대였고, 어머니의 짐바브웨 출장에 동행하며 업무를 보조하는 중이었다. 출장 목적은 중국 시장의 상아 수요 증가에 대응하기 위한 물량 확보. 두 달 동안 짐바브웨에 머물며 펭란은 카르텔의 보스부터 시골 마을 주민에 이르기까지 여러 업자들을 방문했다. 당시에 이미 중년의 나이였던 셰타니 또한 그렇게 만난 인물 중

하나였다. 불라와요의 레스토랑에서 그와 어머니 사이에 오간 대화의 내용을 펭란은 똑똑히 기억했다. 10년 넘게 상아를 팔아 왔으면서 돈 얘기라곤 한마디도 없이, 작은 다이아몬드가 박힌 십자가 목걸이를 만지작거리면서 담담히 중얼거리던 말을 결코 잊을 수 없었다.

"날 보면서 그랬어. 자기도 딸이랑 아들한테 일 가르치는 중이라고. 친자식들은 아니고 여기저기 돌아다니면서 거둔 애들인데, 자기가 가진 모든 기술을 전수해서 인생을 본인처럼 살 수 있게 해 줄 계획이라고. 그 소리를 아주 뿌듯하다는 표정으로 늘어놓는 걸 보니까 알겠더라. 악명이 파다하고 말고를 떠나서, 어딘가 근본적으로 잘못된 인간이라는 걸."

'자식은 나처럼 고생하게 두지 않겠다'고 말하는 사냥꾼이라면 얼마든지 보았다. 하지만 한때 끔찍한 인종청소 작전에 투입되었으며 지금은 국립공원 경비들과 목숨을 걸고 싸우는 사람이, 그런 자신의 삶을 아이들에게도 물려주겠다며 자랑스레 말하는 광경은 처음이자 마지막이었다. 소름이 끼치고 속이 뒤집혔다. 저 사람은 정말로 지금껏 해 온 일에 만족하는 거야. 자기 피투성이 인생이 자랑스러운 업적이라고 진심으로 생각하는 거야……. 그날의 만남은 큰 마찰 없이 끝났지만, 이후로도 이따금씩 한지 국립공원에서 흘러나오는 끔찍한 소문을 접할 때면 펭란은 당시의 오한을 떠올리곤 했다. 소문 속의 셰타니는 더 이상 혼자가 아니었다. 라이벌 사냥꾼을

처형할 때도, 국경을 넘어 도망친 기자를 쫓아가 죽일 때도 젊고 재빠른 남자와 유령처럼 하얀 피부를 지닌 여자가 언제나 그 뒤를 따르고 있었다.

"원래 코끼리 사냥에는 셋이 필요해. 길잡이가 코끼리를 찾고, 포수가 총을 쏘고, 짐꾼이 상아만 뽑아서 돌아오지. 셰타니는 본인하고 똑같이 뒤틀린 길잡이랑 포수가 필요했던 거야. 그게 성 삼위일체라고. 젠장, 보스가 처음으로 인간 사냥 의뢰했을 때 놈들이 얼마나 기뻐했을지 상상이 안 가네."

실로 탁월한 인재 발탁이라고 생각했다. 셰타니는 자식들에게 자신의 모든 경험을 전수하길 원했을 테니까. 돈이나 충성심 따위가 아닌 자신들의 삶 그 자체를 위해 성 삼위일체는 반드시 목표를 추적해서 숨통을 끊어 줄 테니까. 이번에도 분명 마찬가지겠지. 이 광활한 숲속에서 두 사람을 가지고 놀듯이 몰아가다가, 최후엔 총 맞은 코끼리의 얼굴을 갈기갈기 찢듯 처참하게 유린해 맡은 바 임무를 완수하겠지. 시시각각 다가오는 비참한 운명을 피할 방법이 도무지 떠오르질 않았다. 적어도 펭란은 그랬는데, 도화는 이야기를 전부 듣고 나서도 절망에 무릎을 꿇기는커녕 대뜸 말했다.

"도망은 못 가고. 말은 안 통하고. 방법은 하나네."

"……무슨 방법? 뭐 생각이라도 났어? 뭔데, 뭔데?"

펭란의 절박한 추궁에 대답하는 대신, 펭란은 주머니에 넣어 두었던 권총을 살짝 꺼내 보여 주었다가 다시 집어넣었다. 그 제스처의 의미를 파악하기란 어렵지 않았다. 진심이라고 믿기가 훨씬 어려웠지.

"조도화, 너 설마 진심은 아니지? 쟤들 셋이거든? 그냥 어중이떠중이 셋이 아니라, 총칼로 무장하고서 사람 죽이고 다니는 게 직업인 놈들이거든? 근데 우리가 가진 거라곤 그 쪼끄만 권총이랑, 그리고 별장에 두고 온……"

어이가 없어 쏟아낸 항변을 도화는 다 듣지도 않았다. 대신 다리를 몇 번 흔들흔들 풀더니, 그때까지도 주저앉아 있던 펭란에게 손을 불쑥 내밀었다. 딱히 희망찬 얼굴로 그렇게 한 것은 아니었다. 어떻게 생각한들 희망찬 상황이 아니기도 했다. 그럼에도 도화는, 기적적인 요행수라든가 사냥꾼 셋을 단번에 처리할 기발한 전략 따위가 아니라, 훨씬 단순한 이유 하나 때문에 막 결정을 내린 참이었다.

"어차피 다른 수가 없잖아."

아, 그래. 뻔뻔하기 그지없는 대답에 펭란은 고개를 절레절레 저었다. 그런 뒤에는 도화의 손을 탁 쳐내고, 이끼 낀 바위를 짚어 가며 몸을 일으켰다. 스스로 도대체 뭘 하려는 것인지조차 알지 못하면서. 가망 없는 짓이라는 기분을 부정할 생각조차 하지 않고서. 다만 방금 전까지 까맣게 잊고 있었던 중요한 생각 하나를 몇 번이고 뇌리에 되새기면서.

아무튼 이대로 죽긴 싫었다.

✝

수컷 늪사슴 한 마리가 나무 그루터기 옆에서 풀을 뜯고 있었다. 여린 잎사귀를 잘근잘근 씹으려 입술이 정신없이 우물거리는, 식사에 무아지경으로 열중하는 모양새였지만, 결코 무방비한 식사는 아니었다. 머리 양쪽에 쫑긋 선 귀는 주변의 온갖 소리를 빈틈없이 살폈다. 그 어떤 수상한 냄새와 흔들림이라도 놓치지 않기 위해 코끝에서부터 전신의 털까지 모든 감각기관이 총동원되었다. 튼튼한 네 다리에 들어찬 근육은 언제라도 사슴의 몸을 지면으로부터 한껏 튕겨 올릴 준비가 되어 있었다. 이곳은 호랑이가 사는 숲. 포식자의 습격으로부터 살아남으려면 사냥감은 언제나 최대한의 경계 태세를 유지해야만 했다. 늪사슴은 아득한 세월 동안 그렇게 진화해 온 동물이었다.

하지만 그 모든 세월조차도 날아오는 총알을 막아낼 수는 없었다.

늪사슴은 자신을 죽인 포식자의 정체를 마지막까지 알지 못했다.

한참 멀리 떨어진 공터에서, 군복 차림의 아프리카계 여성이 조용히 스코프로부터 눈을 떼었다. 여성의 피부와 머리카락은 온통 새하얗고 사냥용 라이플을 받친 왼팔은 뼈처럼 앙상한 금속 의수였다. 어깨를 이쪽저쪽으로 당기는 여성의 근육 움직임이 와이어를 조절해 의수를 움직이자, 이윽고 그 끝에 붙은 걸쇠에서 총이 딸깍 떨어져 나왔다. 공터 가운데쯤에서 웃통을 벗은 채 스트레칭을 하던 다른 한 사람이 소리를 듣고 다가와 물었다.

"준비운동 끝났어, 누나?"

자신보다 조금 어리고 체격이 건장한 청년의 물음에, '누나'라고 불린 여성은 대답 대신 씩 웃어 보였다. 상쾌하리만치 자신만만한 미소였다. 이윽고 두 사람은 약속이라도 한 듯이 공터 맨 가장자리, 나무 그늘 아래에 앉아 있던 나이 든 남자를 향해 고개를 돌렸다. 시선이 자신에게로 모이자 남자는 휴대전화를 꺼내 시간을 흘낏 확인하고는, 정확히 16초를 더 세고서 몸을 일으켰다. 중후하고 음산한 목소리가 공터에 울려 퍼졌다.

"삼 분이 지났구나. 뒤쫓아 보거라, 아들아."

기다리던 말이 떨어지자 청년은 공터를 둘러싼 숲 한쪽을 향해 지체 없이 걸음을 옮기기 시작했다. 라이플을 둘러멘 여자가 뒤이어 움직였다. 나이 든 남자는 조금 거리를 둔 채 행렬 끝에서 천천히 둘을 따라갔다. 지구상에서 가장 커다란 포유동물을 노릴 때의 장엄한 고양감과는 전혀 다른 종류의 흥분, 작고 나약한 짐승을 일방적으로 몰아붙여 도륙하는 일의 중독적인 쾌감이 벌써부터 세 사람의 몸을 아지랑이처럼 휘감으려 하고 있었다. 오래도록 셰타니라 불렸고 지금은 스스로를 '성부'라 칭하는 남자와 그의 수제자 두 사람, 성 삼위일체의 사냥이 시작되는 순간이었다.

탁 트인 땅을 벗어나 울창한 숲속으로 들어서자 맨 앞의 청년 '성자'는 걸음을 잠시 머뭇거렸지만, 그 움직임이 인도 북부의 숲이라는 생소한 환경에 적응하기까지는 오랜 시간이 걸리지 않았다. 두 발은 포장도로를 걷는 것만큼이나 간단히 나무뿌리 사이를 미끄러졌다. 눈과 코는 처음 느끼는 자극을 한껏 받아들이며 이해해 나갔다. 아프리카와 인도의 야생 사이에는 비록 차이가 있었지만, 그래 봐야 야생의 흔적과 사람이 남긴 자취 사이의 차이만큼 뚜렷하지는 않았다. 총성이 들려온 방향, 점점 짙어지는 피의 향기, 그리고 웃자란 풀 아래의 바퀴 자국을 나침반 삼아 도달한 곳은 좁다란 숲길 근처. 나뭇가지 사이에 몸을 감추고서 성자는 저 멀리 덩그러니 세워진 지프차를 고갯짓으로 가리켰다.

"딱 봐도 저 차 같은데."

"목표물은 있어?"

뒤따라오던 흰 피부의 여성 '성령'이 재빨리 총을 겨누며 묻자 성자는 고개를 저었다. 근처에 남은 흔적이라곤 차에서 내려 도망친 발자국 두 종류, 그리고 어지러이 흐트러진 수풀뿐. 목표물들이 계획적으로 숨었다기보단 황급히 도망쳤다는 증거였다. 지프 가까이까지 다가가 보아도 인기척은 전혀 느껴지지 않았고, 운전석에 덩그러니 남겨진 시체만이 세 사람을 반겼다. 시체의 관자놀이를 관통한 총알 자국을 확인하고서 성부가 말했다.

"가까이서 쐈군. 총으로 위협하다가 잘되지 않으니 방아쇠를 당겼어. 시트에 튄 핏자국이 보이느냐? 총을 쏜 녀석은 여기에 앉아 있었다. 조준은 엉망이지만, 쏘는 순간까지 목표를 똑바로 노려보았을 거야."

"젖비린내 나는 꼬마라면서. 의외로 강단 있네."

"그 장사꾼 꼬맹이가 할 짓은 아니다, 딸아. 다른 하나 짓이야. 민간인이라고 해도 자질이 없으리란 법은 없지. 계속 가자꾸나."

지프를 떠나 도망자들의 자취를 따라간 지 얼마 지나지 않아, '성자'는 커다란 바위 근처에서 두 목표물이 휴식을 취한 흔적을 찾아냈다. 바위 근처의 꺾인 나뭇가지와 진흙 자국은 두 사람이 향한 방향을 표시하는 안내판이 되어 주었다. 지프차와 바위 사이의 거리로부터 두 사람의 달리기 속도와 지구력을 어림짐작해 본 성자의 눈앞에 이 근방의 지도가 그려졌다. 사냥감들의 목적지는 명백했다. 그들의 상황 판단력 또한 성자의 눈에는 똑똑히 들여다보였다.

"별장 쪽으로 갔는데? 도망치는 자질은 없나 봐. 이렇게나 넓은 숲을 두고, 제일 찾기 쉬운 장소까지 일부러 열심히 뛰어가 준 걸 보면."

"나름대로 머리를 쓴 결과겠지. 이쪽에 포수가 있는 걸 꼬맹이도 알고 있을 테니까. 건물 안이라면 창가만 피해도 저격으로부터는 어느 정도 안전해진다는 판단일 게다. 물론 어리석은 판단이지만."

보이지 않는 곳에서 날아오는 총알은 누구나 두려워한다. 위기 상황일수록 낯선 바깥보다는 익숙한 실내에서 안정을 찾고자 하는 것 또한 자연스러운 심리다. 하지만 그렇다고 하여 지금처럼 뒤쫓기는 와중에 집 안에 틀어박힌다면 스스로를 막다른 골목에 몰아넣는 셈임을 성부는 잘 알았다. 인원도 더 적고 무기도 턱없이 부족한 사냥감들이 알아서 갇혀 주기까지 했다면 여기서부터는 그야말로 식은 죽 먹기인 일. 성부와 성자가 제각기 앞으로 벌어질 즐거운 일을 예감하며 미소를 짓는 와중에, 성령만이 사냥용 라이플을 다시금 등 뒤로 돌려 메며 침울하게 중얼거렸다.

"그래도 내가 죽이고 싶었는데."

"항상 활약했으니까 이번에는 좀 양보해, 누나. 지난번처럼 머리에 한 방 날리고 끝내면 내가 재미를 못 보잖아."

"알겠어. 의뢰도 의뢰고⋯⋯."

이번 의뢰주에게서 임무를 받은 것이 처음은 아니었지만, '가능한 한 잔혹하게 본보기를 보여 달라'는 건 새로운 주문이었다. 항상 하던 일이라 해도 구체적으로 주문을 받았다면 더욱 신경을 쓸 필요가 있는 법. 사냥감을 어떻게 괴롭힐지 지금부터 신나서 이야기하는 두 제자와 함께, 성부는 의뢰 내용을 지금까지 이상으로 충실히 이행할 작정이었다. 어떤 면에서는 이미 이행하는 중이기도 했다. 서커스단이 공포를 무기로 코끼리를 길들이듯이, 날카로운 꼬챙이와 전기 충격으로 어릴 때부터 두려움을 심어 주면 그 거대한 짐승이 사람에게 반항할 생각조차 품지 못하게 되듯이, 겁에 질려 웅크린 동물에게는 무슨 짓이든 마음껏 할 수 있을 테니까.

"내 아이들아, 본격적으로 즐길 시간이다."

피에 굶주린 세 쌍의 부츠가 성부의 지시에 따라 신속히 나아갔다. 찬드의 별장을 향해, 목표물들이 비참하게 최후를 맞이할 공포의 무대를 향해.

†

두 사람의 자취는 숲을 가로질러 별장 앞까지 쭉 이어졌다. 도망치기에만 급급했는지 추적을 피하기 위한 초보적인 시도조차 보이지 않는, 성자의 눈엔 활주로 지시등이나 마찬가지인 흔적이었다. 제대로 닫히지도 않은 현관문을 열어젖히니 가장 먼저 시야에 잡힌 것은 진흙투성이로 내팽개쳐진 신발 네 개. 진흙의 마른 정도를 보건대 신발의 주인은 겨우 2~3분 전에야 이곳에 도착했음이 틀림없었다. 지금까지 보아 온 발자국의 보폭과 깊이를 생각하면 울퉁불퉁한 진창을 거의 전력질주로 지나온 셈이니, 지금쯤이면 지칠 대로 지쳐서 간신히 침대 밑이나 캐비닛 같은 곳에 기어들어가 있으리라. 더 이상 도망칠 힘조차 없을 사냥감들의 마지막 탈출구마저 봉쇄해 숨통을 완벽히 조이고자, 세 사냥꾼은 누가 먼저랄 새도 없이 현관을 떠나 흩어졌다.

　칼집에서 꺼낸 마체테를 신나게 돌리며, 성자는 그 누구보다 빨리 계단을 올라 별장 2층으로 향했다. 목표물을 찾아낼 확률이 가장 높은 장소였으니까. 다른 두 사람에게 즐거움을 빼앗기고 싶지 않았으니까. 도망치는 데만 급급한 겁쟁이들일수록 높은 곳을 선점하려 든다는 사실을 성자는 경험적으로 알았다. 시야를 확보하고 추격자와의 거리를 최대한 벌리려는 본능적 행동이겠지만, 지금처럼 2층까지 올라와 버린 적으로부터 도망치려면 창밖으로 뛰어내려야 할 테니 그야말로 오판 중의 오판. 상대를 완벽하게 몰아넣었다는 생각에 성자의 몸이 짜릿한 흥분으로 달아올랐다.

　"빨리 나와 보라고. 혹시 알아? 둘 중에 먼저 나오는 놈은 내가 특별히 살려 줄지!"

　항상 꿈꿔 왔던 일이었다. 케냐 범죄 카르텔의 말단 조직원이었던 아버지의 손에 이끌려 코끼리 밀렵에 발을 들였다가, 그 아버지가 국립공원 경비에게 사살당하는 모습을 눈앞에서 본 뒤로부터 줄곧. 호언장담한 대로 큰돈을 벌기는커녕, 아버지는 경비를 보자마자 도망치다가 등에 총을 맞고 쓰러졌다. 성자는 그런 한심한 가족을 원치 않았다. 죽임을 당하는 쪽이 아니라 죽이는 쪽, 쫓기는 쪽이 아니라 뒤쫓는 쪽에 서고 싶었다, 바로 지금처럼. 벅찬 자신감과 비틀린 충족감을 한껏 만끽하며, 성자는 별장 2층의 복도를 더욱 힘차게 나아 갔다.

같은 시각, 성령은 별장 반대편으로 돌아가 뒷문에서부 터 사냥감 수색을 개시했다. 부엌, 식자재 보관실, 커다란 냉 동고와 찬장 등의 실루엣이 선글라스 너머로 휙휙 지나갔다. 공간은 좁고 엄폐물은 충분한 곳이니, 저격을 특히 두려워하 는 상대방이라면 이곳에 몸을 감추고 있을 가능성도 적지 않 을 터. 하지만 그들을 사냥하려는 사람은 초원 한가운데의 코 끼리밖에 맞히지 못하는 바보가 아니었다. 걸리적거리는 라 이플을 등 뒤에 걸친 채, 성령은 의수의 와이어를 한껏 당겨 기관단총을 손 안에 단단히 고정했다. 이런 상황에서도 제 몫 을 해낸다면 아버지에게 더욱 인정받으리라 기대하면서.

"어차피 양보할 생각 없었고."

사냥감이든 칭찬이든 자기 몫을 빼앗기는 일은 딱 질색이 었다. 미처 한 살이 되기도 전에 왼팔을 도둑맞은 경험이 있었 으니 더더욱. 성령의 고향인 탄자니아에는 백색증 환자의 신 체 일부가 행운을 가져다준다는 미신이 퍼져 있었고, 주술에 쓰기 위해 갓난아이를 납치하거나 사지를 잘라가는 일도 빈 번히 일어났다. 그런 주술 범죄의 피해자였던 성령에게 성부 는 새 팔을 주었다. 다른 존재의 생명을 가차 없이 빼앗기 위 해 특별히 제작된 팔을. 이번에도 결정적으로 희망을 앗아가 는 일은 이 팔의 몫이 되겠지만, 그 희망의 부스러기 정도는 소중한 동생을 위해 남겨주지 못할 것도 없었다. 부엌 옆의 작은 창고로 들어서는 성령의 총구가 조금 내려갔다. 사냥감의 머리가 아닌 다리를 먼저 쏠 수 있도록.

두 사람이 별장 곳곳을 수색하는 동안 성부는 현관을 지나 1층 거실에 들어섰다. 여기서 기다리기만 하면 자랑스러운 두 제자가 임무를 훌륭하게 완수하고 돌아올 테지만, 그렇다고 아들딸이 일하는 동안 아버지가 쉴 수는 없는 노릇. 자식들이 실수를 해 일을 그르치지 않도록 지켜봐 주는 일은 성부의 몫이었다. 식당에 숨어 있다가 뒷문으로 도망치려 시도하든 틈을 봐 몰래 2층에서 1층으로 내려올 작정이든, 이곳 거실은 건물 설계상 반드시 통과해야만 하는 공간이었다. 그 전체를 몸소 감시할 작정으로 성부는 거실 한가운데에 가만히 섰다. 성부이기 이전부터, 셰타니이기 이전부터 사람 사냥을 해온 남자의 모든 감각이 일말의 사각지대도 없이 거실 전체로 뻗어 나갔다.

"음? 이건 조금 이상한데."

처음에는 대수롭지 않은 의문이었다. 사람이 머무른 별장 치고는 거실이 너무 깨끗하지 않느냐는, 성부가 아니었더라면 눈치조차 채지 못했을 부자연스러움. 의문 자체는 얼마 지나지 않아 풀리기도 했다. 볕이 드는 벽에 걸렸는데도 전혀 바래지 않은 그림, 먼지 한 점 없는 샹들리에, 가구 위치를 옮긴 자국, 이 모든 단서가 최근에 치렀을 손님맞이를 가리키고 있었으니까…… 하지만 단 한 가지만큼은 아니었다. 다른 곳이 어질러져 있었더라면 진작 알아챘을, 하지만 그림과 샹들리에와 가구가 지나치게 정돈된 채였기에 느껴지지 않았던 위화감이 현관 앞의 카펫에서 비로소 뿜어져 나왔다. 두 사냥감이 신발을 아무렇게나 내팽개치고 급히 뛰어 들어온 곳이었건만 카펫에는 주름도, 눌린 자국도 찾아볼 수가 없었다. 갑작스레 예의를 차려 살며시 밟고 간 것처럼. 아니면 아예 밟지도 않은 것처럼. 급히 현관으로 달려가 신발장을 열어본 뒤에야 성부는 비로소 일의 전말을 깨달았다.

신발장 안에는 심하게 흐트러진 빈칸이 두 군데 있었다.

두 사람이 일부러 진흙 묻은 신발을 벗어둔 채, 새 신발만 신고 되돌아갔다는 뜻이었다.

꼭 자신들을 별장 안으로 유인하려는 듯이.

✝

성령이 들어간 창고 안은 온갖 잡동사니로 발 디딜 틈을 찾기가 힘들 정도였다. 공구상자나 크리스마스트리, 낡은 모형 헬기 따위가 차곡차곡 쌓인 가운데서도 특히 눈에 띄는 물건은 각종 박제 종류. 호랑이 가죽 깔개는 돌돌 말린 채 구석에 처박혀 있었다. 사슴 목으로 된 벽장식은 플라스틱 보관함 속에, 큼지막한 느림보곰 한 마리는 선반 맨 위에 간신히 끼어 들어간 채였다. 집 안 여기저기에 놓여 있다가 어느 날

갑자기 창고로 쓸려 들어간 꼬락서니의 박제들 사이에서도 가장 인상적인 물건은 단연 창문 앞쪽에 놓인 아기 코끼리였다. 사람 허리 정도까지 오는 키의 코끼리 박제는 놀라우리만치 생생했고, 성령이 발을 내딛을 때마다 진동에 반응해 눈을 깜박이기까지 했다. 따스한 햇살 아래서 금방이라도 살아나 뛰놀 듯한 코끼리의 유리 눈알에 성령은 잠시나마 시선을 빼앗겼다.

다음 순간, 창밖의 작은 흔들림이 그 시선을 도로 바로잡았다. 선글라스 너머로 보인 실루엣은 동물의 그림자가 아니었다. 정면의 수풀에서 누군가가 움직이고 있는 것이 분명했다. 들켰다는 사실을 깨닫고서 도망치려는 중일까? 하지만 수풀까지의 거리는 충분히 가까웠다. 상대방의 모습이 숲속으로 사라지기도 전에 몸을 꿰뚫는 건 간단한 일이었다. 성령은 즉시 기관단총을 바닥에 떨어뜨린 다음, 창문을 엶과 동시에 텅 빈 왼손을 크게 휘둘러 등에 걸쳐 두었던 라이플을 걸쇠로 붙잡았다. 이대로 방아쇠를 당기면 아빠의 칭찬도, 저들의 생명도 전부 내 손 안에……

삑, 삑, 삑!

갑작스레 끼어든 날카로운 경고음이 성령의 집중력을 일시적으로 흐트러뜨렸다. 덕분에 궤도가 틀어져 버린 탄환은 애꿎은 나무에 박혀 나뭇잎만 사방으로 흩뿌렸다. 예상치 못한 방해에 성령은 경고음의 진원지를 향해 무의식적으로 눈을 돌렸고, 그곳에서 아기 코끼리 박제와 다시금 얼굴을 마주쳤다. 소리는 박제 안에서 울리고 있었다. 점점 더 간격이 짧아지는 불길한 전자음이었다. 성령은 문득 눈앞의 코끼리가 울고 있는 것 아닐까 생각했다. 지금껏 빼앗아간 상아를, 빼앗아 간 삶을 돌려 달라고…… 하지만 자신이 지금에 와서 그런 생각을 떠올리고 만 이유를 성령은 끝까지 알 수가 없었다. 성령의 뇌가 죽음의 공포를 미처 인지하기도 전에, 지근거리에서 일어난 폭발이 그 몸을 덮쳤으니까.

"누나! 누나, 어디야? 무사한 거 맞지?"

무시무시한 진동이 온 별장을 뒤흔들자, 2층의 손님 침실을 뒤지던 성자가 뛰어내리다시피 계단을 지나 부엌 쪽으로 달려왔다. 별장 근처에 숨어 있다가 숲속으로 후다닥 달려가는 두 형체를 침실 창문 너머로 목격한 직후였다. 이 안에 숨어 있었던 게 아냐? 그리고 도대체 뭐가 터진 거야? 상황을 파악하려 애쓰며 현장에 도착하자마자 보인 광경은 창고에서 피어오르는 매캐한 연기였다. 사방으로 흩어진 파편이었고, 넘어진 선반과 잡동사니들이었으며, 폭발의 충격으로 날아가 창고 반대편 벽에 널브러진 불그스레한 무언가였다. 새하얀 머리카락이 피와 재로 엉망진창이었다. 그토록 자랑스레 여기던 의수는 완전히 꺾인 채 왼쪽 어깨에 간신히 붙어 덜렁거리고 있었다.

"아, 아냐, 이럴 순 없어. 눈 좀 떠 봐, 누나. 응? 뭐라고 말이라도 해 봐!"

동생의 필사적인 호소에도 불구하고 성령의 몸은 점점 차
갑게 식어 갔다. 주체할 수 없는 흐느낌이 이윽고 분노의 절규
로 변해 별장에 메아리쳤다. 핏발이 선 성자의 눈에는 이미 산
산조각 난 창문 바깥, 두 사람이 도망친 숲속의 어둠 외엔 아
무것도 보이지 않았다.

†

"뭘 얼마나 집어넣은 거야, 솔라라……."

폭발 소리가 이렇게까지 클 줄은 몰랐기에, 온 힘을 다해
도망치던 와중에도 펭란은 깜짝 놀라 등 뒤를 잠깐 돌아보았
다. 애초에 이번 폭탄은 위급 상황에 대비해 치밀하게 준비해
둔 함정 따위가 아니었다. 다만 솔라라에게 아기 코끼리 박제
를 주문하던 시기에 펭란의 불안은 최고조에 달해 있었고, 그
래서 '무기가 될 만한 걸 집어넣어서 보내 달라'는 부탁을 몰
래 했더니, 막상 도착한 물건이 폭약을 채운 박제와 그 기폭
장치였을 뿐. 도대체 이딴 걸 어디다 쓰란 건가 싶었는데 설마
진짜로 터뜨리게 될 줄이야! 머리 바로 위를 날아가 나무에
박혀 버린 총알의 감각이 여전히 선명했지만, 기폭장치 스위
치를 누른 손가락이 아직까지도 긴장으로 굳어 움직이질 않
았지만, 그래도 의심의 여지 없이 성공은 성공이었다. 아무튼
상대방은 죽었고 이쪽은 무사히 살아남았으니까. 문제는 이

다음부터였다.

"그래서, 조도화, 이젠 어떡하면 돼?"

"계속 뛰어. 시간 벌었잖아."

이보다는 희망적인 대답을 기대했건만 도화의 진단은 냉혹했다. 두 사람이 처한 위기는 한 번의 성공으로 돌파할 수 있을 만큼 호락호락하지가 않았다. 도박이나 다름없었던 기만작전에다가 폭탄까지 동원했는데도 결과적으로는 셋 중 하나를 처리하고 나머지 둘을 잠깐 지체시킨 것이 전부. 이대로 도망친다 한들 숲속에서라면 언젠가 셰타니에게 따라잡힐 테고, 설상가상으로 남은 무기라고는 이제 정말로 권총 한 자루밖에 없었다. 설마 여기서 끝은 아니겠지, 저 머릿속에 뭔가 작전이 더 있겠지 하고 속으로 끊임없이 되뇌며 달린 지 얼마나 지났을까. 숲길 한가운데서 도화의 발이 갑작스레 멈추었다.

"이쯤……이면, 되겠다."

도화가 헐떡이며 내뱉은 말에 펭란은 급히 주위를 둘러보았다. 커다란 통나무가 근처 곳곳에 쓰러져 있어, 척 보기에도 숨을 장소가 많은 곳이기는 했다. 하지만 상대는 이런 데에 몸을 감춘다고 찾아내지 못할 자들이 아니었다. 혹시 매복해 있다가 기습하자는 뜻일까? 과연 가능성이 있는 짓이긴 할까? 펭란이 연신 고개를 갸웃하는 동안 도화는 소중히 안고 있던 이동장을 열어 몇 마디 중얼거린 다음, 다시 입구를 닫고서 펭란에게 대뜸 내밀었다. 이어진 말은 펭란의 예상을 지나치게 많이 벗어나 있었다.

"잘 부탁해."

"뭐, 뭘 부탁하는데?"

"누리 언니한테 데려다 줘. 빨리 가. 달릴 때 안 흔들리게 조심하고."

무슨 이야기인지 잘 이해가 가질 않아, 펭란은 이동장을 받아든 채 멍하니 눈만 깜박였다. 하지만 아무리 깜박여 봐도 눈앞 광경은 그대로였다. 도화는 어느새 등을 돌려, 양 손으로는 권총을 단단히 쥔 채, 지금껏 달려 왔던 길 끝을 바라보고 있었다. 한차례 바람이 지나가자 나무 사이로 쏟아지는 햇살이 혼란스럽게 반짝였다. 그 아래에 말없이 선 도화의 뒷모습을 보며 펭란은 비로소 조금씩, 고통스럽게, 깨닫고 말았다.

도화의 다음 작전이 무엇인지.

그리고 자신이 지금부터 무슨 짓을 해야 하는지.

✝

성자의 발이 풀과 나뭇잎, 흙과 자갈을 짓밟으며 땅을 박찼다. 이 사이로 뱉어 낸 뜨거운 호흡이 뒤따라온 몸에 부딪혀 습기 찬 공기 속으로 흩어졌다. 성부의 외침이 저 뒤쪽 어딘가에서 희미하게 들려온 것 같았지만 성자는 신경 쓰지 않았다. 어차피 아무 짝에도 쓸모없는 말일 테니까. 침착하게 행동하라든가, 상대방의 전력을 다시 파악해야 한다든가, 그런 잔소리를 듣기보다 성자는 다만 죽이고 싶었다. 겨우 손에 넣은 진짜 가족이었는데, 고작해야 사냥감 따위한테 쓰레기처럼 갈기갈기 찢겨 죽었는데, 어렸을 때처럼 손 놓고 살려 보낼 수는 없었다. 곱게 죽일 생각도 물론 없었다.

비록 이성은 분노의 불길에 집어삼켜진 지 오래였지만, 그렇다고 갈고 닦은 감각까지 무뎌진 것은 아니었다. 전력으로 달리는 와중에도 성자의 눈은 스쳐 지나가는 발자국과 자취를 여느 때보다 또렷이 포착했다. 사냥감들은 가능한 한 빠르게, 멍청하리만치 일직선으로 나아가고 있었다. 아까와 같은 비장의 수는 더 이상 없어 무작정 도망치고 있는 것이리라. 하지만 아무리 뛰어 봐야 야생지에서 성자를 뿌리치는 일은 불가능했다. 목표물과의 거리가 빠르게 줄어드는 것이 사방에 남은 흔적을 통해 느껴졌다. 그리고 어느 시점에서, 그 흔적은 두 갈래로 나뉘었다.

"어쭈, 이것들 봐라. 또 같잖은 수를 쓰시겠다?"

성자는 어느 쪽 흔적을 따라갈지 고민하지 않았다. 대신 속도를 유지하며 그대로 방향을 틀어, 바로 옆 길가에 쓰러진 통나무 뒤쪽으로 펄쩍 뛰었다. 예상대로 사냥감 한 마리가 그곳에 숨어 있었다. 보잘것없는 민간인 주제에, 귀 끝까지 새파랗게 질린 채, 그저 권총만 꼭 쥐고서. 성자가 착지하며 휘두른 팔은 그 마지막 저항 수단마저 멀리 날려 보냈다.

"어쩌나, 이번엔 뜻대로 안 됐나 보네!"

서로 반대편으로 도망친 척하면서 실제로는 빙 돌아와 여기 숨어 있다가, 갈림길에서 주춤하는 상대를 어떻게든 정통으로 맞혀 보자는 계획이었겠지. 하지만 그런 얄팍한 작전에 걸려 주기엔 땀 냄새와 거친 숨소리가 너무나도 또렷했다. 모든 송곳니가 부서진 채 흙바닥에서 엉금엉금 물러나는 사냥감을 향해, 성자는 마체테를 뽑아 들고 한 발짝씩 느긋하게 다가갔다. 상대는 감히 성령을 죽인 놈들 중 하나였다. 과녁이 멈춰 있지 않으면 총을 쏠 생각조차 못 하는 초짜이기도 했다. 아버지가 뭐라 말했든, 이런 상황에서 침착해져야 할 이유는 전혀 없었다.

†

아무리 생각해도 어이가 없었다. 펭란의 머릿속을 채운 생각은 이것뿐이었다.

아니, 납득이 아주 안 되는 것까진 아니었다. 도화의 '작전'에는 분명 일리가 있었다. 상대방의 수가 셋에서 둘이 되었다한들 추격 속도 자체가 느려진 것은 아니다. 하지만 상대의 전력은 분명 크게 줄었고, 그렇다면 맞서 싸워서 이기지는 못할지언정 최소한 시간을 벌 수는 있다. 총에 맞아 허무하게 쓰러지는 대신 죽을 때까지 끈질기게 물고 늘어질 수 있다. 그러니 한 사람만 뒤에 남아 추격자들을 붙잡아 두면 된다. 다른 한 사람이 그 틈에 안전한 곳까지 도망칠 수 있도록. 남겨진 사람이 어떻게 될지 뻔히 알면서도, 같이 싸워 주는 대신 한심하게 줄행랑을 쳐서, 혼자서나마 목숨을 건질 수 있도록.

"그럼 내가 남아야지. 어차피 책임져야 하는 건 나잖아. 쟤넨 나 죽이러 오는 건데, 왜 네가 거기 서 있어."

펭란이 힘 빠진 목소리로 물었을 때, 도화는 눈길조차 주지 않고서 대답했다.

"나는 혼자 아무 데도 못 가. 너 죽으면 끝이야. 넌 다르잖아. 돈도 있고. 친구도 많고. 내가 알아낸 것도 다 말해 줬고. 그러니까 누리 언니도 혼자 찾을 수 있겠지. 꿈틀이를 데려다 줄 수 있을 거야."

"그래도, 너 혼자 여기 남느니, 차라리 내가……"

"총 쏴 본 적 있어? 나는 쏴 봤어. 아까 전에."

펭란의 말을 끊으며 도화는 손에 쥔 권총을 한 번 흔들어 보였다. 그게 끝이었다. 인기척이 점점 가까워졌고, 도화가 길 한쪽으로 걸음을 재촉했고, 펭란은 머뭇거리다가 결국 반대쪽으로 뛰었다. 꼭 다시 만나자는 약속도 없었다. 하다못해 작별 인사조차 나누지 못했다. 남은 거라곤 세계에서 가장 희귀한, 하지만 이동장 안에 게으르게 처박혀 있는 것 외엔 아무것도 할 줄 아는 게 없는 암컷 무지개꼬리 포카이카하 한 마리가 전부였다. 이걸 들고 지인을 찾아가 달라니. 그깟 까마득한 게 마지막 부탁이라니. 사람도 아니고 겨우 파충류 하나 구해 보겠다고 자기 목숨을 내버리는 멍청이 때문에 내가 이 꼴이 됐다니. 정말이지 어이가 없다니까……

"야, 꿈틀이, 넌 그렇게 생각 안 해? 너도 어처구니가, 없지, 그치?"

도화를 흉내 내 말을 걸어 보았건만, 이동장 안의 파충류는 이런 상황에서조차 멍청하게 침묵을 지켰다. 숨이 터지기 직전까지 차올랐다. 공기를 들이마실 때마다 바늘 한 뭉치를 삼키는 것처럼 폐가 아팠다. 그래도 펭란은 헉헉거리며 말을 이었다.

"마지막 부탁인데, 어떻게, 안 들어 주냐고. 그러고서 부탁을 하는데. 진짜, 치사하게."

총을 보란 듯이 흔들던 도화의 손이 눈앞에서 떠나질 않았다. 그 손은 너무나도 뚜렷하게 떨리고 있었다. 당연했다. 고통스러운 죽음을 반길 수 있을 리 없었다. 남을 기막히게 무시하고 또 태연하게 배신하는 재능이 있다곤 생각했지만, "엿 같은 상황에 최적화된 인간상"이라고 폭언을 퍼부은 적도 있었지만, 그래 봐야 도화는 어쩌다가 범죄 세계에 휘말린 민간인에 불과했으니까. 세상에는 본성과 노력만으로는 안 되는 일도 있기 마련이었다. 가진 재능을 밑바닥까지 짜내고 젖 먹던 힘까지 다한다 해도 매번 생존할 수는 없었다. 최상위 포식자의 본능을 타고난 호랑이조차, 태곳적부터 필사적으로 먹이를 뒤쫓으며 살아왔지만, 지금은 겨우 보호구역에서 연명하는 신세이듯이.

"어쩔 수가 없다고, 그냥, 운이 나쁘면, 어쩔 수가 없다고. 꿈틀이 너도, 알지? 네가 제일 잘 알겠네, 그치?"

어딘가에서 발소리가 들려왔다. 따라잡힌 걸까, 역시 무리였던 걸까, 그런 신선한 절망이 펭란의 숨을 시커멓게 채웠다. 더욱 속도를 내 보려 했지만 남은 기력이 없었다. 산소가 부족해 눈앞이 빙빙 돌았고, 소리가 오는 방향조차 분간이 되질 않았다. 하다못해 몸을 감출 장소라도 찾아 두리번거려 보았건만 이미 늦었다. 오른편 나무 사이로 빠르게 달려오는 형체가 있었다. 이젠 펭란이 운명을 맞이할 차례였다. 꼴사납게 뒷걸음질을 치면서, 이동장을 더더욱 꼭 안으면서, 그래도 최선을 다했다고 끊임없이 중얼거리면서. 검은 형체가 펭란을 향해 서서히 다가왔다. 그 얼굴이, 몸이 그림자 속에서 모습을 드러냈다.

아는 얼굴이었다. 사진으로 딱 한 번 보았을 뿐이지만, 그래도 기억은 하고 있었다.

한편 땀으로 번들거리는 팔 위의 문신은 조금 더 익숙했다. 악연이 깊었으니까.

다음 순간 펭란은 자기도 모르게 눈물을 왈칵 쏟았다. 저 얼굴과 문신을 보고 눈물을 쏟았다는 사실 자체가 정말로 터무니없게 느껴졌지만, 그래도 사실은 사실이었고 부정하기에는 너무나도 거센 안도감이었다. 자신을 노려보는 검은 형체

앞에서 펭란은 무릎을 털썩 꿇었다. 입술이 제멋대로 열리고 목구멍이 경련했다. 만나게 되면 어떤 말을 해 줄지 생각해 둔 건 잔뜩 있었지만, 지금은 단 한 가지 말밖에 나오질 않았다.

"제발 좀 살려 줘……."

✝

도화는 마지막까지 사력을 다했다. 허둥지둥 물러나는 척 기회를 살피다가 빈틈이 보이자마자 소리를 지르며 몸을 날렸고, 칼을 휘두르기 힘들 만큼 가까이까지 파고들어 얼굴에 한 방 먹여 주는 데까지도 성공했다. 하지만 체격이 월등히 큰 상대를 쓰러뜨리기엔 턱없이 부족한 위력이었다. 가능한 일이라곤 계속 달라붙어 밀치고, 때리고, 얼굴을 가린 팔을 깨물어 칼을 놓치게 하는 것이 고작. 그러다가 떨어진 마체테를 향해 무심코 손을 뻗은 것이 치명적인 실수였다. 격분한 성자의 발길질 단 한 번에 도화의 몸이 다시 나뒹굴었다. 그래도 멈추지는 않았다. 잠시 기우는 듯 보였던 전세가 순식간에 뒤집혀도, 짓밟히고 걷어차여 진흙 위에 엎어져도, 배 위에 올라 탄 상대의 무게에 숨을 쉴 수가 없어도 도화는 여전히 으르렁대며 몸부림을 쳤다.

"이게 아직도……!"

예기치 못한 저항의 세기에 성자도 잠깐이나마 주춤했지만, 이미 제압당한 채로는 결국 무의미한 발버둥이었다. 마구

잡이로 할퀴어 대는 손도, 연신 날아오는 자갈과 모래도 오히려 화만 돋울 뿐. 한층 더 맹렬해진 분노에 힘입어 성자는 왼팔로 도화의 목을 무자비하게 짓눌렀다. 구둣발에 밟힌 벌레가 죽어 가듯 사냥감의 힘이 점점 빠져나가는 것이 느껴졌다. 아니, 아직 죽이기엔 아까웠다. 이렇게 약해 빠진 주제에 감히 누나한테 그런 짓을 했겠지? 가족의 원수를 도륙하는 희열을 혼자서만 만끽할 수는 없었다. 이대로 사지의 힘줄을 끊어 아버지에게 데리고 갈 생각으로 성자는 칼을 든 손을 한껏 치켜들었고, 그때서야 등 뒤에 드리운 그림자의 존재를 깨달았다. 미처 대응하려는 시도조차 해 보기 전에, 예리한 금속 쐐기가 성자의 입안을 번개처럼 파고들었다.

반쯤 정신을 잃은 도화의 얼굴 위로 뜨거운 액체가 뚝뚝 떨어졌다. 알아들을 수 없는 비명이 아득하게 메아리쳤다. 간신히 눈을 뜨자 보인 광경은 성자의 몸뚱이가 누군가에게 끌려가듯 뒤로 확 넘어가는 모습. 도대체 무슨 일이 일어난 것인지 도화는 생각하려 들지 않았다. 대신 정신을 집중해 몸을 일으키려 했다. 말을 듣지 않는 사지를 허우적거리며, 거센 기침을 토하며, 마침내 땅을 짚고서 아주 힘겹게.

†

비록 멋대로 정글 속으로 뛰쳐나간 아들만큼 빠르게 달릴 수는 없었지만, 성자가 간 길을 추측해 뒤따라가는 건 스승인 성부에겐 간단한 일이었다. 어지러운 야생지에서 사람이 남긴 흔적을 감별하는 방법은 자신이 아들에게 직접 전수해 준 기술이었다. 험한 숲길을 서둘러 통과하던 성부의 눈이 나무껍질에 걸린 자그마한 실뭉치를 놓치지 않고 포착했다. 실이 붙은 높이와 주변에 남은 불규칙적인 발자국으로 미루어 짐작하건대, 이는 틀림없이 누군가 나무에 의지해 절뚝거리며 걸어갔다는 뜻. 달리기는커녕 제대로 걷기조차 힘든 상태일 테니 지금이라도 뒤쫓기만 하면 어렵잖게 붙잡을 수 있을 터였다.

하지만 딸을 죽인 자들에 대한 복수심보다도, 손을 뻗으면 닿을 듯한 목표물의 존재보다도 수십 년의 경험을 통해 체득한 신중함이 먼저 성부의 사고에 불을 밝혔다. 사냥감이 저 꼴로 도망치고 있는데, 먼저 간 성자는 도대체 어디에 있단 말인가? 그렇게 생각하며 멈춰 서자, 시야 가장자리에 들어오는 또 하나의 흔적이 있었다. 누군가를 거칠게 질질 끌고 간 듯한, 옷자란 가시덤불 속으로 보란 듯이 선명하게 이어진 자국이었다. 고통에 차 잦아들어 가는 희미한 신음이 얼핏 귀에 스쳤다. 불길한 예감에 사로잡혀 성부는 덤불 너머로 조심스레 발을 옮겼고……

"아, 빠……"

피웅덩이 한가운데에 널브러져 꿈틀거리는 성자를 발견했다. 젊은 제자의 양 뺨은 난도질을 당해 너덜너덜했고, 가슴이 가쁘게 달싹거릴 때마다 입에선 바람 새는 소리와 핏물이 줄줄 흘렀다. 다급히 달려들어 아들을 안아들려던 성부의 손에 뜨겁고 끈적이는 감촉이 흠뻑 번졌다. 바닥을 적신 피가 어디에서 왔는지 알아채고 만 성부의 심장이 철렁 내려앉았다. 아들의 등은 칼에 찔린 상처로 빼곡했다. 하나하나가 치명적이지는 않을지언정 충분히 깊은, 당장 숨통을 끊기보다는 과다출혈로 서서히 죽이기 위한 상처들이었다. 의도는 뻔했다. 쓰러뜨린 적을 일부러 잘 보이는 장소에 죽어 가는 채로 방치해, 나머지 인원이 어떻게든 살려 보겠다고 헛된 애를 쓰는 동안 여유롭게 도망치겠다는 작전. 여기에 걸려들지 않으려면 지금이라도 아들을 내버려 두고 앞으로 나아가야 함을 성부는 결코 모르지 않았다.

하지만 도무지 그렇게 할 수가 없어, 나이 든 남자는 죽어 가는 제자를 안고 속삭였다.

"이젠 괜찮다. 내가 왔으니 괜찮아. 조금만 참거라, 아들아."

굵고 거친 손가락이 성자의 뺨과 입술에서 피를 닦아 냈다. L과 C 모양으로 새겨진 칼자국이, 위쪽 둘째 앞니를 억지로 뽑은 틈새가 잠깐 보였다가 이내 새로 배어나온 피에 잠겨 사라졌다. 성부는 자신이 지금껏 잘라 온 상아가 코끼리의 둘째 앞니임을 생각했다. 아들의 얼굴에 남은 참상이 실제로는 자신을 겨냥한 메시지임을 깨달았다. 그 피투성이 도발을 그저 가만히 내려다보며, 온 내장을 불사르며 치미는 감정을 더욱 억누르며, 성부는 속절없이 힘을 잃어 가는 아들의 몸을 안고 오래도록 제자리에 앉아 있었다. 품 안의 체온이 더는 느껴지지 않게 될 때까지.

✝

길 한가운데 버려진 지프 운전석 아래 숨어, 펭란은 몸을 한껏 웅크린 채 귀만 쫑긋 세우고 있었다. 시간이 얼마나 지났는지 가늠이 되질 않았다. 피와 오물 냄새가 진동해 후각이 마비될 것 같았다. 빠져나와 도망칠 때 걸리적거리지 않도록 찬드의 시신은 미리 끌어내려 두었지만, 옛 친구가 마지막에 앉아 있었던 의자를 눈에 담는 것만으로도 괴로워서 펭란은 차마 고개를 들 수가 없었다. 이윽고 어둠 속에서 저벅, 저벅 하는 소리가 서서히 가까워졌다. 가슴이 콩닥콩닥 뛰었다. 누구지? 혹시 그놈들이면 어떡하지? 일단 튈까? 그렇게 결심하고서 단번에 의자 위로 몸을 뺀 펭란의 눈이, 어느새 차 바로 옆까지 다가온 도화와 정면으로 마주쳤다.

"아악! 아, 뭐야. 너였냐. 꼴이 말이 아니네……."

옷은 흙투성이에다가 곳곳이 찢어져 있었고, 얼굴은 온통 멍과 생채기로 울긋불긋. 금방이라도 쓰러질 것처럼 비틀거렸지만 그래도 도화는 안 죽고 살아 있었다. 인사도 없이 뒷좌석으로 기어가 이동장부터 확인하는 그 모습에 펭란은 슬며시 한숨을 내쉬었다. 평소와 다름없어 보여서 다행이라고

해야 하나. 그래도 혹시 모르니 물어는 봐야겠지만.

"어디 다친 데는 없어? 꽤 얻어맞은 것 같은데, 뼈라도 부러진 거 아냐?"

"그 애는 괜찮다. 안정을 취해야 하니 괜히 자극하지 말도록."

뒤이어 들려온 목소리에 고개를 홱 돌리니, 나무 그림자 속에서 다른 한 사람이 성큼성큼 걸어 나오고 있었다. 무슨 짓을 하다가 왔는지 온몸에 피칠갑을 한 채로. 손에는 당당하게 나이프까지 들고서. 펭란은 그 나이프를 기억하고 있었다. 오쿠모토 히사요시와 제러미 웡을, 3년 전에 몰살당한 부하들을 아직까지도 똑똑히 기억했다. 반드시 범인을 잡아 원수를 갚아 주겠다고 다짐했던 일을 기억했다. 하지만 그렇게나 찾아 헤맸던 범인을, 솔리테어를 막상 마주한 지금 펭란의 다짐은 이미 휴지조각이 되어 있었다. 저 개자식이 두 사람의 생명의 은인이었으니까. 이 상황 자체가 구역질이 나서 미칠 것 같았다. 하지만 펭란은 결국 해야 할 말을 했다.

"고마워, 아무튼. 구해 줘서."

고개를 꾸벅 숙이는 찰나 몸에 밴 시체 냄새가 훅 올라왔다. 마음속의 마지막 보루 비슷한 것이 문드러져 버린 기분이었다. 정말로 돌이킬 수 없는 지경까지 왔구나 하는 생각에 힘이 탁 풀려 펭란은 운전석에 털썩 주저앉았다. 시체 더미를 밟아 가며 이토록 지저분하게 목숨을 건졌는데도 기뻐서 눈물이 나올 지경이라니. 이렇게까지 밑바닥으로 떨어지고 말았다니. 운명의 장난이란 것도 정도가 있는데.

"어떻게 된 건지 얘기나 해 줘. 네가 왜 여기 있어? 뭐, 일본에서부터 여기까지 미행이라도 했어? 아니면 설마 순전히 우연이었던 거야?"

"이곳에 머무른다는 소문을 들었다. 스텔러가 먼저 사람을 보내 확인했다기에, 포카이카하가 무사한지 보려고 잠깐 들렀을 뿐이다. 근처에 머물면서 상황을 보는데 마침 폭발음이 들렸지. 서둘러 달려가는 도중에 널 마주쳤다. 그게 전부다."

참으로 어리둥절해지는 대답이었다. 스텔러가 누구야? 무슨 사람을 언제 보내서 우리 위치를 동네방네 소문내고 다녔는데? 답답한 마음에 더 추궁하려는데 뒷자리에 누워 있던 도화가 먼저 입을 열었다.

"스텔러바다소. 베링 해에 살다가 멸종한 대형 해양 포유류야. 언니한테 들었어."

아, 물론 그러시겠지. 그리고 베링 해는 알래스카와 러시아 사이에 있다. 펭란은 별장에 처음 방문했던 러시아 연구원의 심상찮은 눈초리를 떠올렸다. 러시아인들이 이곳에 온 이유는 멸종한 매머드를 복원하는 데 필요한 샘플을 구입하기 위해서였다. 그리고 LC, 르모니에의 아이들은 멸종 위기의 동물을 위해서라면 수단 방법을 가리지 않는 조직. 아마 르모니에 교수의 학계 동료도 그중에 있어서, 사라진 종을 되살려 내는 복제 기술이야말로 유일한 해답이라고 생각해 연구를 계속하다가, 도화가 돌린 메일을 받고 그 진의를 확인하려 했던 모양이지……. 매머드의 형질을 타고난 코끼리가 아니었더라면 애당초 일어날 수도 없는 기적이었다. 모든 가능한 노력을 했고, 재능을 짜냈으며, 거기에 더해 운까지 좋았기에 두 사람은 살아남았다. 죽음의 위기를 간신히 한 번 넘겼을 뿐이라고 해도.

"그래서, 이다음에는 어디로 갈 셈이지? 계획은 있나?"

"뭐야, 난 또 너네 집까진 데려다주는 줄 알았지. 내버려두고 갈 모양이네."

"착각하지 마라. 포카이카하가 없었다면 당장 네 녀석의 앞니를 뽑아 버렸을 테니. 여행 내내 호위해 줄 생각은 없지만, 전해 달라고 부탁받은 물건이 있으니 이거나 보고서 다음 행선지를 고민해 보도록."

그렇게 말하며 솔리테어는 허리춤에 찬 작은 가방을 풀어 뒷좌석으로 휙 던졌다. 펭란이 뒤를 돌아보는 가운데 도화는 가방 안에서 묵직한 달러 뭉치, 위조 여권, 각종 비인가 운송업체 연락처가 빼곡히 적힌 종이 등을 주섬주섬 끄집어냈다. 이 정도면 세상 어디로든 도망칠 수 있을 만한 자산이었다. 예상 외의 선물에 놀란 두 사람의 시선 앞에서 솔리테어가 어깨를 으쓱하며 말했다.

"이것도 건너건너 들은 얘기다만, 로키 녀석이 꽤나 놀랐다더군. 이렇게까지 하고 있을 줄은 상상도 못 했다나. 어느 국가로 향할 계획인지만 알려 주면, 그곳에서 가장 가까운 안전장소를 준비해 놓겠다는 모양이다."

'드디어'라고 속으로 외치며 도화는 이동장을 꼭 끌어안았다. 형용할 수 없는 기쁨이 마구마구 차올랐다. 누리 언니한테 소식이 닿았어. 이젠 꿈틀이를 돌려줄 수 있어. 책임을 다할 수 있어! 멀고도 외로웠던, 도무지 적응할 수 없었던 길의 끝이 보였다. 저 끝에 도달하고 나면 그 이상의 미련은 없었다. 사멸을 맞이할 수 있었다. 오래전부터 정해져 있었던 대로…… 그 사실이 조금, 아주 조금 아쉬운지도 모르겠다고 도화는 문득 생각했다.

한편 펭란에게도 솔리테어가 전한 제안의 내용은 분명 반갑기 그지없었다. 도화의 지인에게 신변을 의탁해 신디케이트의 손아귀에서 벗어나자는 것이 애초의 계획이었으니까. 바로 이 순간을 위해서 지금껏 별별 고생을 다 거친 셈이니까. 이제 남은 고민은 은신처의 위치를 고르는 것뿐이었다. 보스가 포기할 때까지, 아니면 평생 동안 죽지 않고 안전하게 틀어박혀 살아갈 장소를. 보글보글 떠오르던 수십 가지 선택지는 이내 하나로 수렴되었다.

"내가 갈 데야 정해져 있지. 홍콩 시내로 할게."

"홍콩은 아시아 야생동물 밀수업의 중추일 텐데. 조직의 눈을 피할 장소가 필요하다더니, 이제 와서 대체 무슨 생각이지?"

"뭐긴 뭐야, 계획 변경이지. 네 친구가 밀수 네트워크를 무너뜨릴 작정이라면서? 마침 나도 그쪽 사업에 관심이 좀 생겼거든. 친히 도와줄 테니까 냉큼 튀어 오라고 전해."

놀랄 만큼 당당한 펭란의 깜짝 선언에 분위기가 잠시 술렁였다. 꿈틀이와 이야기를 나누던 도화가 눈을 휘둥그레 떴다. 솔리테어조차도 예상치 못한 상황에 눈썹을 살짝 찌푸렸다가, 이내 작게 웃으며 대꾸했다.

"살려 달라고 엉엉 울기에, 앞으로도 계속 도망이나 다닐 줄 알았더니."

"입 닥쳐. 내 계획만 성공하면, 앞으론 너네 교수든 누구든 죄다 나한테 고개 조아려야 할걸."

"기대하겠다고는 빈말로라도 못 하겠군. 포카이카하한테 상처나 내지 마라."

펭란이 뭐라 더 쏘아붙이기도 전에 솔리테어는 몸을 돌려 숲속으로 사라져 갔다. 뭐, 어차피 더 이상 머뭇거릴 생각도 없긴 했다. 아직 위협이 남아 있을지도 모르는 이 지긋지긋한 숲을 어서 빠져나가고 싶었다. 운전이란 걸 어떻게 해야 하는지 기억을 되새기느라 시간이 좀 걸렸지만, 결국 펭란은 지프에 성공적으로 시동을 걸고서 구불구불한 길을 따라 전속력으로 나아가기 시작했다. 찬드의 별장이, 작은 전쟁이 벌어졌던 정글이 까마득하게 멀어져갔다. 그러는 동시에 펭란의 입에서는 절규 같은 후회가 점점 더 크게 터져 나왔다.

"아, 으, 내가 진짜 미쳤지!"

누군지도 모르는 녀석한테 애걸복걸해 안전하게 숨어 살 겠다는 계획이 겨우 성공했는데, 그걸 홀랑 내다 버리고서 한 다는 소리가 뭐라고? 누군지도 모르는 바로 그 녀석이랑 손을 잡고서 옛날에 몸담았던 조직을 무너뜨리겠다고? 기세를 타 고 내뱉은 헛소리만은 아니었다. 오히려 합리적인 결정에 가까 웠다. 진짜 죽을 위기에 처해 허겁지겁 도망쳐 본 뒤에야, 남 이 마련해 준 은신처에 숨어서 벌벌 떨어본 뒤에야 펭란은 비 로소 자신이 이런 상황을 견딜 수 없는 사람이란 사실을 깨달 았으니까. 이대로 평생 도망이나 다니다가 불안 속에서 비참 하게 생을 마감하는 것보다야, 차라리 기회를 붙잡았을 때 가 능한 한 빨리 승부수를 던지는 편이 나았으니까. 하지만 이제 겨우 목숨을 건진 직후였다. 승부수가 성공하리라는 보장은 전혀 없었다. 두려워 죽을 것만 같았고, 아무리 두려워해도 이미 엎질러진 물이었다.

"아, 꿈틀아. 방금 들었니? 코끼리 울음소리."

"코끼리고 나발이고 넌 좀 닥치고 있어 봐! 안정 취하라 는 말 아까 못 들었어?"

새삼 치밀어 오르는 짜증에 버럭 소리를 질렀건만 펭란은 입을 다물지 않았다. 게다가 이번에는 파충류한테 대고 중얼 거리는 것도 아니었다. 도화는 펭란에게 말하고 있었다. 방금 뭔가 대단히 중요한 걸 떠올렸다는 투로.

"누리 언니가 그랬어. 아프리카 코끼리의 엄니가 점점 작아지고 있대. 상아 때문에 계속 사냥당해서, 엄니가 크면 노려지기도 쉬우니까, 엄니가 작은 코끼리만 계속 자손을 남겨서. 현실에서 관측되는 진화야. 그렇게 들었어."

"알려 줘서 고맙다. 내 탓이라는 얘기 맞지?"

"적응하고 있단 얘기야. 사냥꾼이 우글거려도, 죽기 직전까지 몰려도, 어떻게든."

도화가 무슨 말을 하려는지 펭란은 비로소 눈치를 챘다. 듣기 좋은 말은 아니었다. 위로인 것 같기는 한데, 세상에 누가 위로를 저렇게 하냐. 다 죽어 가는 주제에 잠자코 좀 누워나 있지. 이번에는 죽을 뻔해서 엉엉 울었지만, 다음번에 또 이런 일이 생기면 그땐 더 잘할 수 있을 거야, 그런 무시무시한 소리를 듣고서 무슨 마음의 평안을 찾으라고. 그렇게 끝도 없이 속으로 투덜거리며 차를 모는 동안, 펭란은 컴컴한 숲 어딘가에서 울려 퍼지는 코끼리 울음소리를 얼핏 들은 것도 같았다.

어쩌면 매머드의 후손일지도 몰라. 태곳적부터 지금껏 살아남아 왔는지도 몰라.

그런 생각이 아주 잠깐 펭란의 머릿속을 스쳐 지나갔다.

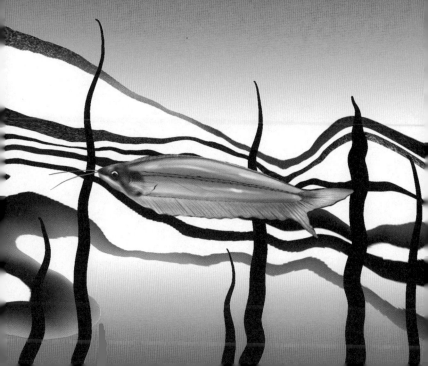

Chapter 5

위대한 죽음

"보자, 주소는 분명 여기가 맞는데……."

낡은 아파트 건물이 하늘까지 빼곡히 들어찬 홍콩 삼수이포의 주택가에서, 펭란은 여행 가방을 끌고 사거리 주변을 세 번째 빙빙 돈 끝에 이해가 안 된다는 듯 중얼거렸다. 홍콩은 펭란이 태어나 자란 고향인 동시에 사업의 주된 터전이었다. 업무차 다니는 지역이야 정해져 있었으니 방방곡곡을 손바닥 들여다보듯 안다고까진 할 수 없었지만, 그래도 건물 하나 찾아가는 것쯤이야 이렇게까지 어려울 일이 아니었다. 초조함에 괜히 몸이 달아, 펭란은 배낭 하나에다가 자기 이동장만 달랑 들고서 따라오는 도화의 눈치를 슬그머니 살폈다. 내구역인데. 내가 오자고 한 곳인데. 도착하자마자 길 안내 하나제대로 못 하고 있다니 이 무슨 부끄러운 모양새람. 동행인의 그런 복잡한 내적 갈등에는 아랑곳없이, 앞서 가던 펭란과 눈이 마주치자 도화는 대뜸 정곡부터 찔렀다.

"길 잃었어?"

"시끄러워! 틀림없이 이 건물이야. 저기 나오는 분한테 물어보고 올 테니까 좀 기다려."

하지만 현관에서 막 나온 노인과 몇 마디 나누어 봐도 상황은 그대로였다. 오래되어 외벽 곳곳이 얼룩덜룩한 이 잿빛 임대 연립주택은 단기 투숙객을 받는 곳도 아니었거니와, 애초에 지금은 빈방도 없다는 모양. 펭란의 머리가 아파 왔다. 인도에서 받은 돈과 정보를 이용해 이런저런 지하 루트를 옮겨 다니며 무사히 홍콩에 도착, 카이탁 크루즈 터미널의 아이스크림 노점상으로부터 LC라고 적힌 봉투를 받아 열어 보니 건물 주소 하나만 덩그러니 적혀 있었고, 여기가 그 로키라는 녀석이 마련해 준다는 안전장소인가 싶어 한달음에 달려와 보았건만 막다른 길에 부딪힐 줄이야. 설마 또 배신당했나? 뒤통수 맞는 데에도 슬슬 질리려고 하는데? 생각이 거기까지 치달을 때쯤, 이젠 낯익은 목소리가 등 뒤에서 불쑥 들려왔다.

"주소를 받았으면 잠자코 기다리기나 할 것이지. 꼭 그런 식으로 수상하게 기웃거려야 하나?"

"아, 우리 연쇄살인범 납셨네. 왜 너야? 얘 지인이 마중 나오는 거 아니었어?"

"로키는 본격적인 작전 준비 때문에 바쁘다더군. 누가 멋

대로 도와주겠다면서 성급하게 나서는 바람에 일을 계획보
다 서두르게 된 모양이다. 나한테는 심부름이나 부탁하면서
말이지.”

솔리테어의 대답에 펭란은 한참을 더 뭐라고 투덜거린 반
면, 도화는 즉시 납득하고서 묵묵히 고개만 끄덕였다. 누리 언
니가 마중을 나와 있으리라곤 애초에 기대한 적이 없었다. 그
럴 사람이 아니었으니까. 갑자기 말을 걸고, 갑자기 찾아오고,
또 갑자기 떠나가지만 결코 자신을 기다린 적은 없는 사람. 그
런 사람다운 일이었기에 도화는 오히려 누리 언니와 정말로
가까워졌다는 실감이 들었다. 곧 만날 수 있어, 조금만 더 버
티면 돼 하고 속으로 되뇌며 도화는 이동장을 손바닥으로 몇
번 토닥였다. 이제 그 잠깐 동안 버틸 장소만 있다면야.

“그래서 집은 어디야? 못 찾겠던데.”

“찾을 수 있으면 안전장소가 아니지. 이쪽이다. 최대한 자
연스럽게 따라오도록.”

여전히 불평을 늘어놓는 펭란을 뒤로하고서, 솔리테어는
연립주택 사이의 골목으로 척척 걸어 들어갔다. 볕이 들지 않
는 지저분하고 좁은 골목은 두 사람이 혹시나 싶어 한번 들어
가 본 곳이기도 했다. 그리고 솔리테어가 안내한 녹슨 비상계
단은 방금 전 펭란이 확인한 건물 바로 뒤편에 붙어 있었다.
분명히 방이 없다고 그랬는데? 펭란의 의구심을 읽은 솔리테
어가 목소리를 낮춰 설명했다.

"듣기론 원래 섬유공장이었다가 주택으로 무단 개조한 곳인데, 전 주인들이 증축한 공간을 벽으로 몇 등분해 각각에 세를 놓는 과정에서 정문으론 들어갈 수 없고 비상계단으로만 접근 가능한 방이 여럿 생겼다더군. 행정상 존재하지 않는 주소지이고, 이런 곳을 전문적으로 관리하는 사람들도 있지."

"연쇄살인범 전용 숙박 공유 서비스가 있다고? 와, 주택난이 낳은 괴물이구만. 살다 살다 홍콩 부동산 사정에 감사할 날이 올 줄은 몰랐네."

"우리만 이용하는 건 아니다. 신변이 위험한 내부고발자, 지하 언론의 탐사 기자, 그리고 드러내 놓고 활동할 수 없는 다른 시민단체 사람들도 종종 머물지. 최근 얼마 동안은 시위 때문에 방 잡기가 힘들었지만 지금은 마침 하나가 비었으니, 로키가 일을 마치고 데리러 올 때까진 여기 6층 방에 머물면 된다. 열쇠 여는 순서는 맨 위, 맨 아래, 중간 순이다."

열쇠를 받아든 도화가 문을 철컥철컥 여니, 침대와 TV와 화장실 등이 간신히 한 공간에 구겨져 들어간 단칸방이 그 너머로 나타났다. 빈말로라도 살기 좋은 곳은 아니었지만 잠금장치가 복잡하고 화재 대응 설비가 충실한 것이 안전장소라는 목적에 맞는 공간이긴 했다. 도화가 먼저 방에 들어가 가방을 던져 놓고 침대에 엎드리는 동안, 펭란은 현관에서 솔리테어를 붙잡고 몇 마디 더 따져 물었다.

"난 이런 쪽방에서 잠이나 자려고 온 게 아니거든. 도와주겠다고 말했잖아. 신디케이트를 공격하고 싶은 거라면 방법은 뻔한데, 준비하고 기다리고 할 일이 어디에 있어?"

"그렇지, 그 도와주겠다는 부분에 대해서 로키가 전해 달라고 한 말이 있다. '불렀으면 먼저 뭘 보여 주는 게 예의 아니냐'고 하던데."

아하, 그렇게 나오시겠다? 솔리테어의 전언이 어떤 의미인지 펭란은 모르지 않았고, 사실 예상했던 반응이기도 했다. 전직 야생동물 밀수업자인 너를 왜 믿어 줘야 할까? 사방에 빌붙어서 도망이나 다니던 주제에, 과연 네가 한때 몸담았던 거대 범죄조직과 정면으로 맞설 수 있을까? 로키는 그렇게 묻고 있었다. 이건 펭란을 향한 도발이었고, 동시에 비밀조직이라면 으레 있는 입단 시험이기도 했다. 각오와 능력을 보여봐라 이거지? 여기선 백 마디 말을 해 봐야 소용이 없다고 생각했기에, 펭란은 대답하는 대신 문을 쾅 닫고 방으로 들어갔다. 그러고는 솔리테어가 계단을 내려가는 소리를 들으며 몇 번 심호흡을 했다. 방금 전에도 말했듯이, 준비하고 기다리고 할 일은 더 이상 없었다. 행동에 나설 때였다.

"야, 조도화. 일어나서 나갈 준비 해. 옷 제대로 입고."

"어디 가는데?"

"큰일을 벌이기 전엔 뭣부터 해야겠냐. 고향 내려가서 어머니부터 찾아뵈어야지."

설마 이런 꼬락서니로 찾아뵙게 될 줄은 몰랐지만, 하는 말을 펭란은 굳이 덧붙이지 않았다. 벌써부터 구구절절한 하소연을 시작할 필요는 없었다. 어차피 좀 있으면 이 소리든 저 소리든 잔뜩 쏟아 내고 말 테니까.

✝

출발할 때는 날씨가 맑았는데, 버스에서 내릴 때쯤엔 하늘이 온통 흐리더니 목적지 근처에서는 급기야 굵은 빗방울이 뚝뚝 떨어졌다. 펭란은 비닐우산을 두 개 사서 하나를 도화에게 건넸다. 도착하려면 조금 더 걸어야 했다. 정면의 산비탈은 척 보기에도 경사가 가팔랐고, 어디를 보나 나무라고는 없이 묘비만 빽빽하게 솟아 있었다. 무덤과 무덤 사이를 가로지르는 돌계단을 따라 두 사람은 아무 말 없이 산을 올랐다.

빗물에 젖은 난간을 붙잡고 거의 산꼭대기 근처까지 올라온 뒤에야, 펭란은 붉은색 돌을 깎아 작은 사당 모양으로 꾸며 놓은 묘비 앞에서 발걸음을 멈추었다. 묘비 표면에는 돋을새김 장식이 화려했고 좌우에는 작은 코끼리 모양 조각상도 있었다. 코끼리의 시선을 따라 고개를 돌리면 산 아래의 주변 도시 전체가 한눈에 들어왔다. 그 풍경을 무심히 쳐다보던 도화의 어깨를 펭란이 잡아당겨 돌려 세웠다.

"인사드려. 우리 엄마야."

"높은 데 계시네."

"이래 봬도 여기가 수천 달러짜리 땅이야. 홍콩엔 자리가 별로 없거든. 아까 우리 방 꼬락서니 봤지?"

　세계 최고의 인구 밀도를 자랑하는 홍콩땅에서, 연립 맨션 구석에 어쩌다가 생긴 비좁은 방 정도면 둘이 지내기 비좁다고 불평할 만한 공간이 아니었다. 그런 방조차 마련할 수가 없어 옥상에 불법으로 세운 오두막, 혹은 사람 하나가 누울락 말락 한 넓이의 관짝 비슷한 단칸에서 거주하는 사람도 적지 않으니까. 산 사람을 위한 집조차 관짝이라 불릴 정도니 죽은 자들의 거주 사정도 만만찮기는 마찬가지. 전통적으로 도시를 내려다보도록 조성된 공동묘지는 무덤을 욱여넣을 대로 욱여넣어 꽉 찬 지가 오래였다. 이런 곳에 새로 시신을 안치하려면 수만 달러를 내야 했지만, 그마저도 운 좋게 빈자리가 생기지 않는다면 시도조차 해 볼 수 없는 일이었다. 하지만 펭란은 친척들이 모두 묻힌 이 묘지에 어떻게든 어머니를 모셨다.

　"원래는 거래처 사람 친척 어르신이 여기 계셨는데, 요새는 다들 납골당에 모시는 추세니까 이분도 옮겨 드리자는 얘기가 그쪽 가족들 사이에서 나왔거든. 논의 진행이 잘되도록 이래저래 돈을 좀 썼어. 매장 순번 앞당기느라 여기저기 찾아다니기도 했고. 이왕 하는 거 잘해 드리면 좋잖아."

　어머니를 이곳에 묻기 위한 여정은 고생스러운 기억으로 남아 있었지만, 후회는 한 번도 해본 적이 없었다. 펭란이 지금까지 누려 온 것들 대부분은 야심가였던 어머니에게 물려받은 유산이었으니까. 대대손손 운영해 온 약재상을 더욱 큰

물살에 과감히 띄워 상아부터 모피까지 가리지 않고 취급하는 사업으로 급성장시킨 사람. 센티넬라 신디케이트의 네트워크에 그 누구보다 먼저 뛰어들어 막대한 수익 창출의 가능성을 열어젖힌 사람. 그러는 과정에서 친척들의 압력을 견제하고 때론 제거하여 펭란이 무리 없이 조직을 물려받을 수 있게 길을 닦아 준 사람. 어머니가 쌓아올린 기반이 있었기에 지금까지 펭란은 줄곧 성공을 거둬 올 수 있었다. 하지만 오늘 어머니께 드려야 할 말은 그런 달콤한 성공 이야기가 아니었다. 빗물이 흘러내리는 묘비를 손끝으로 쓸며 펭란이 말했다.

"그랬는데, 나는 항상 그렇게 잘해 보려고 했는데, 지금 꼴을 봐. 사업은 내팽개쳤고, 돈도 다 없어졌고, 엄마 친구한테 배신도 한 번 당했고, 신디케이트는 내 목숨 노리는 중이고, 다 망했잖아. 엄마한테 물려받은 걸 죄다 날려먹은 거야."

처음에는 조금 잠긴 목소리로 읊조리는 한탄이었다. 하지만 여태껏 가슴속에 쌓아 두었던 이야기가 하염없이 흘러나올수록, 펭란의 혼잣말은 하소연이라기보단 어머니를 향한 결연한 선언에 점점 더 가까워졌다.

"더 나쁜 소식이 뭔지 알아? 여기서 끝이 아니라는 거야. 난 살고 싶어. 그 난리를 쳐 놓고도 부끄러운 줄 모르고 살아 있을 생각이야. 그런데 그러려면 내 힘만으로는 부족해. 엄마가 남긴 유산을, 엄마가 소중히 생각했던 걸 끝까지 짜내야지만 내가 목숨을 건질 것 같아."

"남은 유산이 있었구나."

"그래, 조도화. 이렇게까지 다 까먹고도 아직 남은 게 있어. 사업이 신디케이트에 넘어가는 과정에서 홍콩 뒷골목에 떨어진 부스러기지. 엄마는 그런 부스러기 하나조차 결코 낭비를 안 하는 분이셨거든. 내 계획이 뭔지 알아? 엄마가 아껴 놓은 그 자산을 총동원해서 보스한테 보란 듯이 한 방 먹이는 거야. 아주 아프게, 다신 날 건드릴 생각조차 못 하게, 그리고 네 지인한테도 확실히 인정받을 수 있게."

이것이 펭란이 던지려는 승부수였다. 남은 모든 여력과 자산을 전부 끌어모아 센티넬라 신디케이트에 가능한 한 뼈아픈 타격을 입힐 작정이었다. '나는 아직 조직을 위협할 힘이 있으니 더는 뒤쫓지 말라'는 경고를 전달하기 위해서, 그리고 업계를 뒤집어 놓겠다는 로키의 음모에 힘을 보태기 위해서. 그 잘난 음모가 정말로 신디케이트를 무너뜨릴 수 있으리라곤 생각하지 않았다. 펭란에겐 전혀 중요한 사안이 아니었다. 조직에 확실히 경고 메시지를 전하고 LC에 인정받을 수만 있다면야, 그리하여 더 이상 죽음의 공포 속에서 도망칠 필요 없이 마음 놓고 지낼 수만 있다면야.

"이 얘기 하려고 왔어. 적어도 딸이 이제부터 뭘 하려는지는 알고 계셔야 하잖아. 딸 인생 작살낸 사람 얼굴도 겸사 겸사 좀 보시고 말이지. 그렇잖아도 앞으로 얘랑 같이 마지막 유산 털어 먹을 작정인데."

"나랑 같이?"

갑작스레 자신을 가리키는 손짓에 도화가 가볍게 놀라 물었다. 그럼 설마 아무것도 안 하고 있을 작정이었어? 무심코 헛웃음이 나올 뻔했지만, 펭란의 승부수가 먹히려면 도무지 뜻대로 움직여 주지 않는 이 녀석의 협력이 반드시 필요했다. 그렇다면 지금은 비난이나 퍼부을 때가 아니었다. 목을 한 번 가다듬고서 진지하게 손을 내밀 때였다.

"조직에 이빨이라도 어떻게 박아 넣으려면, 먼저 이쪽 업계 돌아가는 정보를 좀 모아야 돼. 내가 발품을 팔면 제일 좋겠지만 그럼 보스한테 들킬 거 아냐? 그러니까 부탁해, 조도화. 앞으로 며칠 동안만 나 대신 시장 좀 돌아다녀 줘."

도화의 얼굴에 옅은 당혹감이 스쳤다. 그야 그렇겠지. 사람 만나고 다니는 일에 자신이 있어 보이진 않았으니까. 굳이 자길 납치한 사람의 생존 전략을 도와줄 필요 없이, 이대로 방에 콕 박혀 있기만 해도 언젠가는 자기 지인이랑 만날 수 있을 테고. 협력의 기본은 상호 이득이다. 그리고 현재 펭란이 도화에게 제시할 수 있는 이득은 이것뿐이었다.

"날 여기까지 몰아넣은 책임을 지란 얘기가 아냐. 그냥, 네 지인도 지금쯤 여기 어디서 열심히 신디케이트 공격할 준비 하고 있을 거 아냐? 낯선 사람이 그러고 다니면 소문이 나기 마련이라고. 그러니까 혹시 시장에서 그 누리 언니란 사람 얘기를 들을 수 있을지도 모르지. 궁금하지 않아? 도대체 무슨 대단한 계획을 꾸미는 중이기에, 네가 그 고생을 해 가면서 여기까지 왔는데 마중 한 번을 안 나오는지?"

"언니는 원래 그랬어. 이상할 거 없어. 나는 알아. 기다리면 돼."

"앉아서 기다리기만 하면 된다고? 그러면 네 지인이 지금까지 있었던 일, 지금까지 다녔던 곳, 뭐 그런 걸 죄다 시시콜콜 다 말해 줄까? 너한테 떠맡긴 파충류가 뭔지도 말을 안 해준 사람이? 그 파충류 하나 때문에 네가 지금껏 무슨 일을 겪었는지 생각해 봐. 너는 그 누리 언니란 사람에 대해 뭐든 알아낼 자격이 있어. 왜 자기 동료들 내버려 두고 너한테 포카이카하를 맡겼는지, 왜 서식지에 안 돌려 놨는지, 여태껏 연락도 없이 뭘 하고 있었는지. 전부 네가 알아야 하는 일이잖아. 그리고 지금이 아니면 영영 모를 수도 있잖아."

여기까지 말을 쏟아내고서 펭란은 가쁘게 숨을 골랐다. 도화는 말이 없었다. 무슨 생각을 하는지도 알 수가 없었다. 답답하게, 나라면 진작에 못 참고 화를 냈을 텐데, 빗속에 저렇게나 멍청하게 서서는 도대체 어떻게 나올 작정인지…… 마침내 그 입술 사이로 흘러나온 대답은 발아래의 진창만큼이나 작고 탁했다. 하지만 그건 분명 펭란이 기다리던 대답이기도 했다.

"알려 줘. 어떻게 하면 되는지."

"당연한 소릴. 가 볼 장소, 만날 사람, 처음으로 건넬 인사

말까지 오늘 싹 가르쳐 줄게. 시장 동향 얘기든, 네 지인 얘기든 원하는 만큼 듣고 올 수 있게. 그러니까, 이래저래 귀찮겠지만, 당분간 잘 부탁해."

그렇게 말하면서 펭란은 씩 웃었고, 도화는 고개를 몇 번 조용히 끄덕였다. 두 사람 사이에 찾아온 침묵을 메우듯이 빗방울이 한층 거세게 우산을 때렸다. 흠뻑 젖어 반짝이는 묘비 앞에서 발을 떼기 직전까지 두 사람은 서로의 눈을 한동안 들여다보았다. 마침내, 겨우 수십 초 동안이나마, 어떤 적의도 의심도 원망도 없이.

†

두 사람의 협력이 본격적으로 시작된 것은 다음 날 아침부터였다. 삼수이포의 안전장소를 나서며 도화는 연신 뒤를 힐끔힐끔 돌아보았다. 전날 펭란이 이것저것 적어 준 수첩의 무게가 어색했다. 항상 안고 있었던 이동장의 빈자리가 허전해 발이 쉽사리 떨어지질 않았다.

"안 나갈 거야? 꿈틀이 밥 제때 준다니까?"

그 재촉을 듣고 나서야 도화는 비로소 계단을 향해, 홍콩 야생동물 밀수업계의 그늘을 향해 한 발짝을 내딛었다. 세계 시장과 중국을 잇는 가교인 홍콩은 지난 5년 동안 알려진 것만 코뿔소 수십 마리, 코끼리 수천 마리, 거북 수만 마리에 상당하는 상품이 몰래 지나간 세계 최대의 암거래 현장이기도 했다. 조직범죄 척결의 기치를 내건 경찰조차 최근까지 이러한 밀수업을 범죄조직의 활동과 연결 짓지 못했고, 그렇게 방치된 틈새마다 흘러 들어온 검은 돈이 오랜 세월에 걸쳐 수백 갈래의 복잡한 강과 냇물을 만들었다. 현재 그 흐름을 지배하는 힘은 명실공히 센티넬라 신디케이트였지만 결코 모든 지류를 속속들이 통제할 수는 없었다. 홍콩의 어지러운 뒷골목처럼 밀수업계에는 무수히 많은 샛길이 있었다. 홍콩섬 북서부 성완 지역에 도착한 도화의 목적지 또한 그런 샛길 중 하나였다.

성완 곳곳의 유서 깊은 거리에는 건어물이며 약재를 파는 가게가 즐비했다. 도화가 발을 옮기는 곳마다 마른 오징어에서 제비집까지 갖가지 상품이 주렁주렁 걸려 있었고, 이국적인 풍경을 좇는 관광객들이 이따금씩 한약 냄새 사이로 카메라를 들이밀곤 했다. 하지만 그래서는 이 한적한 관광지의 진짜 가치를 결코 제대로 알아볼 수 없었다. 겉으로는 인삼 전문점처럼 보이는 윙록 거리의 한 소매상점 안으로 들어서며, 도화는 펭란이 가르쳐 준 내용을 머릿속으로 다시 한 번 빠르게 읊어 보았다. 가게 주인이 웃으면서 다가와 인사를 건넸다. 좋아, 심호흡 하고, 준비한 대로.

"원숭이 뼈 찾는데요."

가게 주인의 얼굴이 사뭇 진지해졌다. 도화는 대답을 기다리지 않고 말을 이었다.

"검은볏긴팔원숭이. 여기서 팔죠? 코뿔소 뿔도요. 소개받고 왔어요."

"……안쪽으로 들어오시겠습니까. 금방 차를 준비하겠습니다."

과연 펭란이 말한 그대로였다. 이곳에서 검은볏긴팔원숭이 뼈와 코뿔소 뿔을 취급한다는 사실은 소수의 단골밖에 알지 못하는 정보. 즉 문제의 두 약재를 구입하겠다고 정확히 짚은 손님은 자연히 단골의 소개를 받고 온 VIP로 여겨지기 마련이었다. 신디케이트 체제 아래에서도 성완의 약재상들이 여전히 전통적인 단골 장사를 버리지 않았다는 사실을 펭란은 잘 알았다. 어머니가 구축해 둔 커넥션을 충실히 유지하며 업계의 대소사에 언제나 촉각을 곤두세웠다. 이 거리의 뒷골목에서 거래되는 보물은 약재뿐만이 아니었으니까. 소문은 돈보다 빨리 유통되고, 거래 장부 위에서는 보이지 않고, 토박이들이 직접 말해 주지 않으면 결코 들리지 않는다. 그리고 토박이들의 목소리를 듣기 위해선 먼저 그들의 세계에 받아들여질 필요가 있었다. 이를테면 이런 식으로.

"할머니가 아파요. 원래는 브로커가 약을 이것저것 갖다줬는데, 최근에 연락이 끊겼죠. 가게 위치만 알려 주고서. 그래서 직접 왔는데, 원하는 걸 찾기가 쉽지 않네요."

어느 약재상이든 최근에 연락이 끊긴 브로커가 한두 명쯤은 있으리라는 것도 펭란의 계산이었다. 자신이 도망치는 바람에 홍콩의 약재 거래 전체가 적잖이 흔들렸을 테니까. 부하들이 어떤 고생을 하는 중인지 찬드의 별장에서 일부러 소식을 전해 듣기도 했으니까. 떨쳐지지 않는 죄책감의 발로가 결과적으로는 소중한 정보를 가져다준 셈이었다. 사업은 아직 정상화되지 않았다. 여러 약재상이 단골 판매처를 잃었다. 이런 상황에서 약재를 '이것저것' 구하는 고객이 때마침 하나 등장한다면?

"어디 보자. 대왕쥐가오리 아가미를 구하시는군요. 본햄 거리에 있는 이 가게가 마침 물량을 꽤 확보했을 텐데, 제 소개로 왔다고 말씀하시면 아마 흥정이 될 겁니다. 토토아바 부레는 요새 멕시코 사정이 좋지 않아서 가격이 좀 나가지요. 코싱 골목에서 일하는 제 사촌동생이 이쪽 정보통이니 한번 물어보겠습니다. 아, 그래서 원숭이 뼈는 혹시나 오늘 바로……"

"아뇨. 홍콩 떠날 때 한 번에 사죠. 그럼 이만."

펭란이 만들어 준 기회를 도화는 조금도 낭비하지 않았다. 사전에 알아 둔 가게, 새로 소개받은 가게를 바삐 오가며 거짓말을 던지고 귀를 기울였다. 첫날은 사람만 잔뜩 만났을 뿐 이렇다 할 소득이 없었다. 하지만 다음 날에는 본햄 거리의 건어물상에서 통화 내용을 엿들을 수 있었고, 그다음 날에는 초대받은 점심식사 자리에서 벌어진 말싸움을 지켜보기도 했다. 더 좋은 물건을 구할 수 없는 이유를 설명하면서, 연락이 끊긴 브로커를 찾아 주겠다고 제안하면서 언뜻 업계 내부 정황을 홀리는 상인들도 있었다. 그리고 주말이 지나갈 때쯤, 안전장소로 돌아가는 도화의 머릿속엔 펭란이 필요로 했던 바로 그 정보가 입력된 채였다.

"코뿔소 뿔 입고가 늦어질 거라 그랬다고? 24일에 콰이칭으로 들어오는 루트가 죄다 예약돼 있어서? 잘했어, 조도화! 이거면 할 수 있겠어!"

"이제 끝이야? 더 안 나가도 돼?"

"아니, 날이 정해졌으면 이제 사람을 모아야지. 조금만 더 고생해 줘."

다음 날부터 도화는 성완의 관광지로 향하지 않았다. 대신 일반 가정집을, 항만 노동자 숙소를, 불법 마작판을 차례로 방문하며 만나는 사람마다 펭란의 메시지를 전했다. 수염이 무성하게 난 남자는 도화의 말을 듣자 심하게 혼란스러워했다. 온몸에 문신을 한 여자는 반대로 기뻐서 어쩔 줄을 몰랐다. 마음을 정할 때까지 잠깐 말미를 달라고 부탁하는 사람도 있었다. 펭란은 참을성 있게 기다렸다. 도화가 전원의 대답을 빠짐없이 모아올 때까지, 밤이 늦어도 먼저 잠드는 일 없이, 바다에서 사료를 아작아작 씹는 꿈틀이에게 가끔씩 말을 걸기도 하면서. 불안한 기다림은 사흘이 지난 뒤 자정쯤에 비로소 끝을 맞이했다.

"다 모여서 얘기하고 있더라. 약속 장소에서 보자는데. 일주일 뒤에."

방에 돌아오자마자 일단 꿈틀이부터 쓰다듬던 도화의 전언에, 펭란은 겨우 온몸의 긴장을 풀며 침대 위로 풀썩 엎드렸다. 아직 일이 끝나려면 한참 멀었다는 사실을 모르지는 않았다. 하지만 지금의 기분은 그 이상으로 각별했다. 어머니가 홍콩에 남긴 최후의 유산이 마침내 부름에 응해 주었다는 이 안도감을, 펭란은 다만 이런 말로밖에 표현할 수가 없었다.

"역시 고향에 오니까 좋네."

✝

그로부터 일주일 뒤 한밤중, 약속한 시간이 가까워 오자 콰이칭 화물 터미널에 인기척이 하나둘씩 모여들었다. 입구 근처에 숨어 망을 보는 사람도 있었고, 손전등을 든 채 터미널 여기저기를 바삐 쏘다니는 사람도 있었다. 그 손전등 불빛이 몇 번 깜박이는 것을 신호 삼아, 이번에는 줄지어 선 컨테이너 사이에서 한 무리의 괴한이 나타났다. 선두에 선 사람은 자물쇠 절단기를 든 여자였다. 여자는 조금의 주저함도 없이 컨테이너의 문을 하나씩 열어젖혔고, 이어서 우르르 몰려 들어간 괴한들은 곡물 포대며 버섯 상자 따위를 바깥으로 마구 내던지길 반복했다. 입구 쪽에 쌓인 물건은 위장 용도에 지나지 않았다. 진짜 상품은 그 안쪽에 들어찬 마대자루 속에 있었다. 괴한 하나가 나이프를 꺼내 자루를 쭉 찢자, 말라비틀어진 커다란 갈색 비늘이 그 틈으로 우르르 쏟아졌다. 다른 자루의 내용물을 확인해 봐도 전부 마찬가지였다.

"어우, 요새는 이렇게 잔뜩 들여오나 보네. 여기 이게 다 천산갑 비늘이라고?"

컨테이너 바깥까지 흘러나올 정도로 쌓인 비늘을 한 움큼 집어 들며 괴한이 중얼거렸다. 천산갑 비늘이 귀중한 한약재라는 사실은 누구나 알고 있었다. 수요가 워낙 많은 탓에 그 가격이 킬로그램당 최소 수백 달러, 암시장에서는 수천 달러까지 호가할 지경이라는 사실도. 전체 야생동물 밀수 거래량의 20%를 차지하는 동물. 이른바 '인간 다음으로 가장 많이 거래되는 포유류'. 단단한 비늘로 몸을 감싸 오랜 세월 동안 천적의 위협을 효과적으로 피해 온 천산갑도 시장경제의 발톱으로부터는 도망칠 수 없었다. 여러 개의 컨테이너에 나눠 담긴 수십 톤 분량의 천산갑 비늘이야말로 센티넬라 신디케이트의 핵심 상품이었다. 도화가 성완 거리를 헤매며 물어다 준 정보는 정확했다. 조직이 다루는 수많은 상품 가운데서도, 콰이칭을 전세 내면서까지 들여와야 할 만큼 양이 많은 것은 단 하나뿐이니까.

"차 도착했으니까 다들 모여요! 빨리 끝내고 누님한테 보고드립시다!"

트럭 한 대가 바닥에 흩뿌려진 비늘을 짓밟으며 멈춰 섰다. 곧 괴한 서너 명이 달려와 화물칸에 빼곡히 쌓인 플라스틱 기름통을 바닥으로 내리기 시작했고, 나머지 인원들은 그렇게 내린 통을 집어 들고서 다시 일사불란하게 컨테이너로 향했다. 휘발유 냄새가 서서히 밤의 공기 속으로 퍼졌다. 쏟아진 비늘 위에, 산더미처럼 쌓인 마대자루 위에 기름이 빈틈없이 끼얹어져 번들거렸다. 이곳에 모인 사람들에게는 그리울 만큼 익숙한 광경이었다. 지시를 듣지 않고 독단적으로 움직이려는 친척들을 견제하기 위해, 경쟁 조직에 타격을 입혀 원하는 밀수 루트를 독점하기 위해 한때 펭란의 어머니는 이들을 종종 고용하곤 했으니까.

옛날이야기였다. 내부 숙청이 끝나고 센티넬라 신디케이트가 조직간 중재를 전담하게 된 이후로는 그런 과격한 사업 전략을 쓸 일이 없었다. 그럼에도 펭란의 어머니는 오래도록 수고해 준 업자들에게 조금씩이나마 꾸준히 성의를 보였고 펭란 또한 마찬가지였다. 매년 잊지 않고 선물을 전달했으며 결혼식과 장례식에도 부하를 꾸준히 보냈다. 빚을 대신 갚아 준 적도 여러 번 있었다. 그렇게 쌓인 신뢰야말로 펭란의 어머니가 저축해 둔 마지막 유산이었다. 한 번만 더 예전처럼 일해 달라는 말에 즉시 달려와 준 사람들이었고, 센티넬라 신디케이트와의 사투에서 펭란이 휘두를 수 있는 유일한 무기였다. 이들이 조직의 돈줄 수천만 달러를 잿더미로 만들고 나면 보스도 상황을 파악하겠지, 더는 건드려선 안 된단 걸 깨닫겠지, 그런 펭란의 계획이 이제 실행을 앞두고 있었다. 필요한 것은 작은 불씨뿐이었다.

"준비 벌써 끝났나? 불 놓기 전에 잠깐만 기다려 보쇼. 이
거 좀 챙겨가게."

"참 나, 아저씬 가방까지 가져오셨어요? 하튼 옛날부터 변
한 게 없으셔."

"어차피 태울 거 아뇨. 요새 풍증이 좀 있었는데 마침 잘
됐지."

능청스럽게 둘러대는 말에 몇몇은 헛웃음을 토했지만, 좋
은 생각이라는 듯 급히 기름 묻은 비늘을 주머니에 쑤셔 넣
는 사람도 서너 명은 있었다. 길지 않은 소란이었다. 끝까지
부수익을 챙기려던 마지막 한 명까지 컨테이너에서 물러나
자, 다음으로는 덩치 큰 남자가 앞으로 나서 일회용 라이터
를 꺼냈다. 이대로 불을 켜고, 비늘 무더기 한가운데에 던지
기만 하면……

그 순간 총성이 군중 속을 꿰뚫고 지나갔다.

라이터를 든 남자의 몸이 비틀거리다가 곧 고꾸라졌다.
불꽃이 아닌 혼란과 공포가 삽시간에 온 사방으로 퍼졌다. 가
장 먼저 사태를 파악한 사람들이 황급히 소리 방향으로 고개
를 돌렸지만, 습격자는 자신이 야기한 소동을 틈타 진작에 몸
을 감춘 뒤였다. 설마 아직도 우리 사이에 있나? 보이지 않는
범인의 존재가 무리를 뿔뿔이 흩어 놓았고, 곳곳에서 차례차
례 비명이 울려 퍼지기 시작했다. 칼날이 번뜩이며 지나가는
가 싶으면 누군가가 목에서 피를 뿜으며 엎어졌다. 덜덜 떨며

휴대전화를 꺼내려던 손이 낚아채이더니 그 직후 머리가 땅바닥에 처박혔다. 눈 깜짝할 새에 다섯 명이 당했고 그 몇 배나 되는 사람이 줄행랑을 쳤다. 여섯 번째 희생자가 컨테이너 사이로 끌려 들어가는 모습을 보고서야, 비로소 남은 인원이 무기를 들고 반격에 나섰다.

"저쪽이다! 놓칠 것 같나!"

한 사람이 그렇게 고함을 치며 달려가자, 다른 업자들도 일제히 어두컴컴하고 비좁은 통로 안쪽으로 향했다. 하지만 이것조차 상대방이 의도한 대로였다. 일렬로 지나갈 수밖에 없는 통로에서는 수적 우위도 소용이 없었고, 무기를 휘두르기에도 공간이 지나치게 협소했으며, 사냥 준비는 이미 마쳐 둔 뒤였으니까. 쇠파이프를 휘두르려던 일행의 선두가 배에 칼을 맞고 쓰러졌다. 다음으로 다가오던 둘의 가슴과 머리를 노리고서 총구가 불을 뿜었다. 자포자기하듯 던진 망치는 동료의 시신에 막혀 튕겨 나왔다. 계속 나아가려는 사람과 뒤늦게 몸을 돌려 도망치려는 사람이 얽혀 컨테이너 틈새는 곧 아수라장으로 변모했다. 2분 정도 지났을까, 만신창이 꼴로 간신히 숨만 붙은 업자 하나가 그 사이로 내팽개쳐져 굴러 나왔다. 음산하게 메아리치는 목소리와 함께.

"제 주제도 모르는 꼬맹이가, 이런 어중이떠중이들을 데리고서 잘도 큰일을 벌이려고 했군."

그렇게 말하면서 습격자 성부는 그림자로부터 서서히 모

습을 드러냈다. 가슴께에 걸린 십자가 목걸이가 핏물을 머금고 반짝였다. 옷이며 얼굴도 마찬가지로 온통 피범벅이었지만, 정작 성부의 몸에는 상처 하나 보이지 않았다. 시시한 싸움이었다. 아직까지도 도망치지 않고 남아 어물쩍거리는 자들까지 처리하는 일도 어려울 것은 없었지만, 성부는 그러는 대신 바닥에서 꿈틀거리는 희생자를 획 끌어올려 그 목에 칼을 들이댔다. 이런 별 볼 일 없는 깡패들을 학살하려고 홍콩까지 온 것이 아니었다. 진짜 사냥감은 따로 있었다.

"네놈들의 의뢰주를 만나야겠다. 어디에 숨었는지 순순히 털어놓아 주실까."

"절대로 그, 그럴 수는,"

"대답이 늦어."

성부의 다른 한 손이 희생자의 어깨를 뽑아낼 듯 뒤틀었다. 알아들을 수 없는 절규가 퍼져 나가자 다른 사람들의 얼굴까지 하얗게 질렸지만, 정작 성부의 태도는 기계적이라 해도 좋을 정도로 묵묵했다. 오래전부터 해 온 일이었다. 사냥감의 도주 경로를 추측해 뒤쫓는 것도, 포로를 무자비하게 심문해 동료의 위치를 불게 하는 것도. 신디케이트의 천산갑 비늘 밀수 루트를 뒤따라온 것이 정답이었다. 다음 목적지 또한 곧 정해질 예정이었다. 인질의 사지 관절 마디마디를 부수다 보면 언젠간 심문당하는 본인이든, 덤빌 용기도 없이 머뭇거리는 똘마니 중 하나든 누군가는 입을 열 테니까.

"현명하게 선택해라. 자, 그럼 다음은……"

"다 좋은데 불이나 좀 켜고 해. 안 어두워?"

이건 예상 밖의 목소리였다. 즉각 등 뒤를 돌아본 성부의 눈에 작은 라이터 불빛이 비쳤다. 미소 띤 얼굴을 살짝 드러내는가 싶더니, 금방 한쪽으로 홱 날아가 버리는 불빛. 미처 대응할 새도 없이 그 빛은 무럭무럭 자라나더니 삽시간에 거대한 화염이 되어 컨테이너를 집어삼켰다. 수천만 달러어치의 주홍빛 조명 아래에서 성부는 비로소 목소리의 주인, 한참 동안 뒤쫓아 온 사냥감, 리 펭란을 똑똑히 보았다. 상대방을 도발하려는 듯 웃으며 서 있던 펭란은 시선이 마주치자 즉시 부리나케 몸을 돌려 달아나기 시작했다. 온 힘을 다해 외치면서.

"너네들 일 끝났잖아! 안 도망치고 뭐 해!"

주저하면서도 결국 뿔뿔이 흩어지고 마는 잔챙이들을, 간신히 풀려나 비틀비틀 몸을 피하는 인질을 성부는 더 이상 신경 쓰지 않았다. 대신 정면의 사냥감을 향해 똑바로 질주했다. 펭란도 필사적으로 달리고는 있었지만 그래 봐야 허약한 뜀박질이었다. 겨우 5초 남짓 되었던 추격전은 성부의 손이 사냥감의 목을 잡고 힘껏 내던지면서 끝났다. 천산갑 비늘이 흩어진 바닥 위로 펭란의 몸이 데굴데굴 굴렀다. 그래도 다시 일어나 보려 버둥거리는 오른쪽 무릎을 향해 성부의 권총이 천천히 다가갔다.

"어딜 그렇게 급히 가나, 꼬맹아. 우린 나눌 얘기가 아주 많지 않으냐……."

한 번, 두 번, 총알이 다리 곳곳을 꿰뚫을 때마다 펭란의 전신이 꼴사납게 경련했다. 부질없는 몸부림에도 아랑곳 않고 성부는 사냥감의 도주 수단을 철저하게 망가뜨려 나갔다. 얼마든지 목숨을 끊을 수도 있었지만 지금은 때가 아니었다. 고통에 찬 비명마저 서서히 잦아들자, 비로소 성부는 손에서 총을 놓고 희미하게 꿈틀대는 펭란의 발목을 대신 붙들었다. 축 늘어진 몸은 조금의 저항조차 없이 힘을 주는 대로 질질 끌려갔다. 반쯤 그을려 흩뿌려진 비늘에 뺨과 팔을 베이고 찢기면서. 무수히 많은 천산갑 시체가 토해 내는 화염을 초점 잃은 눈으로 바라보면서.

그래도 이게 최선이었어. 할 만큼은 했잖아.

재와 먼지 가득한 바람에 실려, 펭란의 마지막 혼잣말이 어둠 속으로 흩어졌다.

✝

텔레비전 안의 불길은 잦아들 기미가 전혀 보이지 않았다. 사방에서 뿌려 대는 물줄기에도 불구하고 검은 연기는 화면 너머의 아침 햇살을 가리려는 듯 뭉게뭉게 피어올랐다. 현장에 나간 기자의 말소리 또한 안전장소의 작은 방 안을 가득 채웠지만, 탁자 위에 엎드려 있던 도화의 귀는 그 다급한 외침을 대수롭지 않게 흘려보냈다. 화재는 제때 일어났고, 지금은 오전 10시였으며, 임무를 완수하자마자 바로 돌아오겠다던 사람은 아직까지도 감감무소식. 그렇다면 상황이야 지금 뻔했다. 반복되는 사건 영상에 흥미를 잃어버린 도화의 시선이 방 여기저기를 떠돌다가, 이내 커튼 그림자 아래에 소리 없이 서 있던 다른 한 사람의 얼굴에 가서 닿았다. 화재 소식이 보도되기 시작하던 자정쯤에 불쑥 찾아와, 안전장소에 단둘이 남겨진 꿈틀이와 도화를 밤새 지켜 준 사람이었다.

"걱정하고 있나?"

도화와 눈이 마주친 솔리테어가 나지막이 물었다. 대답은 짧고 무덤덤했다.

"딱히. 어차피 안 죽을 거랬어."

"믿는 구석이 있나 보군."

"걔네 보스가 희귀종 거래에 집착해. 꿈틀이 위치 말해 주기 전까진 자길 못 죽일 테니까, 잡혀 가도 입 다물고 버티면 된다더라."

버티는 동안 무슨 꼴을 당할지에 대해서도 펭란이 한참 불평했던 것 같았다. 신경 쓸 일은 아니었다. 적어도 조직의 자금줄에 불을 놓는 데까지는 성공했고, 그렇다면 희귀동물 밀수업계를 무너뜨리겠다는 누리 언니의 작전에도 힘을 보탠 셈이니, 이제 모든 일이 마무리될 때까지 안전장소의 위치만 잘 함구해 준다면야 도화로서는 더 바랄 것이 없었다.

"당분간만 안 들키면 돼. 일 끝나면 누리 언니가 데리러 온댔어."

"그럼 계속 여기에 머물 생각인가?"

"할 수 있는 일이 없잖아. 나 혼자고, 아는 것도 없는데.
누리 언니 기다려야지. 방에서 꿈틀이 돌보는 건 그래도 해 봤
으니까 괜찮아."

그렇게 말하면서 도화는 애써 메마른 미소 비슷한 표정
을 지어 보였고, 솔리테어는 한동안 입술만 깨물 뿐 아무런
말도 하지 않았다. 어색한 고요가 둘 사이의 공간을 채우기
시작했다. 조금씩, 조금씩, 하지만 아직 도화에게는 용건이 하
나쯤 남아 있었다. 완전히 차오르기 직전의 고요 속으로 마지
막 질문이 불쑥 튀어나왔다.

"너도 기다릴 거야?"

"로키를 말인가? 난 너희를 도와 달라는 부탁을 받은 것
뿐이다. 앞으로 그 녀석이 어떻게 밀수업자놈들을 공격할 생
각이든, 결국 나는 내 방식대로……"

"그럼 관심 있겠네. 약재상 다니면서 들은 소식이 있어. 열
심히 모아 왔는데, 나한텐 이제 쓸모가 없어서."

갑작스러운 제안에 솔리테어의 말이 멈췄다. 기대했던 반
응이었다. 시장에서 누리 언니에 대한 소문을 들을 수 있을지
도 모른다고 펭란은 말했지만, 실제로 단서가 아주 없었던 것
도 아니었지만, 자신의 머릿속에 찌꺼기처럼 남은 정보를 더
욱 반길 사람이 있다는 걸 도화는 모르지 않았다. 지금껏 야

생동물 밀수업자들을 뒤쫓아 온 솔리테어라면 분명 잘 써 주겠지. 아무것도 할 줄 모르는 부외자를 대신해서. 쓸데없는 미련이 남지 않도록. 힘빠진 몸이 테이블 위로 다시금 털썩 무너졌다. 이렇게나 기묘하리만치 익숙한 기분으로 목적지까지 남은 몇 걸음을 걸어갈 수 있다면, 딱히 나쁘지 않을 것 같았다.

"끝까지 할 일 해야지. 누리 언니도 열심히 하고 있으니까."

엎드린 도화의 입술 사이에서 자그마한 선언이 주르륵 흘러나왔다. 지금까지처럼 활약해 줄 솔리테어를 격려하기 위해서. 그리고 스스로의 결심을 똑똑히 마음속에 그려 넣기 위해서.

✝

솔리테어로서는 전혀 예상치 못한 일이었다.

콰이칭 화물 터미널에서 발생한 화재 소식을 듣자마자 안전장소로 달려간 것은, 순전히 무지개꼬리 포카이카하의 안전이, 정확히는 포카이카하의 보호자가 벌일 짓이 걱정되었기 때문이었다. 오직 로키를 찾아내겠단 일념 하나로 주변 사람들을 죄다 끌어들여 온갖 무모한 일에 몸을 던져 온 녀석이었다. 이런 녀석에게 포카이카하를 맡긴 옛 동료의 판단을 솔리테어는 여전히 존중했지만, 쭉 붙어 다니던 밀수업자놈마저 사라져 마지막 사슬까지 풀렸다면 얘기가 조금 달랐다. 로키한테 가야겠다며 또 무슨 수작을 부릴지 모르니, 그 전에 최소한 포카이카하만이라도 서식지로 안전히 돌려보내 놓을 심산이었다. 하지만 정작 안전장소에서 만난 도화의 모습은 그런 각오를 무색케 했다. 지금까지의 그 위험천만한 행동력은 온데간데없이, 솔리테어의 눈에는 다만 차분한 무력감밖에 비치지 않았으니까.

문제는 그런 태도로 들려준 정보의 내용이었다.

도화가 순서 없이 늘어놓은 이야기가 전부 유의미했던 건 아니었다. 윙록 거리의 터줏대감이 둘째 증손자를 보았다는 소식 따위가 대표적이었다. 널리고 널린 종의 개체 수가 하나 늘어났을 뿐인데 그게 뉴스가 된단 말인가? 다만 그 시시한 개체군 사이에서 오가는 돈의 흐름만큼은 귀를 기울일 가치가 있는 단서였다. 그렇기에 토토아바 부레를 취급하는 코싱 골목의 젊은 약재상이 저녁식사 자리에서 떠들었다는 말을 솔리테어는 흘려듣지 않았다.

"운수가 트였으면 해서 금붕어 시장의 닥터 창한테 아로와나를 샀는데, 가게에 가 보니까 못 보던 고급 다완이 있더래. 심상찮은 물건을 세탁해 준 게 분명하다더라."

야생동물 밀수업계에서 세탁이란 동식물을 수출입할 때에 필요한 각종 인증서를 위조하는 작업을 뜻했다. 주된 수법은 야생에서 잡힌 멸종위기종을 합법적으로 포획 번식된 개체로 속이는 이른바 'C스캠'. 이런 일을 전문으로 하는 이른바

세탁꾼이 최근에 큰돈을 만졌다면? 대규모 세탁이 필요할 만큼 철저히 보호받는 종에 누군가 손을 댄 것이 분명했다. 삼수이포의 안전장소를 나서는 솔리테어의 발걸음이 빨라졌다. 목적지는 퉁초이 거리 북쪽, 이른바 '금붕어 시장'이었다.

집 안에 물을 두고 관상어를 키우면 재보가 모여든다는 풍수지리학적 믿음이 현지인을, 색색 물고기가 비닐봉지에 담겨 줄지어 내걸린 풍경이 관광객을 끌어들이는 곳. 그날 오후에도 금붕어 시장은 여느 때와 다름없이 인파로 북적였다. 사방에서 현란함을 뽐내는 수조와 소란스러운 흥정 소리에 묻혀, 상인들에게 몇 번 길을 묻더니 한켠의 상가 건물로 조용히 들어선 택배기사의 얼굴은 그 누구의 기억에도 남지 않았다. 상가 3층에 자리 잡은 관상어 숍에서 만신창이가 된 닥터 창이 목숨을 구걸하는 소리 또한 마찬가지였다.

"아, 알겠네. 다 말해 주면 되잖나? 지난달에 한 일이야. 무슨 상품이었는지는 정확히 못 들었지만, 플로렌스 섬에서 민물고기 들여오는 서류였던 건 기억하네. 고작 관상어 두 마리를 괜히 이곳저곳 거쳐서 세탁하느라 위조해 준 서류만 수십 장이 넘었지. 하지만 내 손이 닿은 건 거기까지밖에……"

늙은 세탁꾼은 변명을 마치지 못했다. 칼날이 닥터 창의 목을 꿰뚫을 때마다 뜨뜻한 피가 꿀럭꿀럭 뿜어져 나왔다. 하지만 온 힘을 실은 난도질조차 솔리테어의 분노를 진정할 수는 없었다. 고작 관상어 두 마리라고? 플로렌스 섬의 토착 민

물어류 중 세탁에 그토록 공을 들여야 할 만큼 철저하게 관리되는 종은 하나뿐이었다. 유일한 서식지는 작디작은 연못 하나. 남은 개체 수는 서른 마리 이하. 세탁꾼의 자백에 따르면 그중 두 마리는 이미 밀수업자들의 손에 도둑맞아 홍콩 국경을 넘은 뒤였다. 서둘러야 했다. 관상어 숍의 캐비닛 속에는 서류 뭉치가 잔뜩 있었고, 솔리테어는 그 서류 위의 이름을 이정표 삼아 쉼 없이 나아갔다.

"명의만 한 번 빌려준 거야! 노름빚 대신 갚아 줄 테니 부탁이나 하나 들어 달라고 닥터 창이 그래서! 물건 받아간 놈은 따로 있고, 난 그날 부두에 나간 적도 없어!"

"당일 운송 경로는 여기 적어 놓은 대로거든요. 화물은 도착지에서 기다리시던 분께 바로 전달드렸고요. 에이, 고객분 신원은 당연히 비밀이죠. 근데 왜 무섭게 점점 다가오세요……?"

"다 뒤져 보셨죠? 것 보세요, 대학 연구실에서 키우긴 뭘 키우겠습니까? 하던 대로 건강상태 체크하고 수조만 교체해서 바로 넘겼다고요. 그러니까 슬슬 이것 좀 풀어 주시죠?"

길고 지루한 과정이었다. 운송작전에 관여한 업자들은 홍콩 내에만 한둘이 아니었고, 하나를 처치하고서 징검다리 건너듯 다음 사람으로 넘어가기를 솔리테어는 꼬박 나흘 동안 반복해야 했다. 하지만 모든 터널에는 끝이 있는 법이었다. 결정적인 단서는 추적 나흘째 되던 날 밤, 물류창고 구석의 상자더미 사이에 숨어 있다가 끌려 나온 폭력단 끄나풀로부터 마침내 손에 들어왔다.

"다음 일거리라고?"

"그날, 현장 경호 보수가 꽤 짭짤해서, 계속 물어봤습니다. 그쪽 두목분께서 또 인력이 필요하실 일은, 혹시 없는가 말입니다. 그랬더니 요 며칠 전에 드디어……"

"놈들이 다음 일정을 잡았단 말이군. 언제지? 이번에는 어디로 불렀지?"

희귀종을 막 훔쳐 온 밀수업자들이 이렇게나 단시간 내에 재차 움직이려 한다는 건, 임자도 정해졌고 흥정까지 끝나서 최종 거래만을 남겨 둔 상황이라는 뜻. 피범벅이 된 남자가 이윽고 대답을 뱉어내자 솔리테어의 등골에 일순 서늘한 기운이 흘렀다. 남자가 말한 날짜는 겨우 이틀 뒤였으니까. 도화에게 우연히 건네받은 단서가 아니었더라면, 멸종위기에 처한 물고기가 탐욕스러운 수집가에게 붙들려 홍콩을 떠나도록 꼼짝없이 내버려 둬야 했을 테니까. 하지만 이제는 막을 수 있었다. 시간이 있었고, 무엇보다도 필요한 정보가 전부 있었다. 나이프를 쥔 솔리테어의 손에 단단히 힘이 들어갔다.

"잠깐만요! 다 말씀드렸잖습니까! 제발 부탁드립니다. 꼭 이러, 이러셔야겠습니까?"

꼭 이래야겠느냐고? 삼 년 전부터 받아 온 질문이었다. 포카이카하를 밀수하던 놈들에게서도, '패신저'와 '블루벅'에게서도, 그리고 한번은 로키에게서도. 감정에 휩쓸려 칼을 휘두르는 것보다 나은 해결책이 존재한다고 LC의 다른 멤버들은 말했다. 나은 해결책을 고민할 시간에 감정을 연료 삼아 칼을 한 번이라도 더 휘두르겠다는 것이 솔리테어의 생각이었다. 멸종위기종을 노리는 밀수업자의 수가 하나 줄어들 때마다, 그들이 노리는 생명에겐 한 번의 생존 기회가 더 주어질 테니까. 포식자의 수가 줄면 사냥감의 수는 늘어난다. 간단한 미분방정식이었다. 자신의 분노가 이 방정식을 현실에 조금이라도 옮겨놓을 수 있다면, 솔리테어는 얼마든지 분노에 몸을 맡길 준비가 되어 있었다.

"안됐지만, 개체 수 조절에는 이 방법이 가장 효과적이다."

분수처럼 뿜어져 나온 피가 사방을 온통 빨갛게 물들였다. 미리 가져온 새 옷으로 갈아입는 동안 솔리테어의 눈앞에는 지금부터 해야 할 일이 차례차례 떠올랐다. 도화의 말이 옳았다. 로키가 지금 이 순간에도 스스로의 방법론에 따라 노력하고 있다면, 자신도 보고만 있을 수는 없었다. L과 C 표식, 그리고 플레잉 카드 한 벌을 결의의 증표처럼 바닥에 남겨 두고서 솔리테어는 단호히 다음 목적지를 향한 걸음을 내딛었다. 흔해 빠진 포식자들의 주제를 모르는 아가리로부터 가치 있는 생명 한 쌍을 구해 내기 위해서.

✝

커다란 이동식 수조 밑바닥에 죽은 듯 잠들어 있던 물고기가 천천히 헤엄치기 시작했다. 세로로 납작한 몸은 안개처럼 반투명해 내장이 들여다보일 정도였고, 그 아래로는 배지느러미가 한 줄로 이어져 물고기의 움직임에 따라 하늘하늘 물결쳤다. 입 끝에 두 갈래로 뻗은 가느다란 수염을 까딱이며 유영하는 그 모습은 살아 있는 물고기라기보단 차라리 죽은 물고기의 영혼처럼 보였다. 한 마리가 앞서가면 다른 한 마리가 뒤따르고, 수염이 수조 벽에 닿으면 방향을 틀고, 그렇게 반복되는 무의미한 움직임 위로 목소리가 드리워 물을 부드럽게 진동시켰다.

"은돌라티 저승메기, 암컷과 수컷 한 쌍입니다. 실제로 보신 적은 처음이시겠지요."

목소리의 주인은 구불거리는 머리카락을 어깨까지 늘어뜨린 중년 여성이었다. 딱 맞는 검은색 정장, 손목시계, 구두 등 무엇을 보아도 대단히 부유한 인물이라는 사실에는 의심의 여지가 없었지만 정작 그 얼굴만큼은 똑똑히 알아보기가 쉽지 않았다. 주변의 조명이라고는 수조를 은은하게 비추는 램프뿐이었기에 방 안은 전반적으로 어둑어둑했고, 한쪽 벽면을 꽉 채운 유리창으로부터는 짙은 푸른빛만이 일렁이며 들어와 방 안의 어둠에 농도를 더했다. 다 자란 흑기흉상어 한 마리가 창 너머를 스치듯 지나가자 여자의 얼굴을 가린 그늘이 꿈틀거렸다. 수족관이 그대로 내다보이는 회의실을 배경 삼아 말소리가 나지막이 이어졌다.

"인도네시아 플로렌스 섬 한복판에 연못이 하나 있습니다. 원래는 큰 호수의 일부였다가 화산활동으로 인해 산속에 고립되어 버린, 면적이 고작해야 이 방의 8분의 1 정도나 될까 싶은 아담한 연못이죠. 지하 동굴과 연결되어 있어서 바닥이 안 보이기 때문에 지역 주민들에겐 '저승으로 가는 구멍'으로 불렸다고도 합니다. 정말 저승으로 통하는 것은 아니지만 유입되는 온천수 때문에 온도와 산도가 높아, 미생물과 물이끼와 곤충 정도만 겨우 서식하는 곳이에요. 은돌라티 저승메기는 그런 생태계에 적응해서 살아가는 유일한 척추동물입니다."

"여기 있는 두 마리는 다른 환경에 살고 있지만 말이죠."

회의실 안의 다른 한 사람, 나이가 더 젊고 갈색 코트를 걸친 여자가 약간 붕 뜬 목소리로 농담처럼 말을 던졌다. 격식을 차린 웃음이 수조 주변을 잠깐 떠돌다가 이내 흔적도 없이 증발했다. 그 빈자리를 채운 것은 한층 더 진지하게 계속되는 대화였다.

"원래 서식지도 예전과 환경이 달라진 건 마찬가지인걸요. 주변 리조트에서 지하 온천수를 활용하느라 웅덩이의 수위가 크게 낮아졌는데, 개발 규제도 로비에 막혀 지지부진한 상태라고 들었습니다. 10년 전에는 백 마리가 넘었던 것이 지금은 서른 마리도 채 남지 않았고요. 이런 이야기를 드리는 의미를 아시리라 믿습니다, 고객님."

"지금도 귀중하지만 앞으로는 더더욱 값이 오를 거란 말씀이시군요. 그런 상품을 저 같은 신참 수집가에게 기꺼이 팔아 주신다니 감사할 따름이죠. 특히나 최근에 그런 큰 손해를 입으셨는데도요."

"손해라니요. 애초에 별 가치도 없는 물건들이었습니다. 저는 생명의 가치를 정확하게 매길 줄 아는 사람이에요. 그렇기 때문에 이 사업을 시작한 것이기도 하고요."

보글보글 올라가는 기포 사이를 은돌라티 저승메기 두 마리가 춤추듯이 차례로 지났다. 그 덧없고도 아름다운 광경에 오래도록 못 박혀 있던 '고객'의 시선이, 발이, 손끝이 조용히 움직이기 시작했다. 눈앞에서 미소 짓는 중년 여자를 향해 두 발짝 다가가며, 고객은 팔을 뻗어 상대방의 왼쪽 어깨로 조심스레 손을 가져갔다. 입을 열 때의 표정에는 모종의 각오마저 엿보였고……

"알고 싶은 게 하나 더 있어요. 혹시 당신……"

직후에 벌컥 열려 버린 문이 그 각오를 허공으로 쫓아냈다. 무장한 경비원이 회의실로 뛰어 들어오자 고객은 화들짝 놀라 손을 떼고 물러났지만, 경비의 용건은 고객에게 있지 않았다. 다만 온통 사색이 된 얼굴로 전달할 긴급 보고사항이 있었을 뿐이었다.

"침입자가 들어온 것 같습니다. 순찰조가 후문에서 시체를 발견했어요. 그놈입니다, 보스!"

"그놈이라고요? 여기에는 도대체 어떻게…… 이럴 때가 아니죠. 일단 고객부터 피신시켜 드리세요. 그 후에는 지시에 따르도록 하고."

어안이 벙벙해진 고객이 경호원에게 이끌려 반대쪽 문으로 나간 것을 확인하고서, 보스는 품 안에서 무전기를 꺼내 이곳저곳에 지시를 내리기 시작했다. 직속 경호팀, 따로 고용한 보초들, 예비 인원, 그리고 아주 위급한 상황에만 부르기로 약속해 둔 다른 한 사람에게까지.

"지금 어딨습니까? 뭐라고요? 일단 내버려 두고 나와요! 2층 레스토랑에서 만나죠!"

연락을 마친 지 2분도 채 지나지 않아 새로운 경비원 한 무리가 회의실에 도착했다. 이동식 수조에 손을 대려는 부하들을 단칼에 제지한 뒤, 보스는 경호 인력에 둘러싸인 채 직접 수조를 밀면서 급히 문을 나섰다. 사람 두 명과 물고기 두 마리가 모두 떠난 방에는 이제 유리 너머 수족관의 그림자밖에 남지 않았다. 푸른바다거북, 얼룩말상어, 나비고기 떼가 유유히 물속을 가로지르는 동안 한때 희귀 관상어 밀거래 현장이었던 공간은 그저 침묵을 지켰다.

대략 10여 분 뒤, 비틀거리는 인기척 하나가 그 침묵 속으로 숨어 들어왔다.

양 손목은 케이블타이로 등 뒤에 묶인 채였다. 누더기가 된 옷은 곳곳이 피로 물들어 있었고, 살이 드러난 부위마다 어디 한 군데 성한 곳이 없었다. 상태가 가장 심각한 것은 오른다리였다. 무릎 아래로는 아예 감각이 없는 데다가 위쪽 또한 만신창이기는 매한가지라, 어떻게든 앞으로 걸어가려면 몸 오른쪽을 벽에 기대고서 하반신을 억지로 밀어내야 했다. 열린 문틈으로 비집고 들어가는 일은 더더욱 쉽지 않았다. 상체가 균형을 잃고 휘청이는 걸 간신히 멈춰 세우기는 했지만, 그러고 나니 눈앞이 빙빙 돌아 주저앉는 것 말고는 할 수 있는 일이 없었다. 바닥에 엉덩이를 떨구는 소리와 짧은 신음이 동시에 울렸다. 숨 가쁜 중얼거림이 그 뒤를 따랐다.

"여기까지 온 건 좋은데, 그래서, 지금 이게 무슨 상황이냐고."

콰이칭 화물 터미널에서 성부에게 당해 끌려간 지 엿새째, 끔찍한 고통의 향연으로부터 가까스로 탈출해 자유를 되찾은 리 펭란의 뇌리에 지금까지의 일이 두서없이 떠올랐다. 조용히 몸을 피하기보단 남들을 구하길 선택했던 순간. 그러는 와중에도 보험 삼아 던져 둔 불씨. 이왕 붙잡힐 거라면 건재한 조직보단 한 대 얻어맞은 조직이 낫겠거니 싶었다. 신디케이트의 자금줄이 홀라당 불타 버린 건 업계 전체를 뒤흔들겠다는 미친 동물보호론자한테도 절호의 기회일 테니, 조금만 참고 견디다 보면 그쪽에서 분명 뭔가 저질러 줄 것이라고 믿었다. 그런 희망 하나만 부여잡고서 어딘지도 모르는 방에 감금당해 별별 꼴을 다 당하고 있던 차에, 지금껏 자신을 감시하던 놈들이 웬 연락을 받더니 부랴부랴 바깥으로 튀어나갔으며, 마지막으로 나간 녀석이 문을 제대로 안 닫은 걸 확인한 펭란은 마음을 다잡고서 일생일대의 탈주를 감행했다. 얏호! 신난다! 천지신명께서 도우셨구나! 그런데 도대체 뭐가 어떻게 된 거야?

정리가 좀 필요했다. 전신의 통증이 뇌를 쾅쾅 때려 생각을 이어 나가기가 힘들었지만, 달리기는커녕 열 발짝 걷기도 힘든 이런 꼬락서니로 무작정 헤매 봐야 자살행위밖에 되지 않는다는 걸 펭란은 잘 알았다. 그러니까 좋아, 침착하게 심호흡 하고, 일단 위치 파악부터. 딸린 수족관 규모를 보아하니 폐건물이나 변두리 보관고는 절대 아냐. "조만간 VIP가 거래차 방문할 것"이란 말을 엿들은 적도 있으니 꽤나 격식이 있는 곳이겠지. 거래가 있으리란 것도 예상대로였다. 수집가가 경매 도중 살해당한 걸로도 모자라 이번엔 불까지 났으니, 추락한 신뢰를 회복하고 고객들을 붙들어 두려면 이제 어째야겠어? 큰 건수를 성사시켜서 조직이 아직 멀쩡하게 돌아간다는 걸 만천하에 보여 줘야 하지 않을까? 그런데 빠져나오기 직전에 얼핏 듣기론, 그렇게나 중요한 거래 당일에 하필이면 불청객이 나타나 칼부림이라도 시작한 모양이었다. 범인의 정체야 뭐 고민할 것도 없이……

"아니, 아니지. 뭔가 들어맞질 않아."

펭란이 고개를 휘휘 저었다. 서로 다른 두 생각이 정면에서 충돌하는 바람에 머리가 온통 지끈거렸다. 제 힘으로 신디케이트에 유의미한 타격을 입혀 로키의 계획에 시동을 걸어놓자는 것이 펭란이 당초 계획이었다. 과연 누군가 너무 늦지 않게 움직여 주긴 했지만, 거래 현장에 난입해서 일단 사람부터 죽여 대는 건 솔리테어의 방식이 틀림없었다. 이것까지도 로키가 꾸민 음모의 일부일까? 아니면 사이가 틀어진 옛 동료에게 선수를 빼앗겼을 뿐일까? 그것도 아니라면 우연히 둘의 목표가 겹쳐서? 마음 같아서는 모든 경우의 수를 하나하나 따져 보고 싶었지만, 아무래도 천지신명께서 그만한 여유까지는 허락하시지 않을 모양이었다. 가벼운 발소리가 복도를 따라 톡톡톡 가까워져 왔다. 풀리지 않은 의문을 잠시 억눌러 둔 채, 펭란은 문 옆 사각지대에 몸을 구겨 넣고 가만히 숨을 죽였다. 두리번거리며 회의실에 발을 들인 경비원이 어서 그대로 나가 주기만을 바라면서.

그런데 문제의 경비원이 아무래도 수상했다.

몸에 걸친 푸른 제복은 지나치게 헐렁해 손을 덮을 정도였다. 옷깃은 피로 흠뻑 젖어 있는 데다가 여기저기 찔린 자국까지 보였지만 정작 움직임은 멀쩡했다. 얼굴을 감추려는 듯 모자를 푹 눌러쓴 차림도 미심쩍긴 마찬가지였다. 하지만 어느 단서보다도 더더욱 펭란의 눈길을 사로잡은 것은 그런 경비원이 품에 꼭 안은 물건이었다. 저 지긋지긋하리만치 눈에 익은 모양새는 몇 번을 봐도 그놈의 플라스틱 이동장이었고, 그렇다면 저 어설프게 변장한 녀석은 틀림없이, 도대체 왜 여기서 돌아다니고 있는지 모르겠지만 아무튼……

"……조도화? 너 맞지?"

정적을 깨며 튀어나온 목소리에 변장한 경비원이 몸을 홱 돌렸다. 모자 아래의 낯익은 얼굴 위로 가벼운 놀라움이 스쳐 지나갔다. 기쁨이라거나 반가움, 걱정 따위의 기색이라고는 조금도 섞이지 않은 순수한 놀라움이었다. 저런 사람의 존재조차 잊고 있었다는 듯이 고개를 살짝 갸웃하고선, 경비원 차림의 도화는 펭란을 향해 고맙게도 몇 걸음 다가와 이렇게 말해 주었다.

"진짜 살아 있었네."

"내가 안 죽을 거라고 했잖아."

뻔뻔하기 그지없는 그 얼굴을 노려보며 펭란이 대꾸했다. 왈칵 치밀어 오르는 짜증 가운데서도 모종의 사악한 짜릿함을 느끼면서. 절대로 남의 생각대로 움직여 주지 않는 녀석이, 타인의 신뢰를 눈 하나 깜짝 않고 배반할 줄 아는 녀석이 어째서인지 이 장소에 와 있었다. 그 사실이 뜻하는 바를 펭란은 구역질이 나도록 아주 잘 알았다. 애써 떠올린 모든 추측과 시나리오에게 이제는 작별 인사를 건넬 때였다.

"뭘 보고만 있어? 이 손부터 좀 풀어 봐. 네 얘기도 들려주면 고맙고."

이곳에서 원래 누구의 계획이 진행되고 있었든, 도화는 분명 그걸 망쳐 놓으러 왔을 테니까.

✝

도화가 케이블 타이를 이로 잘근잘근 씹어 뜯는 동안, 펭란의 질문은 끝도 없이 쏟아졌다. 일단 여기가 어딘지부터 시작하자, 네가 왜 여기에 있는지도, 어떻게 알고서 찾아왔는지도, 기왕이면 무슨 수로 여기까지 들어왔는지도⋯⋯. 펭란은 지금까지 도화가 해 온 일 전부를 알고 싶어 했다. 도화로선 대답해 주지 않을 이유가 없었다. 조금이나마 자랑할 만한 일이기도 했고. 끊어진 플라스틱 조각을 퉤퉤 뱉어 내고서 도화는 마침내 입을 열기로 했다.

"여긴 수족관이야."

"걔네가 내 눈은 안 건드렸거든? 저기 가오리 지나가는 것만 봐도 알⋯⋯"

"3년 전에 누리 언니가 그랬어. 커다란 수족관으로 출장 간다고. 이번에도 그럴 것 같아서, 찾으러 와 봤어."

펭란이 노골적으로 '그게 무슨 얼토당토않은 논리야'라는 표정을 지어 보였다. 귀찮다고 생각하면서도 도화는 설명을 조금 덧붙여 주었다.

"출장 간 거 아니었잖아. 꿈틀이 구하러 간 거였지. 그런데 굳이 수족관에 간다고 거짓말을 했어. 동물원에서 일할 때였으니까, 동물원에 간다고 하는 게 자연스러웠을 텐데. 마음속에 수족관이 있었던 거야."

"아하, 무의식적으로 진짜 목적지를 입에 담았을 것이다? 말 되네. 준비도 없이 사기 치려는 놈들이 저지르는 흔한 실수지."

별일은 아니라고 생각해 왔다. 하지만 펭란의 부탁 때문에 누리 언니 일을 스스로 알아볼 기회가 생기니, 머릿속이 새삼스레 근질거리기 시작해 곧 참기 힘들 지경이 되었다. 이래서야 아무 약재상이나 붙들고 말을 꺼내는 수밖에 없었다. 친구가 열대어에 관심이 있어요. 혹시 수족관에 아시는 분 없나요? 소개를 받아 찾아간 금붕어 시장의 닥터 창은 발이 넓은 사람이었다. 홍콩 관상어 업계의 수집가와 밀수업자들을 많이 알려 주었고, 건어물 가게에서는 결코 들을 수 없었을 소문의 그물에 닿게 해 주었다. 펭란의 전언을 돌리는 동안에도 도화는 매일 금붕어 시장을 찾았다가 밤늦게야 안전장소로 되돌아오곤 했다. 대부분은 사실상 빈손으로, 하루는 귀중한 단서 조각을 손에 꼭 쥐고서.

"한국에서 왔다고 하니까 말해 줬어. 전에 한국인 수집가를 만났는데, 경력도 짧으면서 희귀한 어류만 노리는 졸부였대. 생김새도 들었어. 다른 업자들한테도 물어봤고. 확실하더라."

"네 지인이 지금껏 수집가 행세를 했단 거야? 도대체 그만 짓을 왜, 아니, 목적이야 뭐였든 쉽지 않았을 텐데. 돈은 어떻게 구했다 쳐도 수집가 커뮤니티는 폐쇄적이니까."

"금붕어 시장 사람들도 똑같은 말 했어. 정말 귀한 물건은 아무한테나 안 판다고. 몇 년 동안 차근차근 신뢰를 쌓거나, 아니면 판매자의 사정이 나빠져서 급히 처분할 땔 노려야 한다고. 지금처럼."

전부 계획대로였을까? 거래를 성사시킬 틈을 만들려고 일부러 펭란을 도발한 걸까? 아무래도 상관없었다. 텔레비전 화면 저편의 불꽃은 누리 언니가 본격적으로 움직이기 시작하리라는 신호였다. 응, 그렇다면 나도 움직여야겠지.

"위치는 알기 쉬웠어. 3년 전에, 누리 언니는 꿈틀이를 바로 안 구하고 목적지까지 따라갈 생각이었잖아. 그 목적지가 '수족관'이었다면? 꿈틀이가 어디서 거래될지 알았다면? 홍콩에 수족관 많더라. 야간개장 일정이 갑자기 바뀐 곳은 하나뿐이었지만. 골든 토드 아쿠아리움. 지점은 세계 여기저기에 있지만 본사는 홍콩. 아마 너희 보스가 투자한 곳 아닐까.

들어오는 게 문제였어. 중요한 거래면 보안도 철저할 텐데, 나는 그런 거 못 뚫으니까. 그래서 솔리테어한테 조금 말했어. 누리 언니 얘기는 빼고. 따라갈 거란 얘기도 빼고. 어떻게 알아냈는지 의심 안 할 만큼만. 솔리테어가 수족관에 먼저 도착해서 뭐라도 해 주면, 다들 우왕좌왕하는 틈에 나도 슬쩍 들어오면 되겠다, 그렇게 생각했어.

몇 번 들킬 뻔했는데 운이 좋았어. 다들 솔리테어한테 정신이 팔려 있어서. 시체 있길래 옷도 갈아입었고, 주머니에서 카드 키도 찾았어. 경비원들 가는 반대쪽으로 오니까 여기더라. 이제 어디로 갈지 고민 중이었는데 잘됐네. 걸을 수 있지? 길 안내 좀 해. 나보다는 뭐라도 더 알 거 아냐."

이제 막 속박에서 풀려난 펭란의 손을 도화가 힘껏 잡아당겼다. 비명과 욕설이 뒤따랐지만, 아무튼 두 다리는 바닥에서 균형을 잡는 데에 성공했고 조금 부축해 주니 그럭저럭 걷게 할 수도 있었다. 회의실 반대쪽 문을 향해 나아가는 동안 펭란은 매 걸음마다 짧은 신음을 토해 냈다. 몇 가지 남은 질문도 함께.

"정말 별짓을 다 저지르셨네요. 이렇게까지 할 필요가 있었어?"

"있었어."

"내 말은, 굳이 위험하게 여기까지 온 이유가 뭐냐는 거야. 안전장소에서 그냥 기다리지 그랬어? 누리 언니란 사람이 일 마치면 데리러 간댔잖아."

"그러긴 했지."

"진짜 혹시나 해서 묻는 건데, 네 지인 계획 망쳤다는 자각은 있어? 이번 거래 하날 위해서 여태껏 수집가인 척 이름 알리고 돈 쓰고 그랬을 텐데, 네가 여기 들어오려고 벌인 짓

덕택에 다 헛수고 된 셈이잖아. 이유가 뭐야? 설마 진짜로 지인 얼굴 좀 일찍 보겠다고 이러는 건 아니지?"

그 질문에 도화가 문득 발을 멈추었다. 눈을 감았다가 떴고, 주먹을 꼭 쥐었고, 숨을 깊이 들이마셨다. 스스로도 정확히 깨닫지는 못했지만 이건 도화가 내심 기다리던 질문이기도 했다. 전부 말해 버리고 싶었다. 왜 그랬는지. 할 줄 아는 것도 없으면서, 어떻게 될지 결코 모르지 않았으면서, 어째서 잠자코 머무르는 대신 움직이기로 했는지. 왜냐하면, 누리 언니는 기다리라고 했지만……

"더는 기다리기 싫었어. 그냥, 그런 기분이었어."

치밀어 오르는 감정 그대로 도화가 목소리를 높였다. 이젠 멈출 수 없겠지. 안 멈출 거야.

"계속 기다렸단 말이야. 꼭 돌아오겠다고 했으니까, 돌아올 때까지만 살아 있어야지 하면서 버텼단 말이야. 그런데 몇 년 동안 신뢰 쌓을 생각이었다잖아. 오쿠모토가 안 죽었으면, 불을 안 질렀으면 얼마나 오래 걸렸을지 모르잖아. 정말로 계속 계속 기다리게 할 생각이었던 거잖아, 그치? 도대체 무슨 일이길래? 그것만큼은 알아야 했어. 지금껏 뭘 했는지도 모르는 사람한텐 꿈틀이 못 맡기니까. 그건 책임을 지는 게 아니니까. 내가 끝까지 책임지기로 약속했으니까……. 그런데, 맞아, 네 말대로야. 누리 언니는 묻는다고 대답해 줄 사람이 아냐. 지금껏 아무것도 제대로 대답해 준 적이 없는 사람이야. 그러니까 직접 알아내야 했어. 여기 오면 누리 언니가 여태껏 준비해 온 일이 뭔지 알 수 있을 거라고 생각했어. 그 일이 어떻게 되든 내가 알 바 아냐. 물고기는 왜 사려고 하는지, 희귀동물 밀수업계를 무너뜨린다는 게 정확히 무슨 뜻인지, 진짜로 꿈틀이를 맡겨도 될 만한 사람인지, 난 그것만 확인하면 돼."

말을 마친 뒤에도 한참이나 도화는 그 자리에 서 있었다. 세차게 요동치는 감정을 가슴속에 품고만 있는 것과 소리 내어 말하는 것 사이에는 까마득한 격차가 있었다. 고동치는 가슴이 진정되질 않아서, 얼굴이 뜨겁고 숨이 가빠서 걷기가 힘들 지경이었다. 그런 도화의 모습을 빤히 바라보던 펭란의 입이 조금씩 열렸다. 터져 나오는 헛웃음을 조금도 감추지 못한 채였지만, 그런 와중에도 목소리는 놀랍도록 진지했다.

"그래, 너다운 대답이긴 하다. 덕분에 이제 어디로 가야 할지는 알겠네."

기대하지 않은 반응이었다. 딱히 이해나 납득 따위를 바란 건 아니었는데. 움직이지 않는 오른다리를 앞으로 밀어내려 애쓰며 펭란이 말을 이었다.

"이건 내 추측인데, 굳이 VIP가 돼서 신디케이트랑 거래를 하려던 이유가 있을 거야. 그냥 물고기만 사려고 한 건 아니겠지. 아마 보스랑 독대하는 자리를 만드는 것 자체가 목적 아녔을까? 3년 동안 계획했는데 이제 와서 포기하지도 않을 테고. 그럼 아마 누리 언니란 녀석은 지금쯤……"

"……너네 보스 쫓아가고 있겠네. 어디로 갔는지 알아?"

"여기까지 기어 오는 동안에 살짝 봤지. 2층으로 내려가고 있던데."

펭란은 자신만만한 미소를 지어 보였고, 도화는 놀란 표정으로 고개를 끄덕였다. 곧이어 두 사람은 누가 먼저랄 것도 없이 발걸음을 옮기기 시작했다. 의문은 여전히 남아 있었지만, 어떤 위협이 도사리고 있을지 걱정이 안 되는 것도 아니었지만, 그런 것들쯤이야 끝까지 가 보면 자연스레 알게 될 테니까. 도화가 느끼기에도 펭란이 생각하기에도, 지금은 그저 나아가야 할 때였다.

†

물탱크와 파이프, 각종 기계가 복잡하게 들어찬 골든 토드 아쿠아리움 2층의 직원용 통로를 따라 훌쩍이는 소리가 울려 퍼졌다. 비틀비틀 걸어가는 경비원의 양 뺨에 난 깊은 칼자국으로부터 피가 주르륵 흘러내리자 축축한 바닥이 붉게 물들었다. 조금이라도 머뭇거리거나 입을 열려고 할 때마다 칼날이 등 뒤를 무자비하게 파고들었기에, 통로 끝의 철문 앞에 도달할 때까지 경비원은 그저 흐느끼며 걷는 일 말고는 아무것도 할 수가 없었다. 이윽고 소름 끼치는 목소리가 귓가에서 명령을 내렸다.

"이쪽이란 말이지. 열어라."

그래서 경비원은 부들부들 떨리는 손으로 카드 키를 가져다 댔다. 문 너머에는 커다란 수영장처럼 탁 트인 공간이 펼쳐져 있었다. 골든 토드 아쿠아리움에서 가장 큰 수조 꼭대기에 위치한 관리시설이었다. 산호초 해역을 그대로 재현한 풀장 둘레의 철제 보도 위로 한 발짝을 내딛은 직후, 칼날이 다시금 경비원의 등을 찔렀고 목소리는 질문을 던졌다.

"먼저 가서 이 장소로 통하는 길을 봉쇄해라, 이것이 네놈이 받은 지시가 맞나?"

"마, 맞아요. 새 경호 책임자가 그랬어요. 보스는 자기가 맡을 테니까, 우린 보초나 서라고요."

"그러면 그 보스란 놈도 곧 여기 도착하겠군. 이제 됐다."

됐다면서 칼은 왜 점점 깊이 찌르는지⋯⋯ 그런 생각을 마치기도 전에 경비원의 무릎이 풀썩 꺾였다. 이것으로 다섯 명째. 개체 수 조절 작업은 더없이 순조로웠지만, 분노와 충만감 가운데서도 솔리테어는 자신이 정말로 해야 할 일을 잊지 않았다. 호흡을 가다듬고 정신을 집중하니 보도 저편의 다른 문 너머로 점점 뚜렷해지는 기척이 느껴졌다. 커다란 수레 같은 걸 밀면서 요란하게 달려오는 기척이었고⋯⋯ 그 정체 또한 오래지 않아 눈에 들어왔다. 문을 벌컥 열고 들어온 누군가가, 이동식 수조를 급히 멈춰 세운 채, 바닥에 널브러진 시체의 피투성이 얼굴을 멍청하게 서서 쳐다보고 있었다.

"당신⋯⋯!"

물론 사냥감이 여유롭게 경악이나 하고 있도록 내버려 둘 생각은 없었다. 특히나 저 수조 안에 무엇이 헤엄치고 있는지 아는 상황에선 더더욱. 몸은 생각의 속도보다도 빠르게 튀어나갔다. 어차피 지금 가능한 생각은 단 하나였다. 포식자를 죽이고 은돌라티 저승메기를 구해 낸다, 오로지 그것만을 위해 솔리테어의 발이 있는 힘껏 바닥을 박찼다.

다음 순간, 수조 뒤에서 나타난 나이 든 남자가 그 앞을 막아섰다.

대응이 늦었던 것은 결코 아니었다. '새 경호 책임자'라는 녀석이 붙어 있으리라는 사실은 이미 들은 바였고, 그렇다면 어디에서 어떻게 튀어나올지 예상하는 것 또한 어렵지 않았다. 눈 깜짝할 새 추진력의 방향을 틀어 솔리테어는 상대방의 목을 향해 주저 없이 뛰어올랐다. 다만 그 손에 들린 나이프가 목적지에 닿는 것보다, 번개처럼 뻗어 나온 앞차기가 솔리테어의 배를 강타하는 것이 빨랐을 뿐. 바닥에 나동그라져 신음하는 솔리테어를 향해 발소리가 저벅저벅 다가왔다.

"시체에 칼장난을 치는 버릇이 있구나. 아주 못된 버릇이야. 만일 내 아들이 그랬다면, 쓸데없는 표식 남기지 말라고 따끔하게 혼내 줬을 거다."

상대 쪽에서 섣불리 다가와 주는 건 반가웠다. 쓰러진 척하다가 허를 찌르려면 먼저 사정거리부터 확보해야 하니까. 아무리 힘이 세고 몸집이 커도 인간은 인간이었다. 칼에 찔리면 피를 흘리게 되어 있었다. 앞으로 두 발짝, 한 발짝, 기회를 포착한 즉시 솔리테어는 남자의 허벅지 동맥에 나이프를 꽂아 줄 작정이었다, 그 공격을 팔로 막으며 날린 두 번째 발차기에 얼굴을 얻어맞기 전까진.

"혹시라도 유가족한테 정체를 들킬 수도 있지 않으냐. 지금처럼 말이야."

"무슨, 소리를 지껄이는지 전혀, 모르겠군."

"마음가짐만큼은 되어 있구나. 죽인 놈들을 하나하나 기억해 줄 필요는 결코 없지. 인도의 숲속에 아들딸을 손수 묻던 날은 이 아비가 언제까지고 기억할 테니 말이다."

젠장, 그때 그놈 패거리였나! 인도에서 엮이기 전부터 악명이라면 줄곧 들어 온 인물이었다. 지역사회를 바꾸지 않으면 밀렵을 근절할 수 없다면서 세계를 돌며 캠페인을 벌이던 '블루벅'의 목을 자른 범인이 바로 저자라는 소문도 파다했다. 하지만 정체를 알았다고 한들 상황이 달라질 건 없었다. 셰타니이자 성부라 불리는 남자의 허리춤에서 칼날이 번뜩였다. 맨손일 때도 자신을 속수무책으로 몰아붙인 상대가 무기까지 들었다면, 이제는 정말 최후의 수단뿐이었다. 남자가 칼을 뽑아드는 틈에 솔리테어는 다시 한 번 바닥을 박차고 몸을 날렸다. 이번에는 반대 방향으로.

"줄행랑치는 것이냐? 그래, 네 분수대로 뒤쫓겨 봐라!"

"잠깐만요, 당신! 제 경호는요!"

"저놈부터 처리하고 따라간다. 먼저 가!"

보스의 외침에도 아랑곳없이 성부는 무시무시한 속도로 추격해왔다. 솔리테어도 거리를 유지하고는 있었지만 오래도록 도망치기에는 역부족이었다. 숨어서 재정비를 하거나 기습을 준비할 여유 역시 없었다. 아무래도 좋았다. 5초, 아니, 3초만 더 달릴 수 있다면. 해수 풀 둘레의 보도 곳곳에는 먹이주기나 다이빙을 위해 난간을 뚫어 놓은 플랫폼이 있었고, 성부에게 붙잡히기 직전 솔리테어는 가장 가까운 플랫폼을 향해 지체 없이 몸을 던졌다. 작은 산호초 바다의 수면 위로 첨벙하고 물보라가 일었다. 성부가 일으킨 더욱 큰 물보라가 그 뒤를 이었다.

물에 뛰어들어 추격을 따돌릴 생각은 아니었다. 오히려 상대방이 따라와 주기를 바랐다. 기량 차이가 압도적이라면, 빈틈을 노려 격차를 메꿀 기회조차 주어지지 않는다면, 차라리 어느 쪽도 싸우기 힘든 환경으로 끌어들이는 수밖에 없었으니까. 상대가 품은 원한이 마침 좋은 미끼가 되어 주었다. 시야를 가리는 하얀 포말 아래에 숨어, 솔리테어는 자신보다 한 발 늦게 물속으로 뛰어든 남자를 향해 재빨리 칼날을 뻗었다. 손에 전해진 감촉은 얕았지만 번져 나오는 핏물만큼은 또렷하게 보였다. 왼쪽 손바닥을 찢긴 성부의 얼굴이 일그러졌다. 그래, 피를 흘리긴 하는군. 그렇다면야 이제부터는 진흙탕 싸움을 할 시간이었다.

수중전이라고 해서 솔리테어가 유리한 것은 결코 아니었다. 느려진 칼질과 힘이 떨어진 발차기에 반격해 이쪽에서도 상처를 입힐 수 있게 되었을 뿐, 퍼부어 대는 공세를 일방적으로 받아내는 입장이란 점에선 전혀 변화가 없었다. 무슨 특수부대 훈련이라도 받은 것인지 성부는 폐활량 면에서마저 솔리테어를 압도했다. 혹시라도 근접전에서 제압당해 물속으로 밀어 넣어진다면 그땐 끝장이었다. 수중에서의 격렬한 움직임으로 깎여 나가는 체력, 긁힌 자국에 파고드는 소금물의 쓰라림, 그 모든 변수가 쌓이고 쌓여 언젠가 찾아올 한순간의 기회에 칼날을 꽂아 넣어야 했다. 하지만 기회를 노리던 사람은 솔리테어만이 아니었다. 칼을 쥔 채 정면으로 뻗어 오는 주먹에 역으로 칼날을 박아 주려던 찰나, 성부는 스스로 무기를 놓고 그 손아귀로 솔리테어의 팔을 붙들었다. 뼈가 으스러질 것 같은 고통과 함께 온몸이 속절없이 훅 끌려갔다. 어느새 반대쪽 손으로 두 번째 나이프를 꺼내 들고서 미소 짓는 성부에게로.

첫 번째 공격은 어떻게든 비껴 냈다. 두 번째에는 팔을 길게 베이고 말았다.

궤도를 바꾼 세 번째 찌르기는 어깨에 꽂혀, 목을 방어하던 자세를 무너뜨렸다.

물살을 가르며 죽음이 다가왔다. 피할 수 없었다…… 그러나 닿지도 않았다.

예정에 없었던 세 번째 물보라가 성부의 몸을 뒤흔들었다. 붉고 투명했던 물이 삽시간에 기포로 흐려졌다. 등 뒤에 달라붙은 누군가와 싸우는 남자의 모습이 그 너머로 흐릿하게 보였다. 대단한 몸싸움은 아니었다. 척 보기에도 힘의 차이가 절망적일 정도였고, 아무리 애써 봐야 성부의 다음 칼질 한 번이면 방해꾼은 그대로 상어 미끼가 될 게 뻔했다. 하지만 상대방은 조금 더 지치게 만들 수는, 조금 더 가라앉힐 수는 있었다. 진흙탕 싸움에서는 다시없을 기회였다. 방해꾼을 끝장내려 칼을 내리찍으려던 성부의 몸이 이번에는 체중을 실은 솔리테어의 돌격에 휘청 밀려났다. 이제 전장은 산호초가 조성된 벽면이었고 두 사람은 숨을 한계까지 참은 채 그 위를 마구 뒹굴기 시작했다.

체력 차이는 그 어느 때보다 미세했다. 승부를 결정지은 것은 무기의 여부였다.

성부에게는 칼이 있었고, 솔리테어에게는 없었으며, 양쪽 모두 그 사실을 알았다.

바로 그 사고의 틈새를 솔리테어는 놓치지 않고 찔렀다. 날카로운 산호 파편으로.

물거품이 멎었다. 줄이 끊어진 십자가 목걸이가 피안개 속에서 풀려 나왔다. 자신의 목에 박힌 상아색 조각을 허망하게 내려다보던 성부의 눈이 서서히 빛을 잃었다. 소란을 피해 흩어져 있던 흑기흉상어 떼가 피냄새를 맡고 모여드는 동안 솔리테어는 먼저 물 바깥으로 기어 올라온 다음, 수면에 둥둥 떠 있다시피 하던 다른 한 사람까지 잡아당겨 끌어냈다. 죽은 것 같지는 않았다. 아는 얼굴이기도 했다. 바닷물을 뱉어 내고 나서도 한참 콜록거리던 밀수업자 리 펭란의 첫 마디는 이러했다.

"좀 일으켜 봐. 너 돕느라 늦었잖아. 따라……가야 돼."

"따라간다니, 무슨 말이지?"

"도화가, 보스 쫓아갔어. 멈추랬는데 안 듣고. 말하자면 길어."

누가 누굴 쫓아갔다고? 신경이 안 쓰일 수 없는 이야기였지만, 펭란의 말대로 하려 일단 몸을 일으키려던 솔리테어는 곧 자신의 한계를 깨달았다. 한 번 긴장이 풀리니 다리에 힘이 전혀 들어가질 않았다. 어깨와 팔 곳곳의 찔린 상처마저 뒤늦게 비명을 질러 댔다. 펭란으로 말할 것 같으면 걷기는커녕 이젠 의식을 붙잡고 있기조차 힘들어하는 상태. 다급한 상황이라는 걸 알면서도 두 사람 모두 당장은 꼼짝없이 주저앉아 있을 수밖에 없었다. 은돌라티 저승메기를, 무지개꼬리 포카이카하를, 다른 사람들을 어딘지도 알 수 없는 곳으로 보내 버리고서 덩그러니 남겨진 채로. 한없이 무방비한 꼴로.

근처에서 문 열리는 소리가 들렸다. 발소리가 점점 더 가까워졌다.

사람을 다급히 찾는 소리가 얼핏 들리는 것도 같았다.

✝

　모든 대형 수족관과 마찬가지로, 골든 토드 아쿠아리움의 화려한 전시설비 이면에는 더욱 복잡하고 꾸밈없는 영역이 숨어 있었다. 해파리 정원과 펭귄 동산이 관람객을 위한 곳이라면 중앙통제실, 동물병원, 치어 번식실 등은 오로지 허가받은 직원들만을 위한 공간이었다. 하지만 그 직원들조차도 산호초 풀 꼭대기로부터 이어지는 통로 끝자락, 무뚝뚝하게 '출입금지'라고만 적힌 문 너머 세계에 대해서는 아는 바가 없다. 기계음으로 가득 찬 넓고 컴컴한 방, 조명이 비치는 곳마다 묘비처럼 솟아 있는 수조와 사육장……. 그 안에서 헤엄치고 기어 다니는 동물들은 수족관에 실려 온 이래 단 한 번도 바깥에 전시된 적이 없었다. 중국주걱철갑상어도, 북부다윈개구리도, 그리고 거래 현장에서 막 귀환해 원래 자리에 다시 놓인 은돌라티 저승메기도. 전원이 연결된 수온 조절기에 녹색 불이 들어왔다. 이동식 수조를 밀고 오느라 땀에 푹 젖은 보스는 그때서야 정장 윗옷을 벗어던지고서 긴 한숨을 쉬려 했지만……

　"뭐가 많네."

　옷이 바닥에 툭 떨어졌다. 아는 목소리가 아니었다. 헛것을 들은 것도 아니었다. 황급히 돌아본 곳에는 경비원 복장을 반쯤 걸친 여자가 서 있었다. 플라스틱 이동장을 품에 안은 채로, 이쪽을 비스듬히 노려보면서. 보스는 언젠가 그 얼굴을 본 적이 있다고 생각했다. 부하들이 올린 보고서에 딱 저런 애사진이 나와 있었는데. 꽤 최근에도 소식을 전달받고서 굉장히 당황했던 기억이 있는데.

"아, 그래. 당신이군요. 조도화. 포카이카하를 갖고 도망쳤다는 사람."

보스가 이를 갈며 말했다. 도화는 대답 없이 한 발짝 나아갔다.

"영문을 모르겠네요. 여긴 무슨 일로 왔습니까?"

이번에도 대답은 없었다. 도화는 일정한 속도로 나아갔고 보스는 침착하게 뒷걸음쳤다. 곧 벽면의 철제 사물함에 보스의 등이 닿자 두 사람은 동시에 걸음을 멈추었다. 시선이 비스듬히 교차했다. 보스의 눈은 도화의 품 속 이동장에 고정되어 있었고, 도화의 눈은 보스의 얼굴을, 아니 그 왼쪽 아래 어디쯤을 뚫어지게 응시했다. 등 뒤로 사물함을 더듬어 여는 팔의 움직임을 눈동자가 가만히 좇았다. 뒤적이고, 권총을 꺼내, 자신에게 똑바로 겨눌 때까지도 줄곧.

"당신이 뭘 하러 왔든 상관없습니다. 포카이카하를 이리 주시죠."

"내다 팔 거야?"

"믿을 수 있는 수집가에게 팔 겁니다. 당신처럼 자격도 뭣도 없는 민간인이 아니라."

보스의 대답에 도화는 입을 다물고서 고개를 몇 번 끄덕였다. 더 이상의 질문은 필요 없다는 듯이. 납득, 결의, 모종의 후련함 같은 감정들이 그 얼굴을 빈틈없이 채워 나갔다. 깊은 숨소리 속에서 시간이 째깍째깍 흘렀다. 그렇게 숨소리가 열 번 정도 반복되었을 즈음, 마침내 도화가 이동장을 천천히 보스 쪽으로 내밀었다.

귀중한 파충류를 받아들고자, 보스는 총구를 조금 내리고 한 손을 뻗었다.

그 직후 도화는 이동장을 멀리 내동댕이치고서 달려들었다.

방아쇠를 당기는 것조차 잊고서, 보스는 멀리 굴러가 버린 이동장을 향해 몸을 날리려 했다. 도화는 그 다리를 붙잡아서 보스를 바닥에 거꾸러뜨린 다음 몸 위에 올라탔다. 자신의 등짝을 깔고 앉고서 목을 짓눌러 대는 사람에게 총을 쏘기란 쉬운 일이 아니었다. 하지만 권총 손잡이로 머리를 찍어 버리는 건 가능했다. 도화가 비명과 함께 떨어지자마자 보스는 다시 이동장 쪽으로 기어갔다. 떨어질 때의 충격으로 잠금장치가 풀려 이동장 문은 하늘을 향해 활짝 열린 채였다. 그리고 그 안에는 무지개꼬리 포카이카하가…… 없었다. 주변 어디를 두리번거려 보이질 않았다. 속았다는 사실을 깨달았을 때 이미 도화는 바로 뒤에까지 다가와 있었다.

열 손가락이 단단히 목을 졸라 왔다. 머리로 들이받아 한 번 떼어 낸 다음 총을 겨누려고 했지만, 섣불리 방아쇠를 당기기에는 주변에 수조가 너무 많았고 그 찰나의 머뭇거림을 틈타 도화가 다시 덤벼들었다. 눈을 찌르려 들었고 밀쳐 내는 발목을 꺾었으며 살점을 마구 물어뜯었다. 고통스러운 엎치락 뒤치락 도중 비로소 보스에게 다음 기회가 찾아왔다. 피가 배어 나오고 셔츠가 후드득 찢기도록 왼팔을 깨물고 늘어지던 도화의 배가 총구와 잠깐 겹쳤다. 이번에는 보스도 주저하지 않았다. 살을 뚫고 지나간 총알이 바닥에 박히자 겨우 도화의 이가 떨어졌다. 눈앞이 핑핑 도는 통증 속에서 겨우 숨을 몰아쉬며, 보스는 새빨갛게 젖은 왼쪽 어깨를 무의식적으로 곁눈질했다. 너덜너덜해진 옷감 사이로 드러난 맨살에는 잇자국이 깊이 찍혀 있었고, 그 아래에는 검은 문신이 또렷하게 보였다. 길쭉한 단검 양 옆에 알파벳 L과 C가 각각 새겨진 문신이었다.

보스의 전신에서 힘이 순간 빠져나갔다. '들켰다'라는 생각 때문에.

그러다가 정신을 차렸을 때, 보스의 손안에는 이미 권총이 없었다.

잠깐 제자리에 굳어 있던 두 사람의 몸이 서서히 구도를 바꾸었다. 도화는 빼앗은 총으로 보스의 배를 꾹 누른 채 몸을 일으켰고, 보스는 도화가 시키는 대로 순순히 바닥에 등을 댔다. 그 눈에는 여전히 당혹감이 가득했다. 일부러 왼팔을 노린 거야? 다 알고 있었으면서? 빈틈을 만들 작정으로? 믿기지 않는 상황을 어떻게든 이해하고자 애쓰던 보스의 얼굴을 내려다보며 도화는 생각했다. 슬슬 말해 줘야겠다고.

"아까부터 비쳐 보였어. 땀에 젖어서."

계속 보고 있었다. 가까이 다가갈수록 점점 더 확실해졌다. 셔츠 아래에 비친 문신은 익숙하기 그지없는 표식이었고, 도화가 원하는 마지막 해답이기도 했다. 누리 언니의 진짜 목적은 무엇이었을까? 왜 하필 보스를 만나려고 했을까? 그 답을 얻었기에 도화는 즉시 다음 행동에 나섰고, 보란 듯이 성공했다. 옆구리에 뚫린 구멍쯤은 무시할 수 있었다. 어차피 다 끝났으니까. 꿈틀이를 위해, 끝까지 책임을 다하기 위해, 앞으로 해야 할 일은 하나뿐이니까. 남은 힘을 끌어모아 방아쇠를 당기기 직전, 도화는 언젠가 펭란이 해 준 말을 떠올렸다.

'범죄조직엔 배신자를 응징하는 시스템이 있어야 한다'고 했던가.

✝

펭란의 의식이 깜박였다. 인기척이 다가온 것까지는 기억이 났는데, 꼼짝없이 죽었구나 싶어 정신을 놓았던 것 같기도 했는데, 어깨와 머리가 흔들리는 걸 보아하니 이젠 양쪽에서 부축을 받아 끌려가는 중인 모양이었다. 다시 붙잡혀 감금당하는 건가 싶었지만 또 그런 것 같진 않았다. 일단 부축하는 방법이 그럭저럭 상냥했고, 다음으로는 양옆에서 들리는 말소리 중 하나를 알아들을 수가 있기도 했다.

"그러니까 네 말은, 지금까지 배신자를 쫓고 있었다는 건가?"

아, 왼쪽에 있는 건 솔리테어구나. 그럼 오른쪽은 누구지? 고개를 돌려 얼굴을 보기에는 기력이 없었지만 그래도 짐작이 안 가는 건 아니었다. 3년 동안 준비한 일을 마무리 짓기 위해 오늘 이곳을 방문했을 사람, 일은 꼬였지만 포기하지 못하고 남아 있었을 사람, 솔리테어를 도우면서 이야기를 나눌 만큼 가까운 사람. 웬만하면 낯짝 정도는 봐 두고 싶었건만, 안타깝게도 지금 알 수 있는 거라곤 자다 깬 사람마냥 몽롱한 목소리뿐이었다. 펭란은 눈을 감은 채 그 목소리에 가만히 귀를 기울였다. 모든 일의 진상을 알 자격이 자신에게 있다곤 생각하지 않았다. 그래도 들리는 만큼은 기억해두고 싶었다.

"교수님께서 그러셨어. 세상에서 가장 희귀한 멸종위기종들이 몇 년 전부터 계속 밀렵을 당해 왔는데, 공교롭게도 전부우리 손이 닿은 종이었다고. 우리 멤버가 관리하는 연구소에서 기르던 종, 우리 멤버가 처음으로 학계에 보고한 종…… 그리고 그렇게 사라진 동물들이 얼마 뒤엔 엉뚱한 곳에서, 희귀동물이라면 사족을 못 쓰는 부자들의 애완동물이 돼서 나타났지. 교수님께서는 우리 그룹이 감시하던 밀수업자들의 배후에 누군가 있을 거라고 말씀하셨어. 밀수 네트워크를 총괄하는 보스, 그 사람이 배신자일 가능성이 높으니 확인해 본 다음에 처리하라고. 그게 내 일이니까."

"비밀 지키는 게 제일 힘들었어. 내가 무슨 임무를 맡았는지, 목표가 누구인지 아무한테도 말할 수가 없었거든. 배신자도 조직 내의 정보를 듣고 있을 거 아냐. 그래서 3년 전엔 '포카이카하 구하지 말고 차부터 따라가자'는 소리나 했잖아. 그 뒤로도 계속 '밀수 네트워크 공격하는 중'이란 식으로 얼버무렸고. 포카이카하도 다른 사람한테 맡겨야 했어. LC 멤버 말고, 언제 다시 도둑맞을지 모르는 서식지 말고, 내가 부탁이라면 무슨 수를 써서든 들어 줄 사람한테. 정말로 이렇게까지할 줄은 몰랐어. 정말 몰랐어."

"아니, 안 돼. 죽일 생각이셨으면 너나 '벤저민'한테 맡기셨겠지. 교수님께선 확신이 없으셨어. 어쩌면 배신한 게 아닐지도 모른다고, 이유가 있을지도 모른다고 생각하셔서 '확인해 본 다음에 처리하라'고 하신 거야. 생각해 봐. 무지개꼬리포카이카하 수컷도 충분히 희귀한데, 꼬리가 무지개색이라서 수집가들한테 더 어필하기 좋았을 텐데 굳이 암컷을 빼돌렸어. 은돌라티 저승메기는 무조건 암수 한 쌍을 팔아야겠다면서 고집을 부렸고, 그마저도 나한테 팔아도 될지 줄곧 고민했어. 무슨 뜻인지 알겠지? 어쩌면 돈 때문이 아니었을지도 몰라. 그저 나나 너처럼 수단 방법을 가리지 않았을 뿐인지도 모른다고. 그러면 배신은 아니잖아. 적어도 얘기는 들어 봐야

해. 안 그래?"

마지막 질문에 솔리테어가 뭐라고 답하려는 것 같았지만, 대화는 거기에서 끝났다. 대신 두 사람은 약속이라도 한 듯 펭란을 고쳐 업고선 더욱 속도를 내기 시작했다. 다행스러운 일이었다. 곱씹어 보는 것조차 무리인 이야기들이 마구 쏟아지고 뒤섞여 머릿속이 온통 출렁거렸으니까. 머릿속에 가득 찬 생각의 곤죽을 억지로 소화하려 애쓰는 대신, 펭란은 이제 조금이나마 눈을 떠 보기로 했다. 이 길의 끝을 볼 수 있도록. 최후의 최후에 또 뭔가 어처구니없는 광경이 기다리고 있다면, 적어도 그 꼴을 놓치지는 않도록.

✝

보스는 끈질긴 사람이었다. 배에 두 발이나 총을 맞고서도 멈추지 않고 매달려 호소했다. 목숨을 살려 달라는 호소가 아니었다. 자신이 어디에서 무엇을 하고 있었는지조차 인지하지 못할 만큼 의식이 날아간 상태에서도, 보스는 다만 세계에서 가장 희귀한 파충류의 행방을 더듬어 찾으려 했다.

"포카이카하는, 어디에 있죠? 무사합니까? 고객께서 열의를 보이고 계십니다. 암컷을 먼저 구입하면, 수컷도 곧 구해다 주겠다고, 약속했단 말입니다. 고작 특별법 하나 만드느라 미적거려서, 수십 마리가 더 죽었어요. 서식지 보존, 밀렵 방지 캠페인…… 그딴 방법은 느려요. 포카이카하의 목을 더 느리게 조르는 밧줄 따위를, 개발하는 데에 돈과 시간을 투자하다니, 멍청한 짓입니다. 슈튐프케 섬에 들어가는 푼돈도 아까워하는 정부가 아니라, 정말로 돈을 쓸 준비가 된, 돌보고 번식시켜서 종을 보존할 수 있는 사람에게, 거래를……."

이젠 누구한테 말하는 것인지도 알 수 없었지만, 그래도 도화는 보스가 원하는 만큼 횡설수설하도록 내버려 두었다. 딱히 들어 줄 생각은 아니었다. 하지만 남의 말이나마 듣고 있으면 의식을 유지하기가 조금 더 쉬웠다. 앞으로 몇 분 정도면 충분했다. 그 이상을 기대하는 건 아무래도 욕심이겠지. 이 지구상에 태어났으나 마지막까지 환경에 적응하지 못한 모든 생명체가 맞이해 온 결말을 도화 또한 받아들이려 하고 있었다. 옆구리에서 쏟아지는 따뜻한 피도, 손에 쥔 권총의 감촉도, 이제는 모든 것이 그저 아득하게만 느껴졌다. 그래도 조금만 더, 조금만 더.

"죽게 두진 않을 겁니다. 네트워크가 있습니다. 포카이카하를 서식지에서 구해 낼 사람, 안전하게 데려올 사람, 돈과 능력을 총동원해 종을 보존할 사람을 한데 잇는…… 이것이 유일한 방법이에요. 자칭 동물보호 운동가란 작자들은 수십만 마리 넘게 남은 천산갑이며…… 코끼리 가지고 호들갑을 떨지요. 저는 다릅니다. 생명의 가치를 매길 줄 압니다. 정말로 희귀한, 이제 몇 마리 남지 않은 종을 위해서, 천산갑쯤은 얼마든지 희생할 수 있단 말입니다."

언젠가 아주 비슷한 이야기를 들은 적이 있었다. 점점 잦아 들어가는 보스의 헐떡임 속에서 햇살이 어렴풋이 비쳤다. 어느새 도화는 동물원 우리에 갇힌 호랑이를 바라보는 중이었다. 여느 때보다 훨씬 더운 여름이었고 호랑이는 그늘에 몸을 누인 채 널브러져 하품했다. 철창 앞에 가만히 선 도화의 옆자리로 누군가가 대뜸 다가왔다. 그리운 기척이었다. 통증은 더 이상 없었다. 나른한 목소리가 손에 잡힐 듯 또렷이 보였다.

어떻게 보면 호랑이는 운이 좋은 종이야. 전 세계의 동물원에 남아 있거든.

야생에선 언제 사라질지 모르지만, 최소한 당장 멸종하진 않겠지.

밀렵꾼이 아무리 활개 쳐도. 설령 서식지가 완전히 파괴된다고 해도.

응, 이해했어. 이 사람은 꿈틀이도 그렇게 되길 바랐구나. 위험천만한 고향 땅이 아니라 안전한 유리 상자 속에서, 수집가들이 주는 먹이를 받아먹고 알을 낳으면서, 어떤 방법으로든 계속 종을 보전하길 바랐구나. 그게 꿈틀이를 위한 일이라고 믿었구나. 생각이 정리되어 가라앉아 갔다. 모든 진실을 알고 난 지금 해야 할 일은 그 어느 때보다 명백했다. 문이 열렸고, 도화는 자신의 옆자리에 선 사람을 향해 고개를 돌렸다. 헐레벌떡 뛰어 들어오는 세 개의 그림자가 어른거렸다. 그중 하나의 얼굴이 또렷이 보일 때까지 도화는 잠깐 더 기다렸다가, 보스의 배에서 총구를 뗀 다음……

다시 그 머리 정중앙을 겨냥해 방아쇠를 당겼다.

찌릿한 진동이 팔을 타고 흘렀고, 발소리가 황급히 가까워졌지만 그 무엇도 이젠 전혀 실감이 나질 않았다. 풀썩 거꾸러지는 몸의 움직임조차 깊은 물속으로 빠져들듯 한없이 느리게만 느껴졌다. 시야가 완전히 어둠으로 물들 때까지 도화는 까마득히 먼 눈앞의 광경을 계속해서 바라보았다. 얼굴이 새파래진 채 이동장 안부터 확인하던 솔리테어가 쪽지를 발견하곤 읽기 시작했다. "1층 48번 가방 보관함"이라는 글에 펭란이 주저앉아 웃음을 터뜨렸다. 그리고 다른 한 사람은, 정말 오랜만에 보는 얼굴이었는데, 뭐라고 하염없이 중얼거리면서 그저 펑펑 울고만 있었다. 조금 꼴좋다는 생각이 들 정도로.

그래도 누리 언니, 이제 걱정 안 해도 돼.

내가 해야 할 일은 확실히 마무리했으니까.

✝

마지막 순간, 도화는 보스의 계획이 꽤 말이 된다고 생각했다.

법을 만들고 제도를 바꾸는 일이 항상 성공적일 수는 없다. 멸종위기종 보호를 위한 연구에 항상 충분한 지원이 들어

올 리도 없다. 죽어 가는 도마뱀 지키는 일에 한정된 자원을 투자하려면, 세상엔 훨씬 더 중요한 일이 많다고 생각하는 사람들의 반대를 먼저 뚫어야만 하겠지. 그렇게 우물쭈물하다가 돌이킬 수 없이 늦고 말 바에야, 차라리 자신의 여가생활과 재력 과시를 위해서라면 무슨 짓이든 할 수 있는 사람들에게 멸종위기종의 운명을 맡긴다면, 그러면 모든 문제가 해결되지 않을까?

가능한 방법 같았다. 가장 효과적인 방법일지도 몰랐다. 어쩌면 누리 언니도 동의할지 모른다고 생각했다. 서식지 보존과 지역 주민의 삶을 저울질할 필요도 없고, 세금을 낭비한다는 비난을 감수할 필요도 없으며, 무엇보다도 꿈틀이는 확실히 살아남을 테니까. 바깥 생태계와 완전히 단절된 자신만의 작은 방 안에서, 더는 환경에 적응해 살아남으려고 아등바등하는 일 없이 언제까지고 생명을 보존할 수 있겠지. 충분히 가능한 삶의 형태였다. 도화 스스로가 지금까지 살아온 방식이기도 했다. 드넓은 주변 생태계 어디에도 자신의 자리가 없어, 살아만 있을 뿐 사실상 멸종한 것이나 마찬가지인 채로.

하지만 꿈틀아, 너는 다르잖아.

아직 돌아갈 자리가 있잖아.

그럼 너까지 이렇게 시체처럼 살 필요는 없어.

꿈틀이를 고향으로 돌려보내는 일은 도화의 몫이 아니었다. 누리 언니가 돌아올 때까지만 맡아 돌보기로 약속했으니까. 도화는 다만 그 안에서 자신의 책임을 다할 생각이었다. 혹시라도 누리 언니가 보스에게 설득당하는 일이 없도록. 그래서 누리 언니에게 다른 선택지가 남지 않도록. 뉴질랜드 근해의 슈튐프케 섬까지 꿈틀이를 안전하게 데려다줄 수 있도록. 고작해야 앞길을 가로막는 작은 돌멩이 하나 치우는 일이란 것 정도는 스스로가 가장 잘 알았다. 하지만 그것이 도화가 할 수 있는 최선의 일이었다. 방아쇠를 당기고, 돌멩이를 성공적으로 치우고, 누리 언니의 얼굴을 보면서 눈을 감고……

그러다가 다시 눈을 뜨는 일.

수족관은 아니었다. 소독약 냄새가 풀풀 풍기는 그늘 아래였다. 뒤통수 아래에, 몸 위에 뭔가 부드럽고 폭신한 감촉이 느껴졌다. 시야 안의 흐릿한 덩어리들이 조금씩 형체를 갖추는 동안 물러갔던 통증도 도로 찾아왔다. 옆구리를 후벼 파는 듯한 괴로움에 무심코 신음을 흘리자, 오른쪽 가장자리 쯤에 보일락 말락 하던 검은 형체가 홱 다가와 도화의 얼굴을 내려다보았다. 초점이 잘 맞지 않는 눈을 찌푸리며 도화는 그 형체에 달린 이목구비를 알아보려 애썼다. 하지만 정작 결정적인 단서가 된 것은 귓가에 흘러들어온 나지막한 목소리였다.

"정신이 드나. 당분간은 누워 있도록."

어차피 일어날 수 있을 것 같지도 않았다. 가만히 눈을 깜박이고 손발을 꿈틀거려 보는 동안, 솔리테어는 의사처럼 보이는 사람들을 몇 명 불러 왔고 이내 어수선한 검진이 이어졌다. 뭐라고 하는지 잘 들리지는 않았지만 대강 짐작건대 괜찮다는 얘기 같았다. 피를 그렇게나 많이 흘렸는데. 더는 살지 않아도 될 줄 알았는데.

"로키가 생각보다 용의주도했다. 일이 잘못됐을 때를 대비한 비상수단을 다섯 갈래는 만들어 놓았더군. 설마 사설 의료진까지 준비해 뒀을 줄은 몰랐다."

"……누리 언니는?"

"포카이카하를 확보해서 떠났다. 배에 탑승했단 전화를 오늘 아침에 받았으니, 지금이면 이미 먼 바다 위에 있겠지. 내가 맡을 테니까 여기 남으라고 그렇게 말했는데도."

솔리테어의 불평에 도화는 쓴웃음을 지었다. 참으로 누리 언니답기도 하지. 설마하니 얼굴 볼 면목이라도 없었던 걸까 싶었지만, 그 추측을 굳이 입 밖에 내진 않았다. 아무튼 누리 언니가 무사히 꿈틀이를 데려다 주고 있다면야 세부사항은 별로 중요하지 않았으니까. 솔리테어가 곁에 앉아 들려준 설명 또한 마찬가지였다. "네가 엮였던 일이니 들어 두도록"으로 시작된 이야기를 도화는 한 귀로 듣고 한 귀로 적당히 흘렸다.

"밀수업자 녀석은 어젯밤에 멋대로 퇴원했다. 본 적 없는 놈들이 데리러 왔던데, 뒤쫓으려 했지만 그쪽이 더 빨랐다. 배신자가 소유했던 세계 각국의 수족관 지점에 대해서는 막 국제 공조를 개시한 직후다. 여기에만 희귀동물 열 종 이상을 가둬 두고 있었으니 앞으론 더 많은 보고가 들어오겠지. 배신자 자식, 그러니까 '골든 토드'는 원래 교수님을 후원하던 투자자였다고 들었다만, 대체 무슨 생각으로 그런 짓을 벌였는지는 이제 확인할 방법이 없군."

그래, 이제 정말로 다 끝났구나. 실로 오랜만에 마음이 더없이 편안했다. 한편으로는 다소 번거로운 느낌이 들기도 했다. 왜냐하면 아직까지도 죽지 않았으니까. 할 일을 전부 마쳤는데, 책임도 미련도 전혀 남아 있지 않았는데 여전히 심장은 뛰고 있었으니까. 느리디느린 사멸 과정을 끝내는 일은 결국 도화의 손에 달려 있었다. 다시 한 번 최후를, 이번에는 추격전도 총성도 없이 고요한 최후를 준비할 때였다. 어떻게 할까. 어떻게 내 절멸을 통지해 볼까…….

"아, 그렇지. 로키가 부탁해 둔 일이 있다. 이걸 네게 마련해 달라더군."

서류봉투 하나가 이불 위로 툭 떨어졌다. 꼭 열어 볼 이유는 없었건만, 누리 언니의 부탁이라는 말에 몸이 먼저 반응했다. 봉투 내용물은 여권, 자신의 얼굴이 박혀 있는 생소한 신분증, 그리고 겉면에 '추천서'라고 적힌 서류 하나. 추천서를 팔랑 넘겨 본 도화의 시선이 맨 첫 장 위에서 그대로 굳었다. 에드윈 르모니에 교수라는 추천인이, 조금 전 신분증에 적혀 있던 이름을 가진 사람을, 슈튐프케 섬 자연보전센터 직원으로 추천하고 있었다.

"가져가서 보여 주기만 하면 된다. 우리가 관리하는 시설이고, 로키도 있을 테니까."

"잠깐, 잠깐. 나는 못 해. 내 자리가 아니야. 할 줄 아는 게 아무것도……"

"자이언트 판다는 보호받는 종이고 대나무는 흔하디흔하지만, 서식지에 대나무가 없으면 판다는 굶어 죽고 말지. 무지개꼬리 포카이카하 암컷을 3년 동안이나 보호해 왔고, 가능한 모든 수단을 동원해 위협으로부터 지켜 내기까지 했다면, 네게도 판다 서식지의 대나무 정도 가치는 있다."

솔리테어의 말을 도화는 몇 번이고 부정하려 했다. 부탁받아서 돌봤을 뿐이라고, 그때그때 제멋대로 몸부림쳤을 뿐이라고, 자신은 주변 환경에 단 한 번도 제대로 적응해 본 적 없는 생존경쟁의 패배자일 뿐이라고 똑똑히 말해 줄 생각이었다. 하지만 그러려고 시도할 때마다 다른 하나의 목소리가 어김없이 울리며 도화의 생각을 가로막았다. 인도의 숲속 별장에서 펭란이 쏟아낸 목소리였다. 어디 하고 싶은 대로 마음껏 해 봐, 이럴 땐 먹히는 전략이란 거 아냐, 남들이랑 안 싸우고 사람답게 잘 지내는 건 못 해도, 누구 배신하고 목숨이나 건져서 도망치는 엿 같은 상황엔 아주 최적화된 인간상이네…… 그리고 정말로 난 이렇게 살아남았잖아. 목적을 전부

달성했잖아. 그건 환경에 적응했다는 뜻이잖아.

혹시 또 비슷한 환경에 놓인다면, 그땐 더 빨리 적응할 거란 뜻이기도 하고.

얇은 플라스틱 신분증이 손안에서 달그락거렸다. 가슴이 생전 처음 듣는 박자로 고동쳤다. 과연 이런 일이 또 일어나 줄까? 나 같은 사람이 번성할 수 있는 생태계가 어딘가에 더 있을까? 아주 작은 상상만으로도 소름끼치는 흥분이 도화의 몸을 사로잡았다. 그래, 일단은 조용히 때를 기다리자. 누리 언니와 꿈틀이가 있는 새 서식지에 다시 한 번 적응부터 해보고, 안 되면 안 되는 대로 버티면서 다음 기회를 생각하자. 당장 사멸해 간다고 해서 그대로 끝을 맞이하란 법은 아무래도 없는 모양이니까.

"알겠지, 꿈틀아? 우린 이것보다 더 잘해 낼 거야."

"지금 뭐라고 했지?"

"아무것도 아냐. 응, 아무것도 아냐."

도화의 입가에 틀림없는 미소가 번졌다가, 곧 피부 아래로 슬며시 자취를 감추었다. 지금 당장은 때가 아니었다. 환경이란 얼마든지 바뀌기 마련이지만, 그래, 지금 당장은.

✝

절뚝거리는 발소리가 낡은 나무 복도에 울려 퍼졌다. 지팡이 끝이 바닥을 때릴 때마다 먼지가 가볍게 피어올랐다. 길고

윤기 나는 검은색 지팡이 맨 위에는 상아로 깎은 천산갑 조각이 장식되어 있었고, 그 위를 붙든 왼손은 주인이 한 발짝 내딛을 때마다 희미하게 경련을 일으켰다. 하지만 경련 때문에 발이 멈추는 일은 없었다. 상아 지팡이에 의지해 나아가던 걸음은 고풍스러운 나무문 너머, 먼지 쌓인 서재 한가운데에 도달하고서야 비로소 휴식을 가졌다. 방 안에 서 있던 흰색 정장 차림의 여성이 부축하러 달려오는 것을 부드러운 목소리가 제지했다.

"괜찮아, 린디. 이젠 안 넘어져."

그렇게 말하고서 리 펭란은 지팡이를 짚고 빙글 돌아 보였다. 비틀거렸지만 아무튼 균형은 제대로 잡힌 동작이었다. 성부가 헤집어 놓은 몸이 아무리 예전처럼은 돌아갈 수 없다고 한들, 펭란은 살아 있었고 그렇다면 이 몸에 익숙해질 필요가 있었다. 부상에서 간신히 회복되자마자 바로 이렇게 돌아다녀야 하는 상황이라면 더더욱. 린디 휘하의 '팀 크리산티멈'이 산더미 같은 거래 내역을 뒤진 끝에 찾아낸 이곳, 마카오 교외의 낡아빠진 포르투갈풍 저택을 다른 놈들에게 빼앗길 수는 없었다. 미치광이 동물 애호가들은 지금도 센티넬라 신디케이트의 보물창고를 열심히 헤집는 중이겠지만, 설마 보스의 본거지에 먼저 발을 들인 사람이 있으리라곤 아마 꿈에도 모르겠지.

"어떻게 찾았어? 완전 비밀로 해 온 모양이던데."

"들어오면서 정원에 있는 소철 봤니? 리마흘리계곡 소철이야. 팀 플럼이 구해 왔는데 거래가 무산돼서, 그 이후로 보스가 계속 보관하고 있단 것까진 알고 있었거든. 수족관 안에 박아 놓고 기를 수는 없을 테니까 운송경로를 좀 뒤쫓아 봤는데, 빙고! 자기 눈앞에다가 심어 뒀지 뭐니."

"역시 너밖에 없다니까. 린디 라로셰가 믿을 수 있는 사람이라는 게 얼마나 기쁜 일인지, 아마 넌 상상도 못 할 거야."

방을 배회하던 지팡이가 서재 한쪽의 책상 앞에서 멈추었다. 펭란이 하나씩 열어젖힌 서랍 안에는 저마다 오래된 서류가 가득했다. 이것이야말로 펭란이 찾아 헤맨 보물이었다. 센티넬라 신디케이트의 보스가 야생동물 밀수 네트워크를 총괄하며 정리해 둔 연락처와 주소와 유통경로 목록. 오프라인 백업본이 있을 줄 알았지. 아, 물론 전산화된 버전도.

"컴퓨터는 그쪽에 보냈지? 처음 맡겨 보는 일인데, 잘해 주면 좋겠다."

"내일까지 연락 준댔어. 그건 그렇고 얘기 들었을 땐 정말 감탄했지 뭐니. 그 난리통을 목숨 걸고 지나오는 와중에, 도대체 우리 펭란은 언제 또 지하 해커 그룹이랑 친해진 걸까."

그야 홍콩의 안전장소엔 그런 놈들만 드글거렸으니까? 심부름을 보내 놓은 녀석이 밤늦도록 돌아오질 않길래, 몇 번 바람 쐬러 나가면서 다른 방 사람들하고 얘기를 좀 나눈 것이 시작이었다. 중국 공산당 내부고발자, 해커 그룹의 일원, 테러

리스트(본인은 아니라고 했지만)…… 얼굴 정도는 익혀 둬서 나쁠 것 없는 사람들이었다. 신디케이트 쪽 연줄을 더는 믿을 수 없게 된 신세일 때는 더더욱. 린디는 정말로 신뢰할 수 있는 친구였지만 펭란은 사미르 찬드에게 배신당했던 일을 결코 잊을 수 없었다. 아마 린디마저도 예전처럼 신뢰할 수는 없겠지. 새로 사귄 사람들도 물론 마찬가지였다. 컴퓨터에 환장한 괴짜놈들이 제발 사람처럼 굴어 줘야 할 텐데.

"뭐, 걔네들 아니어도 서류가 이만큼이나 있긴 하네. 이 정도면 해 볼 만하겠어."

"다시 사업 시작할 생각이니? 네가 보스 자리를 차지할 속셈이라는 소문을 살바토레가……"

"장사는 할 만큼 했거든."

서류를 훑어보던 펭란이 딱 잘라 대답했다. 지팡이를 짚은 손가락이 천산갑 조각을 거칠게 쓰다듬었다. 어머니께서 물려주신 유산의 마지막 한 조각. 홍콩땅에서 대대로 이어 온 비즈니스의 초라한 말로. 한 번 끝을 봤으니 이젠 충분했다. 더는 거들떠보고 싶지도 않았다. 그토록 소중하게 여겼던 고객이며 부하며 지인들마저도 이제는 전부 환상 같았다.

"완전히 놀아났잖아. 사람까지 죽여 가면서 고작 물고기 몇 마리 살리겠다는 쓰레기한테 돈이나 실컷 갖다 바쳤다고. 근데 또 생각해 보면, 보스는 쓰레기였어도 보스가 만들어 놓은 시스템은 가치 있단 말씀이야. 자금력 하며, 세계를 잇는

밀거래 루트에, 여차하면 총 든 사냥꾼들까지······. 아주 조금
만 손에 넣어도 기회가 무궁무진하게 열릴 텐데, 내가 뭣 하러
코끼리 이빨이나 팔고 앉아 있겠어? 세상을 바꿀 수 있다고,
린다."

　이렇게까지 흥분해서 연설을 늘어놓을 생각은 아니었지
만, 그래도 흥분되는 가능성인 것만은 사실이었다. 감각을 잃
은 오른쪽 다리에까지 피가 도는 기분이었다. 도화는 희귀한
동물을 위해서라면 수단 방법 가리지 않겠다는 작자들이 저
질러 놓은 일의 크기를 생각했다. 만일 이 힘이 더 의미 있는
목적을 위해 쓰인다면 어떻게 될까? 센티넬라 신디케이트의
잔재, 아직 남은 친구 몇 명, 새로 사귄 사람까지 전부 끌어들
이면 나는 얼마나 더 대단한 일을 벌일 수 있을까? 돌이켜보
면 펭란의 어머니는 야심가였다. 항상 더 큰물에 사업을 띄우
려 했고, 이를 위해서라면 때로는 단호한 숙청조차 마다하지
않았다. 그렇게 생각하면 유산을 전부 다 까먹은 건 아니구나
싶은 생각에 펭란은 살짝 웃었다. 나쁘지 않은 기분이었다.

　"좋아, 좋아. 목표 설정하고, 계획 짜고, 내 손에 맞는 방
법으로 일단 해 보면 되겠지. 사업 비슷하지만 사업은 아니고,
뭔가 의미 있는 일 하려고 돈 벌 생각 없이 의기투합하는 그
런 모임을 뭐라고 부르더라? 분명히 이름이 있을 텐데."

　"음, 비영리 시민단체?"

　"어감이 좀 심심하네. 뭐, 개선의 여지가 있겠지."

이제 겨우 시작이었다. 서류를 당장 다 읽지 않아도, 멋진 이름을 지금 굳이 정하지 않아도 문제는 전혀 없었다. 더 이상 사업가는 아니었지만 펭란은 여전히 우선순위를 매길 줄 아는 사람이었다. 왼발부터 움직이고, 오른발을 따라 끌고, 지팡이를 바꿔 쥐어 몸을 지지해 가면서 딱 좋은 위치까지 물러나는 것부터가 시작이었다. 고개를 들자 믿을 수 있는 친구의 얼굴이 정확하게 마주 보였다. 무슨 말을 하려는지 대충 예상한 표정이었지만, 그럴수록 이쪽에선 더더욱 목을 가다듬고 힘껏 손을 내밀어 줘야 하는 법이었다.

"린디, 너도 계속 풀이나 캐다 팔 건 아니지?"

최우선 과제는 사람을 하나 모으는 일. 찰나간의 긴장은 신뢰가 되어 손을 꽉 붙잡아 주었다. 그렇다면 이제는 다음 걸음을 옮길 시간이었다. 한동안은 좀 많이 비틀거려야겠지만, 새로운 보행법에 익숙해지기까지는 시간이 꽤 걸리겠지만, 그래도 펭란에게는 확신이 있었다. 조만간 정말 근사한 무언가를 저지르게 되리라는 확신이.

✝

코앞 철망을 통해 기묘하리만치 낯익은 바람이 불어오자, 60센티미터 길이의 녹갈색 파충류는 짤막한 앞다리를 뻗어 고개를 서서히 치켜들었다. 파충류의 조그마한 뇌는 지금까지 겪어 온 일을 대부분 기억하지 못했다. 흔들리는 이동장 안에서 본 광경도, 온갖 빛과 냄새와 진동도 그저 떠올릴 수 없는 꿈속의 꿈으로만 남아 있을 뿐이었다. 하지만 지금 철망이 열리면서 단숨에 밀려 들어오는 감각의 파도만큼은 도저히 잊을 수가 없었다. 슈튐프케 섬. 무지개꼬리 포카이카하의 마지막 남은 서식지. 참을 수 없이 그리운 기후와 감촉을 향해 단 하나뿐인 암컷 무지개꼬리 포카이카하, 꿈틀이는 가만히 한 발짝을 내디뎠다. 이런 상황에서조차 한없이 느리고 게으른 동물이었다.

그 게으른 움직임이 무지개꼬리 포카이카하를 생존경쟁에서 완전히 도태시켰다. 제대로 된 천적조차 없이 아무 데나 알을 낳고 잠을 자 가면서 살다가, 유럽인들이 데려온 쥐와 고양이에게 일방적으로 밀려나고 잡아먹히는 바람에 한동안은 수컷 일곱 마리밖에 남지 않았다고 알려질 지경이었다. 슈튐프케 섬 생태계 보전을 위한 특별법이 제정될 당시 누군가는 이렇게까지 말하기도 했다. 적자생존의 법칙에 따라 자연스레 사라지도록 되어 있는 실패한 종일 뿐인데, 왜 이런 생물을 보호하는 데에 굳이 돈을 들여야 하느냐고. 그럼에도 특별법은 만들어졌고 무지개꼬리 포카이카하는 간신히 목숨을 부지했다. 그리고 이제는 도둑맞았던 암컷 한 마리마저 기나긴 여행 끝에 무사히 고향으로 돌아와, 이동장 밖의 축축한 풀숲에 몸을 묻고서, 꼬리를 질질 끌며 동족들을 향해 느긋이 나아가는 중이었다. 단지 무력하게 멸종해 가는 신세가 인류의 동

정을 샀기 때문에, 나아가 소수 인간 개체들의 목숨을 건 사
투마저 이끌어 냈기 때문에.

꿈틀이 스스로는 결코 알지 못했지만, 그건 정말 성공적
인 생존 전략이었다.

아무튼 죽지 않고 이렇게 살아남을 수 있었으니까.

작가의 말

《밀수: 리스트 컨선》의 핵심 줄거리가 갑작스레 머릿속에 떠오른 것은 기억하기로 2016년 말의 일이었습니다. 기획을 정리한 것이 2018년, 플롯을 트리트먼트 형태로 완성한 것이 2019년, 카페인의 의약학적 작용과 애인의 채찍질에 힘입어 질질 끌던 원고를 마침내 마무리한 것이 2020년 초니까 어림잡아 3년 정도 걸린 작업인 셈입니다. 제가 가상의 파충류를 구출하고, 가상의 범죄자들을 뒤쫓고, 가상의 생태계에 온 신경을 쏟는 그 3년 동안에 워드프로세서 화면 바깥에서는 대략 아래와 같은 일들이 일어났습니다.

—기후변화 부정론자인 도널드 트럼프가 45대 미국 대통령으로 선출되었습니다.

―IUCN*이 크리스마스섬 채찍꼬리도마뱀의 멸종을 선언했습니다. 이 생물종은 야생에서는 2010년에 마지막으로 목격되었으며, 최후의 개체 '검프'는 2014년에 사망했습니다.

―호주에서 4000여 마리의 토착 곤충을 밀반출하려던 체코 국적의 남자가 체포되었습니다.

―아름다운 노랫소리와 빛깔 때문에 남획되어 온 동남아시아 지역 명금류를 보호하기 위한 대책을 마련하고자, 2회 명금류 위기 총회가 싱가포르에서 개최되었습니다.

―마다가스카르로부터 도난당한 방사거북 325마리 및 안고노카거북 다섯 마리가 말레이시아 쿠알라룸푸르 국제공항에서 구출되었습니다.

―프랑스 투아히 사파리에 밀렵꾼들이 침입해, 흰코뿔소 한 마리를 죽이고 뿔을 잘라 가는 사건이 발생했습니다.

―멕시코 밀어꾼에게서 130만 달러 상당의 해삼을 구입해 미국으로 밀반입하려던 부자가 샌디에고 당국에 적발되었습니다.

―말레이시아의 조류 밀수업자 세 명이 사법 당국에 적발되어 도주하던 도중 300여 마리의 조류가 든 새장을 바다에 집어던져, 세 마리를 제외한 모든 새가 익사하는

---

* 국제자연보전연맹(International Union for Conservation of Nature and Natural Resources)

사건이 발생했습니다.

―콩고 민주공화국의 비룽가 국립공원에서 경비대가 무장 인원들에게 기습당해, 운전수를 포함한 다섯 명이 목숨을 잃고 한 명은 부상을 입었습니다.

―케냐 엘곤산 국립공원에서 코끼리 밀렵꾼으로 추정되는 무장 인원과 국립공원 경비대 사이에 총격전이 벌어졌고, 그 결과 밀렵꾼 세 명이 사망했습니다.

―호주의 헌터 리전 식물원에서 금호선인장을 비롯한 6000달러 상당의 선인장 및 난초가 도난당했습니다.

―스웨덴의 환경운동가 그레타 툰베리가 기후변화 대응을 촉구하기 위한 등교 거부 운동을 시작했습니다.

―필라델피아 곤충박물관에서 7000여 마리의 곤충과 도마뱀이 도난당했습니다. 전직 및 현직 직원이 사건에 연루되었다고 추정됩니다.

―기후위기와 종 다양성 감소 등 당면한 환경 문제에 맞서 비폭력 불복종 시위를 벌이는 시민운동 단체 Extinction Rebellion(멸종 저항)이 영국에서 결성되었습니다.

―하와이 오아후 섬 토착 달팽이인 하와이안나무달팽이의 마지막 개체 '조지'가 사망했습니다. 외래종인 아프리카왕달팽이를 박멸하기 위해 1950년대에 들여온 육식성 장미늑대달팽이가 멸종의 주원인으로 지목됩니다.

—총 800만 달러 상당의 천산갑 비늘 8.3톤 및 상아 1000여 개를 실은 밀수 목적의 컨테이너가 홍콩 세관에 적발되었습니다.

—호주 정부가 브램블케이모자이크 꼬리쥐의 멸종을 공인하였습니다. 브램블케이모자이크 꼬리쥐는 인간 활동에 따른 기후변화가 직접적 멸종 원인으로 여겨지는 첫 번째 종이기도 합니다.

—국제 야생동물 밀수조직 '하이드라'를 이끄는 인물로 지목된 범죄자 분차이 바익이, 태국에서 코뿔소 뿔 밀수 혐의로 체포된 지 1년 만에 무죄로 방면되었습니다.

—총 100만 달러 상당의 코뿔소 뿔 스물네 개를 베트남으로 밀수하려던 일당이 홍콩 국제공항에서 적발되었습니다.

—캘리포니아 만에 서식하는 작은 돌고래 바키타의 개체 수가 스무 마리 아래로 감소했습니다. 부레가 약재로 쓰이는 토토아바를 남획하기 위해 친 그물이 바키타의 생존을 크게 위협한다고 알려져 있습니다.

—유럽 사법당국이 한 해 동안 유럽 전역의 밀수범들로부터 압수해 서식지로 돌려보낸 유럽뱀장어 치어의 양이 5톤을 넘는 것으로 발표되었습니다.

—페이스북을 통해 코모도왕도마뱀을 불법으로 판매하려던 밀수조직이 적발됨에 따라, 인도네시아 당국이

여행객의 코모도 섬 방문을 한동안 금지하겠다고 발표했습니다. 여행 금지 계획은 몇 개월 후에 철회되었습니다.

—남아프리카 공화국의 크루거 국립공원에서 코뿔소 밀렵꾼이 코끼리의 공격으로 목숨을 잃고, 시신은 사자에게 잡아먹히는 사건이 발생했습니다.

—현재까지 알려진 마지막 암컷 양쯔강자라 개체가 중국 쑤저우 동물원에서 사망했습니다. 세계에서 가장 큰 민물거북 양쯔강자라는 이제 세 마리밖에 남지 않았습니다.

—인터폴과 유로폴을 비롯한 22개 조직의 합동 작전인 '블리자드 작전'이 시행되어, 4400여 마리의 살아 있는 파충류를 구출하는 한편, 180여 명의 파충류 밀수 용의자를 특정하였습니다.

—캐나다 밴쿠버 섬에서 마약 중독자들이 급히 돈을 구하고자 수백 년 된 나무를 무단으로 벌목해 팔고 있다는 사실이 보도되었습니다.

—살아 있는 핀치 서른네 마리를 헤어롤 안에 집어넣어 밀수하려던 남자가 뉴욕 JFK 국제공항에서 체포되었습니다.

—보츠와나의 모레미 동물보호 구역에서 코뿔소 밀렵꾼으로 추정되는 두 사람이 국방군에 의해 사살되었습니다.

—IUCN이 알라고아스 나뭇잎새와 수수께끼나무사냥꾼의 멸종을 선언했습니다. 브라질 토착 가마새의 일종인 두 종은 수십 년간 같은 종으로 여겨져 왔고, 수수께끼나무사냥꾼이 별개의 종으로 보고된 것은 2014년의 일입니다.

—아마존 밀림 보호 운동을 펼쳐 온 브라질의 과자자라 부족 환경운동가 파울루 파울리누 과자자라가, 사냥을 하던 도중 불법 벌목꾼들에게 습격당해 목숨을 잃었습니다.

인간의 끝없는 탐욕이 아니었더라면 이 모든 사건 또한 일어나지 않았으리라고 논평하기는 쉽지만, 저는 우리가 어떤 이기적이고 악마적인 탐욕에 휩싸여서 다른 생물들을 마구 학살하려 든 것이라곤 말하고 싶지 않습니다. 오히려 때론 국가의 이익을 위해, 인류 문명의 발전을 위해, 다른 사람들이 더욱 풍족하게 먹고살 수 있도록 하기 위해 이타심을 한껏 발휘한 결과가 이 꼴인 건 아닐까요. 그렇다면 우리 눈앞의 환경 문제는 고작 인류라는 종 하나에밖에 닿지 못하는 이타심으론 온전히 해결할 수 없는 것일지도 모릅니다. 그런 생각을 하면서 《밀수: 리스트 컨선》을 썼습니다. 인류애가 승리하지 않고, 선의가 보답받지 못하지만, 그럼에도 희귀한 파충류가 멸종하지 않고 살아남는 이야기입니다.

각 장의 중심 소재로 등장하는 무지개꼬리 포카이카하, 검은패러키트, 완샹 새잡이거미, 무쿠트, 은돌라티 저승메기는 모두 창작의 산물입니다. 다만 검은패러키트는 17~18세기 유럽인들의 기록으로만 확인되는 소앤틸리스 제도 토착 앵무새인 과들루프아마존에게서, 무쿠트는 네팔의 바르디야 국립공원에서 2007년 실종된 매머드를 닮은 인도코끼리 라자가즈에게서, 은돌라티 저승메기는 미국 네바다 애시 메도우스 국립자연보호구역 내의 데블스홀에만 서식하는 데블스홀 열대송사리에게서 직접적으로 모티브를 따왔습니다. 앞서 말한 다섯 종의 동물을 제외하면, 작중에 언급된 모든 동식물은 실존하거나 혹은 한때 실존했던 종입니다.

19세기 이전 유럽인들의 세계관에서, 멸종이란 일어날 수 없는 일이었습니다. 세상 만물은 신이 완벽하게 균형을 맞춰 창조한 것이니, 그 어떤 존재도 태초에 정해진 자리에서 벗어날 수는 없다고 믿었기 때문입니다. 하지만 이제 우리는 도도새도, 길버트쥐캥거루도, 그리고 물론 현생인류도 얼마든지 지구상에서 모습을 감출 수 있는 존재란 사실을 압니다. 생존은 결코 보장되어 있지 않습니다. 환경은 변화하고 생태계는 망가집니다. 지금 가장 번성하는 종이 언제까지 지배자의 위치를 고수하리라는 법은 없습니다. 달콤하고 부질없는 믿음에 잠긴 채 눈앞의 위기를 도외시한다면, 목숨을 부지하기 위해 온 힘을 다하지 않는다면 우리에게는 정말로 미래가 없을지도 모릅니다.

바야흐로 여섯 번째 대멸종의 시대입니다. 독자 여러분도
몸조심하세요.

2020년 5월

이산화

프로듀서의 말

오래 걸렸습니다.

이 재미있는 본격야생밀수범죄모험활극 이야기 다음으로, 그만큼이나 재미있고 의미 있는 '작가의 말' 다음으로, 분명히 재미없고 딱히 의미도 없을 것 같은 '프로듀서의 말'이 실려야만 하는 잔인한 구성으로 인해 결국 프로듀서의 말 원고를 쓰기까지 오랜 시간이 걸릴 수밖에 없었습니다. 《밀수: 리스트 컨선》을 끝까지 읽어 주신 독자분들은 모두 공감하시리라 믿습니다. 그렇기에 이 작품의 재미와 감동의 여운을 오래 느끼고자 하는 분들께서는 이 부분을 생략하셔도 좋겠습니다.

사실, 오래 걸렸습니다.

작품이 나오기까지 말이지요. 이산화 작가님께 새로운 장편을 함께하자고 첫 번째로 이야기를 나눈 때가 2018년 9월쯤이었고, 기획안이 구체화된 건 그해 11월쯤이었으며, 본격적인 첫 개발 미팅은 2019년 1월에 시작되었습니다. 그 뒤 수월하게 진행된 트리트먼트 작품 개발 기간을 거쳐, 고난과 기다림의 시간으로 가득했던 원고 집필 기간을 지나, 또 그만큼의 공을 들여야 하는 출간 제작 일정을 보낸 뒤에야 이렇듯 《밀수: 리스트 컨선》이 세상에 나올 수 있었습니다. 이 자리를 빌려 멋진 책으로 만들어 주신 김미래 편집자님과 스튜디오 플락플락의 이경민 디자이너님. 그리고 무엇보다 멋진 그림을 그려 주신 주정민 작가님께 감사의 말씀을 전합니다.

다시 생각해 봐도, 오래 걸렸습니다.

단순히 걸린 시간을 떠나 《밀수: 리스트 컨선》은 제가 안전가옥에 입사하여 처음으로 진행한 프로젝트였습니다. 그러다 보니 의욕도 넘쳤고, 기대도 컸으며, 담아내고 싶었던 것도 무척 많았습니다. 더욱이 "지금 한국에서 가장 촉망받는 SF 작가 이산화"라는 수식어를 지닌 작가이자 한국과학소설작가연대 2기 운영이사를 맡고 있는 작가에게서 SF가 아닌 다른 장르를 선보이게 하는 셈이라 개인적으로는 부담도 컸습니다. 그래서 읽고, 또 읽으면서 계속 살폈습니다.

그리하여 새로운 세계가 열렸습니다.

제 욕심과는 별개로, 산화 작가님은 장르를 떠나, 이야기의 구조니 뭐니 등을 떠나 본인만의 확고한 세계를 지닌 분이셨고, 제가 나름대로 붙인 이산화 월드, 그 새로운 세계의 서막을 이 작품을 통해 열었다고 저는 생각합니다.

더욱 오랫동안 보고 싶습니다.

그 세계가 지닌 가능성과 한층 다채로운 면모를 말입니다. 더불어 조도화와 리 펭란, 솔리테어, 그리고 미처 나오지 못한 다른 '르모니에의 아이들' 모두 다시 한 번 더 넓은 세계에서 다시 만나고 싶습니다. 만약 그때가 언젠가 온다면, 제가 첫 독자이겠지요. 그 가슴 설레는 만남은 무척이나 크고 깊은 자부심을 일으킬 테지요. 분명 다시 만나게 될 것입니다. 그러기 위해 더 멀리 가겠습니다. 더 가까이 다가가겠습니다. 감사합니다.

안전가옥 스토리 PD

윤성훈 드림.

미ㅅ
ㄹㄱ 리스트
컨션

1판 1쇄 발행   2020년 5월 29일

지은이   이산화

기획   안전가옥
프로듀서   김신, 박혜신, 윤성훈, 이은진, 이지향, 정지원
편집   김미래
일러스트   주정민
디자인   이경민
마케팅   최다솜
사업개발   이기훈
경영지원   홍연화

펴낸이   김홍익
펴낸곳   안전가옥
출판등록   제2018-000005호
주소   04779 서울특별시 성동구 뚝섬로1나길 5,
        헤이그라운드 성수 시작점 203호
대표전화   (02) 461- 0601
전자우편   marketing@safehouse.kr
홈페이지   safehouse.kr

ISBN   979-11-90174-79-4 (03810)
값   13,000원

ⓒ 이산화 2020

이 도서의 국립중앙도서관 출판예정도서목록(CIP)은
서지정보유통지원시스템 홈페이지(seoji.nl.go.kr)와
국가자료종합목록 구축시스템(kolis-net.nl.go.kr)에서
이용하실 수 있습니다. (CIP제어번호 : CIP2020015128)